職業、仕立屋。淡々と、VRMMO実況。

絶対心臓に毛え生えてるだろw

いいぞもっとやれ

また一人悲しいモンスターが生まれてしまった…

頭オカシイ奴が増えた

死んでしまったの？(´・ω・

著 わだくちろ
illust. 日下コウ

TOブックス

CONTENTS

通報してきます

きまくら。やってる奴
なんてもれなく暇だろ

職業、仕立屋。淡々と、VRMMO実況。

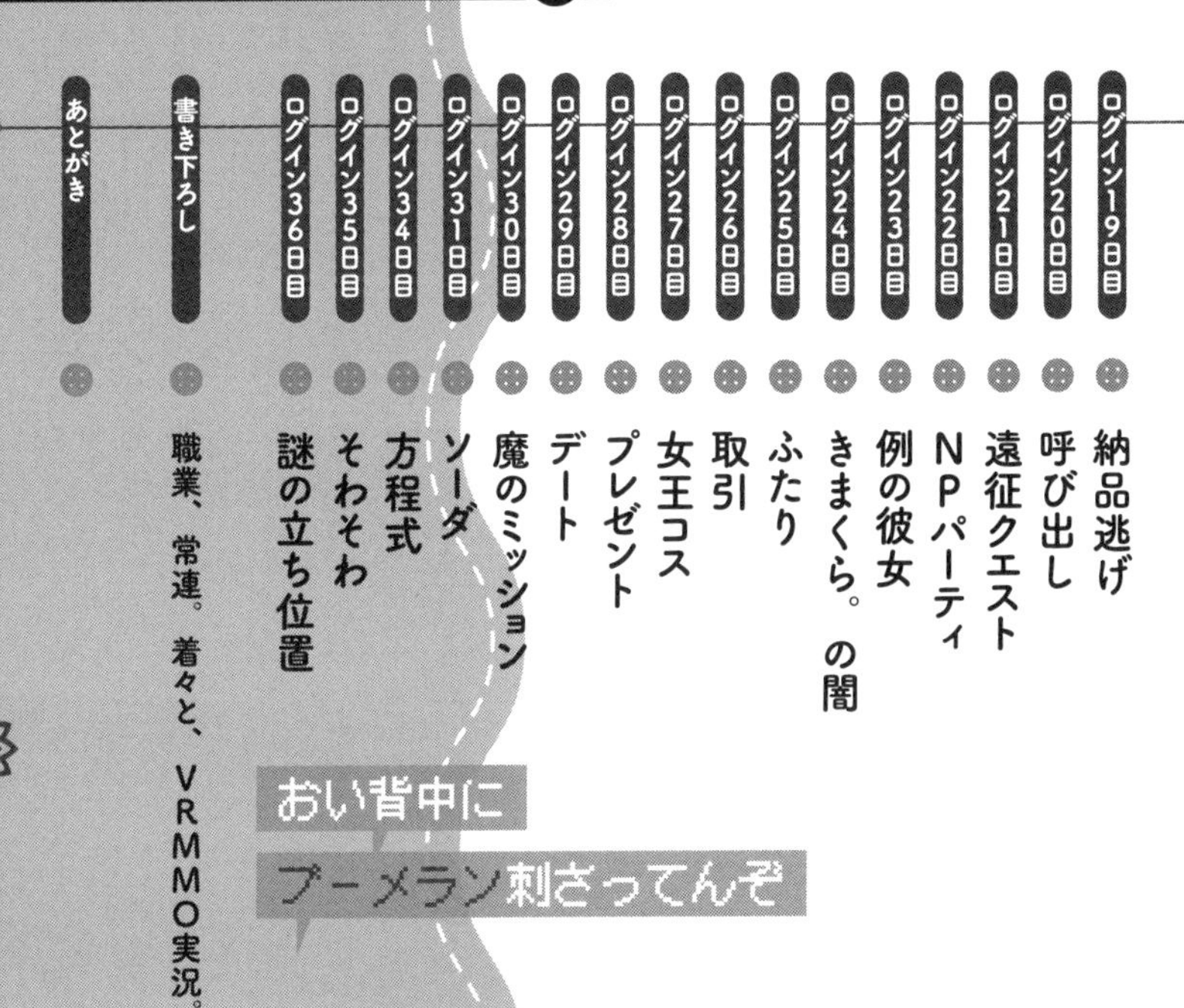

ブラックリスト
ぶっ込まれた

Illustration 日下コウ
Design AFTERGLOW

ログイン1日目　インドア生産

今日から〝きまくらゆーとぴあ。〟を始める。

通称『きまくら。』で親しまれるこのゲームは、およそ1年ほど前に発売されたもので、『気まま暮らしで気ままにクラフト』をコンセプトとするVRMMOゲームである。

お金を貯めて対応のフルダイブ式VRセットをやっと買うことができた。やりたかったこのタイトルを、早速始めることにする。

キャラクタークリエイトを終了させ、まず視界に現れたのは5畳くらいの小さな部屋。

作業台のような簡素な机と椅子、天井から吊り下がったランプ、ベッド、それと鏡が揃っている。

壁も天井も床も木で造られた、質素だけど落ち着く空間だ。

ここが私の部屋、ということなんだろう。

鏡に映っているのは、鹿の角と耳を生やした小柄な女の子。

先ほど念入りにデザインしたマイキャラである。名前は〝ビビア〟。

普段オンライン上ではもっとふざけたのとか実名もじった適当な名前とか使ってるけど、折角ファンタジーなかわゆい子に仕上がってるので、名前も西欧ファンタジー風にしてみた。この世界観で「おはよう、やまだ！」とか挨拶されたら萎えるもんね。

因みに選んだ職業は【仕立屋】である。

このゲーム、仲良くなったキャラクターに服をプレゼントすると、着てもらえたりするらしいんだ。可愛い子に私好みの可愛い服着てほしいなあって。

次に気になったのは、机の上に置かれた紙。近付いて、読んでみる。

『ビビアちゃんへ

王都レスティンへようこそ！

私がはじめてお店を開いたこの家、気に入ってくれたかしら？

小さくて何もないところだけれど、居心地は悪くないでしょ？

家にあるものは、何でも好きに使ってくれていいし、改装なんかも自由にしていいからね。

何から始めたらいいのか分からないときは、ギルドが発行しているミッションリストを参考にしたらいいわよ。

マルチタブレットの〝ギルドインフォメーション〟っていうアプリから見ることができるわ。

仕立屋ビビアの評判が私の耳にも届く日を楽しみにしているわ！

あなたの師、テファーナより』

どうやら私は王都レスティンという場所に引っ越してきた、テファーナという人の弟子らしい。

出発地は３つの国の都会と田舎、計６つの場所から選べて、私は〝砦の国レスティーナ〟の都会のほうを選択している。

テファーナの弟子、という設定は、プレーヤー全員共通なのかな？　それとも職業ごとに変わってきたりするのかな。

何はともあれ、まずはお師匠様の勧め通りにタブレットを起動することにする。

この〝マルチタブレット〟っていうのは初期から持てるアイテムの1つなんだけど、要はゲームシステムのコマンドを具現化したものの名称である。

私達プレーヤーはわざわざ現物を取り出さずとも、あらかじめ登録してある特定の動き――ショートカットキーを使えば視界に画面を呼び出すことができる。

私が登録したキーは、指をぱちんと鳴らすあれ。下手だから鳴らないんだけどね。

さてとミッションリストはっと。

【ジョブミッション】という欄をタップすると、こんな項目がずらっと並んでいた。

・★1の服飾アイテムを作ろう
・★1のコットンシャツを仕立てよう
・★1のコットンパンツを仕立てよう
・★1のコットンシャツを3着仕立てよう

なるほど、とにかくまずは服を作れということらしい。

『★』というのは品質のことで、1～5まであるようだ。

作り方はチュートリアルで既に教わっており、型紙と材料も初回特典で貰っているので、私は早速作業台の前に立つ。

するとシステムパネルが視界に現れる。パネルを操作して道具とレシピ、材料を選ぶと、オートでアイテムが出来上がるという流れだ。

道具は【初心者裁縫キット】、レシピと型紙は【半袖シャツ】、材料は【コットンクロス（白）】と【縫い糸（白）】で。

すべての選択を終えると、作業台の上で道具や材料がひとりでに動き出すというモーションが現れる。そしててぃんとーん、という効果音と共に、出来上がったアイテムが台の上にひらりと舞い降りた。

【コットンシャツ★1】の完成である。

間を置かず、さらにぴこんっと通知の音が鳴った。視界の端に現れた『M』のマークを見るに、これはミッション達成の合図のようだ。

タブレット画面に切り替えてギルドのアプリをタップすると、ミッションリストの『・★1の服飾アイテムを作ろう』、『・★1のコットンシャツを仕立てよう』の項目に『Clear!』の判と『報酬：10GP』の文字がそれぞれ添えられていた。

『GP』というのはギルドポイントのことで、ミッションを達成することにより貰えるものだそうだ。これを貯めていくと、アイテムと交換できたり、色々な恩恵を受けられたりするんだとか。

まあ、たかが20GPではどうせ大したものは貰えないと思うので、今はとにかくミッションリストに沿いつつ生産活動に励むことにしよう。

*****

【きまくらゆーとぴあ。トークルーム（公式）・総合】

［イーフィ］
　>>こっぺぽん
　使い道は燃料くらいとしか
　よく燃えるし長もちするゾ
［リンリン］
　とりあえずアイテム類はどんなゴミも5個は残すようにしてる
　レディバグショックのトラウマから未だに逃れられない
　このゲームはユーザーの一般的考え方というか通念みたいなものを平気で裏切ってくるから怖い
［もも太郎］
　許すまじ、クリフェウス転落の惨劇
［バレッタ］
　ギルトア下剋上の活劇でしょ
［ウーナ］
　その件はきのこたけのこ戦争なみに収拾がつかなくなるから触れるなとあれほど

[ヨシヲｗｗｗ]
黙れよ山勢。たけのこきのこ戦争だろ。
[フレンチサラダ★]
このゲームリセマラ必須ってマ？
[イーフィ]
必須ではなく推奨
[もも太郎]
ただし推しキャラによっては必須
いつからきまくらはキャラゲーになったんだ
[universe202]
最初からキャラゲー
[リンリン]
ギャルゲーだぞ
[バレッタ]
乙女ゲーだよ？
[フレンチサラダ★]
キャラ？　とかはよく分かんないから別にいいんだけど、ゲーム進める上での効率とかに
影響出るもん？
職業は細工師

そもそもどこにリセマラ要素があったのか分からんのだが
【ウーナ】
リセマラ要素って言い方が正しいかどうかは知らないけどあるとすれば初期称号と客キャラよね
誰から手紙を貰うかってのと、誰が初期に客としてやって来るかっていう
細工師のことは知らん専スレでどうぞ
【竹中】
細工師は効率面でもリセマラ推奨案件だな
ファッション系？　全般そうなんだけど、リルステンっていうお嬢様客がすげー有能パトロンになってくれる
初心者ミッションが全部クリアできてない状態で会って好感度上げておかないと、次に会えるのは大分先
【フレンチサラダ★】
称号は俺としては無難に学院卒業生がオススメ図書館すぐ使えるし
オワタ
俺の4日間返して

ログイン2日目　はじめてのお客

さあて今日も今日とて服作るかあ。と、生産作業を開始しようとした私だったが、そこでこれ以上材料を工面できないことに気付いてしまった。

元から材料を沢山持っていたわけではないのだが、昨日はミッションを上から潰してい内にギルドポイントが溜まってって、そのギルドポイントを資材と交換できたものだから、延々と作ってられたんだよね。

ポイントで注文したアイテムはすぐに家に届く仕組みなので、外に出る必要も全くなかった。でもそのループにもついに限界がきてしまったようだ。資材は底をつき、ＧＰも底をつき、次に達成できそうなミッションも見当たらない。

こういうときはあれよね。作ったアイテムを売ればいいのよね。

ということで、私はここでやっと部屋から外に出る気になったのだった。

別にゲームでまで引きこもりたい性分なわけではないけれど、服作る作業楽しいから、材料が無限だったらこのまま3、4日は家にいたかもしれない。

作ってる内に手作業でアレンジをきかせたり品質を上げたりできることに気付いちゃって、凝りだしたらきりがなかったのだ。

ところでこの部屋には、扉が2つついている。

一方の扉がある壁には窓があるので、こちらが外に出る玄関だろうということは分かるけど、先にもう片方を確認しておこうかな。ここ以外にも部屋があるようだ。

そう思って奥の扉を開けてみると、先の作業部屋の2倍ほどの空間が広がっていた。

扉を出たすぐ前がカウンターで仕切られていて、その向こうの広い場所には棚や裸のトルソーが置かれている。そして奥の壁にはさらにもう1つ、小窓とベルのついた扉があった。

どうやらここは店として使える部屋のようだ。

へー、このゲームは最初っから自分のショップを持つことができるのか。もうここでアイテムを売ったりできるのかな？　それとも何か手続きが必要なのかな。

そんなことを考えていると、突然奥の扉が開いた。

わわっ、と緊張が走ったものの、現れた人物の頭には三角の記号が浮かんでいたので、胸を撫で下ろした。このマークはNPCを示すものなのである。

訪問客は牛の耳と角を持つ女の子で、なかなか私好みのビジュアルをしている。

人を食ったような半眼半笑いがデフォルトらしく、小悪魔っぽい雰囲気がある。でもそんなところもキュートだ。

彼女は入ってくるなり室内を無遠慮に見回して、鼻で笑った。

「なあに？　なんにもないじゃない。こんなところにお店なんて珍しいから立ち寄ってみたってのに」

私はとりあえずにこにこと愛想笑いを浮かべておいた。

このゲームのNPCとの会話は、特に積極的に声を発さずとも話が進むとのことだ。

代わりに、必要なときには選択肢が現れたり、エモーションスタンプと呼ばれる感情表現のコマンドを入力したりすることにより、相手に意思表示をすることができる。

選択肢による発言はさることながら、このスタンプもＮＰＣの好感度に大きな影響を与えるらしく、どんどん使っていくとよいとチュートリアルで言われた。

やろうと思えば結構自由度の高い対話もできるみたいだけど、私はＡＩと話すことにあまり興味がないので、このような簡易コミュニケーションツールが備わっているのはありがたい。

早速やってきた女の子にもほわほわと微笑むスタンプを使っておいた。可愛い子は好きです。

「ふうん、仕立屋ってわけね。あなたが仕立てるの？」

こくこくと頷くと、彼女はにやりと笑って、カウンターの前まで来た。

「じゃあ、今日の私の服、どう思う？」

選択式のダイアログが現れる。
→とっても似合ってる！
あんまりかなあ。

よく分かんない。

私は堂々と立っている彼女の服装を改めて観察した。

黒いチュールが重なり合ったドレッシーなワンピースの上に、ジャケットのようなかっちりした紺の上着を羽織っている。そしてストライプの柄が入ったグレーのタイツに、足元はどピンクのパンプ

➡とっても似合ってる！
あんまりかなぁ。
よく分かんない。

スだ。

パンチのきいたクラシックスタイルってかんじで、素直に私は好みだ。彼女にとてもよく似合ってるとも思う。

だから迷わず一番上の選択肢を選んだ。

彼女は顔色を変えず、「あっそう?」と言った。うーん正解なのか不正解なのか分からん。

「まあいいわ。私はシエルシャンタ。シエルって呼んでいいわよ。近くを通ったら、また寄ってみることにするわ。それまでに商品、揃えておきなさいよね」

そう言って彼女は出て行った。

とりあえず嫌われてはいないようでよかった。

NPCは、仲良くなると物をくれたり情報を教えてくれたりするみたいなので、好感度は上げるが吉だそうだからね。それに、可愛い子は好きなので。

ところで、シエルシャンタが出て行ったのと同時に、システムパネルが起動している。

どうやらここでアイテム販売の操作ができるらしい。発動条件はこのカウンターに近付くことだったようだ。

値段は自分で設定できるみたいだけど、ギルドでの買い取り価格も閲覧できるようになっている。相場とかよく分からないので、とりあえずギルド価格と同じ設定にしておくことにする。

これって私が店に不在だったりログアウトしてたりするとき、どうなるんだろ? 無人でもコンピュータが販売作業してくれたりするのかな?

まあ、物は試しで半分だけ売りに出しておいて、様子を見るか。

それと、なになに……？　ショップの名前を決めてください？

んー、なんだろ。てかこんな初心者状態で洒落た名前つけても逆にださいから適当でいいか。どうせ後で変更できるだろうし。

ブティックぴぴあ、と。

設定を終えてパネルを閉じると、店はがらっと様変わりしていた。

空っぽだった棚やハンガーラックにはきちんと洋服が並び、裸だったトルソーはシャツを身に着けている。まだ空いている場所も多いけど、これで一気にお店っぽくなった。

ただ、初心者プレイヤーの作る味気ない――――よく言えばシンプルな服ばっかりなため、そこはかとなく劣化版虫印良品感がある。

せめてあのトルソー、一番最初に作ったしょぼいシャツでなく、アレンジして作ったパフスリーブのブラウスを着せたかった。そこら辺、自分でいじれないのかな？

と、思いきや、カウンターを出ると手動であっさりトルソーを着替えさせることができた。

何でもショートカットできるのはゲームの醍醐味だけれど、きまくら。はやろうと思えば大抵のことは手作業でもできてしまうようだ。

ここら辺、かゆいところに手が届くシステムで大変よい。

これは時間溶けるなー。

思ったそばから店内のレイアウトが気になりだして色々いじってたら、アラームが鳴った。

げ、もう寝る時間？　まじで時間溶けたわ。

******

【きまくらゆーとぴあ。トークルーム（公式）・コミュニケートミッションについて語る部屋】

[アラスカ]

流れぶった切るけどシエルシャンタのイベントが何をどうやっても進行しないこれってバグ？

[ちょん]

それ昔から言われてるやつ

運営が一向に修正しないところを見るにバグじゃない、と信じたい

[リンリン]

てか案ずるべきはシエルのイベントが進行しないことじゃなく、アラスカ氏がシエルのイベントを進行させようとしてることよな

シエルは上位5本の指に入るきまくら。きっての害悪キャラよ？

[アラスカ]

何それ怖いｋｗｓｋ

[YTYT]

5本は言い過ぎ10本くらいじゃね？

料理人、仕立屋、細工師くらいにしか大した影響ないし

シエルと付き合ってるとリルステンが寄り付かなくなるんよ
[KUDOU-S1]
Ｌｖ50から入れる貴族街にすらリル様が存在しなくなってしまうこの事象を『大した影響ない』とはいかがなものか
[モシャ]
まあゲーム進行上実害はないが、リル好きなら他職でもシエルは遠ざけといたほうがいいってやつだな
てか普通に客キャラとして無能だから付き合う意味がないんだよなあ
[アラスカ]
狩人だからとりあえずはセエエエエフ？
教えてくれてありがと
でもいずれリル様には会いたいからシエルとは縁切っとく
[竹中]
リル様まじ天使
超有能パトロンであることはさることながら性格もよくて見た目も文句なしって何なの？
大天使なの？
[マ　ユ]
リル様とデートしたいハァハァ
[ちょん]

リル推し勢は魔境過ぎて推しが他にいることを感謝してる
あんなんぜってー勝てないもん
デートイベ毎日開催はよ
[ゾエベル]
シエル様の悪口言うな！
シエル様は誰にでも愛想振り撒くような浮気女とは違うんだよ！
[YTYT]
シエルニキちーっす
くると思ってましたー（棒
[ゾエベル]
俺は絶対シエル様の初めての男になるんだ
[リンリン]
がんば
[ナルティーク]
シエルは可愛い上に初期出やすいからな
そこら辺も罠

ログイン3日目　コミュニケートミッション

さて、今日こそ外に出るぞ。と、思ったのだがその前に。

何やらギルドアプリ更新の通知がきているようだ。これを先に確認しておこう。

アプリ画面を開くと、ミッションに新しい種類が追加されている。その名も『デイリーミッション』と『コミュニケートミッション』。

デイリーのほうは想像通り簡単な指令が揃っており、1日ごとに復活するログインボーナスのようなものだった。『アイテムを3つ生産しよう』とか『アイテムを3つギルドに納品しよう』とか、そんなの。

『コミュニケートミッション』のほうは、NPCと接することにより達成していくミッションのようだ。昨日シエルと会話したことが引き金になったみたい。

こちらは『町の住人に話しかけてみよう』といったオーソドックスな指令の他、『・シエル』と書かれた特定のキャラクター名の項目がある。

開いてみると、昨日会ったシエルの全体画像と共にこんな文章が現れた。


【進行中のイベント】
・シエルのファッションチェック！

進行度：■□□□□
報酬：100GP

なるほど、個々のキャラクターと繰り返し接することによりイベントが進んでって、ミッションが達成されていくってことなのかな。

これは進行度を1マス進めるごとに報酬がもらえるらしい。早速100GPをゲットできて、結構おいしい。

ミッションの確認はこれでOK。次に昨日店に出した商品がどうなってるかを確かめる。

店舗のほうに進み、カウンターでショップの状況を確認すると――――おっ、売り上げ金額が増えてる！　私がいない間にも売れてるんだ。

売れたのはたったの2着だけど、初めてのお給料、なんだか嬉しいな～。店主不在でも売れるって分かったことだし、他のアイテムも全部追加しておこーっと。

なんてにまにましながらパネルをぽちってたら、からん、とベルが鳴って扉が開いた。

おおっ、シエルちゃんじゃないの。昨日の今日で来てくれただなんて、私のこと結構気に入ってくれたのかしら？

「相変わらずしけた店ねえ。……あら、でもちょっとはアイテムが充実するようになったじゃない」

そうなのそうなの。ちゃんと気付いてくれるんだねえ～。

私は顔を赤らめた照れ笑いのスタンプを押しておく。

こうすると自分で表情筋を動かそうと意識しなくても、勝手にその感情の顔を作ってくれるのだ。

コミュ障には打ってつけの機能である。

「まあ、まだまだ私には相応しくないけどね。早く一人前になって、私を唸らせる衣装を作ってみせることとね」

はあい。頑張ります。

「ところで、今日の私の服装と、昨日の私、どっちがいかしてると思う？」

お、きたな。コミュニケートミッションのイベントのやつ。選択肢は……。


↓今日！

昨日のほうが好きかな。

いつだって今日のあなたが1番！

よく分かんない。


この子の雰囲気から察するに曖昧にぼかされるのは好きじゃなさそうだから、3番目と4番目はないかな。ここは正直に、自分の好みでずばっと答えておくことにしよう。

そう思い、本日のシエルちゃんのコーディネートを改めて観察してみる。

今日は黄色の膝上ワンピの上に灰色のパーカーを羽織っている。足元は茶色のウエスタンブーツだ。パールのネックレスに蓋部分を毛皮で覆ったバスケットと、小物も気合が入っている。

昨日は統一感のあるメリハリファッションだったけど、今日は敢えてアイテムどうしをちぐはぐに掛け合わせることにより、ゆるい空気を醸し出しているかんじがある。

これはこれで好きではある。

ただ、シエルちゃんの髪型って長い金髪をしっかり編み込んで上で纏めた、きちんとアップスタイルなんだよね。髪型はこれがデフォなのか昨日も同じだったんだけど、このヘアアレンジだと、昨日の格好のほうが合ってる気がするなー。

ということで、2番目の『昨日のほうが好き』を選んでみた。

「あっそう」と彼女は顔色を変えずに答える。昨日と同じである。

「なるほどね。参考にするわ。じゃ、また来るから、それまでに腕を上げておきなさいよ」

言って彼女は今日もあっさりと店を出て行った。まあ、『また来る』って言ってるし、まずい返答ではなかったと思う。

一応先のシエルちゃんのミッションページを確認してみたけど、イベントの進行具合に変わりはなかった。

一筋縄じゃいかない性格っぽいし、気長に接してればそのうち仲良くなれると思っておこう。でもっていつか私のコーディネートで服着てもらお。くふふ。

それにしても、昨日といい今日といい、お店に顔を出してからすぐシエルちゃんが現れたなあ。

さすがに同じ日に彼女が再び現れることはないと思うけど、もしかしてこれ、私がお店に入るとお客さんも入る仕組み？　一度戻ってからもう1回入り直したら、また誰か来たりしない？

そんなことをふと思いついたので、試してみると――――。

「あら、いつの間にこんなところにお店ができてたのねえ」

――――からんころん、とベルが鳴り、私の推測通り、お客さんが現れた。今回はロップイヤーのマダム――――ってもこのゲームは若々しく可愛らしいキャラデザがデフォなため、外見からは年齢は分からないのだが――――で、ウィリフレアさんというらしい。

そしてもう一度出入りすると、次には犬耳のミコトという男の子が現れた。この子は実際にアイテム購入もしてくれた。

因みに2人ともNPCである。っていうかお店の設定いじってたら分かったんだけど、今の設定だとプレイヤーは利用できないようになってたみたい。

私には都合のよいことだったので、そのままにしておこう。仮にプレイヤーが来たとしても「しょぼ」って思われるだけのラインナップだろうし、まだ心の準備もできてないしね。

で、4回目の出入りチャレンジをしてみると、今度は誰も来なかった。1日3人限定とかなのかなあ。

この辺ちょっと気になったので調べてみると、出戻り作戦で入店してくるのはやはり1日3人で、でもそれ以外にもランダムで客は入ってくるとのことだった。

その際はもし自分がホームの別の部屋にいたとしても、ベルが教えてくれるとのことだ。お客さんは店が充実するにつれて段々増えてくるので、玄人（くろうと）はそのベルも基本ミュートにしちゃうみたいだけどね。

この来店客は、私がログアウトしてる間に商品を購入していった客の類とは全く別であるそうだ。

っていうかこれも調べて初めて気付いたんだけれど、昨日私が自分の店に出すつもりで行っていたアイテムの出品作業は、同時に〝ワールドマーケット〟への登録でもあったらしい。初期設定でそうなってるんだって。

ワールドマーケットは、要はこの世界のネットショッピングのようなものなんだと思う。
だから私が接客していない取引はすべて、マーケット上で自動で行われていたことになるようだ。
こちらもＮＰＣとプレイヤー、両方が利用するとのことで、しかしこちらは両方に開放されている
のがデフォルトのようだ。まあオートで勝手にやってくれるんなら、別に公開してて構わないかな。
あとこれも気付いちゃったんだけど、ワールドマーケットなんてものがあるってことは、もしか本
当にホームだけで生産と売買を完結させることも可ってこと？
アプリでワールドマーケットを開いてみると、案の定素材アイテムも数えきれない種類のものが売
られている。うわあ、なんて引きこもりに優しいゲームなんだ。
いや、さすがに引きこもらないけどね。私がマーケットとミコト君で稼いだお金じゃあ、ほんとに
大したもの買えないし。
ただ、この販売に関するあれこれとキャラクターとの接触により、お金は貯まらずともＧＰは貯ま
ってるんだよねえ……。
……ということで、ごめんなさい。やっぱり今日も引きこもります。

＊＊＊＊＊

【きまくらゆーとぴあ。トークルーム（公式）・総合】

［もも太郎］
キャラ格差が酷いんだよね

ミコトの映画１本できそうな分厚さ多さとは対照的にディルカの薄さ少なさといったら
ひいきやばない？
【ヨシヲｗｗｗ】
それはそうと今月のワールドイベマダー？
サ終？
【めめこ】
連休に合わせて明日から
お知らせ嫁定期
【イーフィ】
ｗｋｔｋ
始まりのグラがいつも感動するんだよな
楽しみ過ぎて眠れないから今夜はきまくらオール
【マトゥーシュ】
。がついてない
貴様もぐりだな
【パンフェスタ】
連休とかないんだよなあ
【yuka】
お客さんとはなるべく会話したほうがいいんですかね？

［イーフィ］
最初の頃はまめにしてた
キャラミッション埋められるし物もらえるし時間あるならしたほうがいいと思う
売り上げとかには影響ない

ログイン4日目　外出

貯まってたGPも昨日の生産作業で使いきり、三度目の正直。今日こそ外に出るとしよう。

ぶっちゃけ現段階じゃ使える素材の種類にも限りあるし、引きこもり生産にもちょっと飽きてきてたんよね。気分転換も兼ねて、それではプレイ4日目にして、初のお出かけ～。

しかし扉を開き、足を踏み出すと共に、突然視点を強制的に上向かされた。

初めてのことだったので、ちょっとびっくり。ゲーム上の仕様だったみたい。

その屋根と空を映す視界に、大きな影が落とされる。一瞬鳥と見間違えたが、よく見るとそれは空飛ぶ巨大な船だった。

船の上には燕(つばめ)を模したようなしゅっとした形の気嚢(きのう)が付いていて、薄膜を張った半透明の翼をはためかせている。

船船と気嚢の間には、天球儀のごとく無数の丸枠で囲われた青い宝玉が浮いていた。回転する金属枠の中で、大きな宝石は青い火花を散らしている。

「飛空船だ！」

「サーカスだ！」

「ユファズのサーカスが来たぞ！」

そんな声と共に、子ども達が船を追って駆けていく。

オーケストラサウンドの壮大なＢＧＭが響き渡り、船からは花火が上がった。

そして大量のチラシがまき散らされていく。降ってきたチラシを1枚キャッチして見ると、『ユファズのサーカス明日より公演開始！』と大きな見出しが躍っていた。

やがて船が遠ざかっていくと、音楽もフェードアウトしていって、いつもの日常チックなＢＧＭが戻ってくる。

何だったんだろ、今の。まるで映画のオープニングみたく綺麗でドラマチックなムービーだったな。

私がぼうっとしてると、ぴこんっ、と音が鳴って、ギルドアプリのマークが表示された。更新があったみたいだ。

開いて確認すると、ミッションの種類が増えていた。1つが【ワールドミッション】で、もう1つが【スペシャルミッション】。

ワールドミッションは外に出たことで開放されたらしく、色んな場所に行くことにより達成されていくようだ。『・レスティンギルド本部へ行ってみよう』、『・街の外へ出てみよう』などの項目があった。

それからスペシャルミッションは、今日から1週間の期間限定イベントと関係があるものらしい。

『・サーカスチケットをゲットしよう』、『・サーカス団員の服を仕立ててあげよう』などの項目がある。

　こちらは報酬が少し特殊で、ＧＰではなく〝ＳＧＰ〟となっていた。スペシャルギルドポイントってことかな？

　多分、さっきの映像がイベントのオープニングみたいなものだったんだろう。

　運営からのお知らせに、何か情報があるかな。そう思いつき、システムパネルを開くと、案の定イベントの告知が。

『4月28日14：00よりワールドイベント【ユファズのサーカス団来演】を開催！』

『ミッションをクリアしてスペシャルギルドポイントを集めよう！　ＳＧＰは様々なアイテムと交換することができるぞ。当イベント限定のアイテムもあるので、忘れずにチェックしよう』

『さらにシークレットミッションも多数用意。サーカス団員と交流を深め、隠されたミッションを探し出そう！』

　そんな内容となっていた。

　ふーん、なんだか楽しそう。でも、私みたいな初心者中の初心者にとっては、ちょっとそれどころじゃなさそう。

　まずは色んなところに行ったり材料集めたりすることに集中したほうがよさそうかな。イベントは遭遇したらってかんじで、とりあえずゲーム慣れするほうを優先しよう。

　それじゃ、ワールドミッションの先頭にあった『・レスティンギルド本部へ行ってみよう』ってところから始めよっと。

レスティンはさすが〝砦の国〟の王都なだけあり、お城を中心とした城塞都市というイメージだ。工場っぽい煙突群があったり、飛空船が飛んでいたりと、ややスチームパンクっぽいおもむきがある。そして巨大な塔が沢山立っている。私のホームも独立した1つの建物というわけではなく、大きな塔の一部として組み込まれたものだったようだ。

すっきりした開放的な空間っていうのはあまりないんだけど、小さな広場なら沢山あって、そこが人々の憩いの場だったり、子どもの遊び場になってたりする。

階段もめっちゃ多い。仮想空間だから疲れ知らずでずんずん進めるけど、これ、現実にこの街に住んでたら慣れるまで大変だろうな。

道行く人達は、プレイヤーもモブも様々な外見をしている。

1番多く見受けられるのは、私みたく獣の耳や角、尻尾を生やした獣人スタイルのキャラクターだ。

鳥や昆虫を模した羽を付けている人もちらほらいる。

それから体の一部が機械や植物、果ては骨格剥きだしなデザインになってる子や、肌の色が全身灰色な子、耳や尻尾だけでなく足や腕までもっふりと毛に包まれたコアな獣リスペクトの子など、容姿容貌は本当に多岐に亘(わた)る。

勿論そういった特徴があまりないザ・人間ってかんじの人もいるんだけど、この世界では少数派みたいね。

チュートリアルでもキャラクタークリエイトの時点でも種族設定などは説明されなかったし、きまくら。では今のところ外見の違いに深い意味はないみたい。でもこうやって非日常的で個性豊かなキャラがそこかしこにいるの、没異世界感あっていいねえ。

因みに現在の私はセミアクティブモードという状態だ。これは、他プレイヤーの存在も感知してるしスタンプなどを使ってある程度意思疎通も図れるけど、他プレイヤーとの音声による会話はお互いできず、接触も不可能という設定だ。

折角のMMOなのだから他の人の気配は感じていたいけれど、友達作りには興味なし。そんな私のような人間にはぴったりのモードなのである。

必要を感じない限り、当面はこの状態でいこうと思ってる。

マップを表示しながら、私はギルド、図書館、色々なお店で賑わう中央通り、王城前の噴水広場、飛空船の停泊する空港など、めぼしい場所を回っていく。

残念ながら図書館とお城は、許可証がないと中には入れないそうだけど。

ギルドではクランに入らないかみたいな誘いを受けたけど、断っておいた。

あれってプレイヤーのコミュニティでしょ？　気ままなソロ暮らしがしたい私としては、よっぽどのことがない限り入る予定はないかなー。

偶然、サーカス団のテントを見つけることもできた。団員と思しき人達がテントの設営に奮闘していたり、パフォーマンスの練習をしていたりするのが可愛い。

私みたいな野次馬が案の定沢山いたけれど、自由に身動きが取れなくなるほど人混みでごった返してはいなかった。イベント期間だからその中心スポットは凄いことになってるだろうなって思ってたんだけど、少し拍子抜けだ。

後で聞いたところによるとこういうイベント中は、混雑が予想される場所はさらにサーバーを分けてゲームの快適さが失われないようにしてるんだって。

加えてＮＰＣに話しかけるときなどは個別イベントモードというものに強制的に移行するらしく、１人のＮＰＣを求めてプレイヤーの長蛇の列ができる、なんてことにならないようにしているそうだ。

確かに、ある地点でプレイヤーが次々と消えていく現象があったんだよね。皆で続々とログアウトしてったのかな、なんて思ってたんだけど、多分あれが個別モードになった瞬間だったんだろうな。

そうやって歩いていると、私の店の立つ場所ってかなりの僻地だったらしいと気付かざるを得ない。凄い静かで、人通りなんてほとんどなかったもんなあ。

うち以外にもお店らしき看板は周りにちらほらあったけど、予想するにあれって、私と同じようなゲーム始めたてのプレイヤーズショップなんだと思う。

もっとお客を呼ぶには賑やかな場所に引っ越すか自力で地域を盛り上げろってことなんだろう。っていっても後者は望み薄だろうな。どうせ他のプレイヤーだって同じこと思ってやがては引っ越すだろうから、尚更ね。

まあでも、ひと気のない場所にあるお店っていうのは、それはそれでロマンがあるよね〜。

こうしてぷらぷら歩いてるだけでも、楽しいものである。

町並みは凝っててわくわくするような景色だし、道行く人達を観察するのも面白い。

無限にできちゃうなあ。可愛い服装の人達もいっぱいいるし。

そこではたと、自分は今の今までキャラメイクの時点で選ぶ初期の服装のままだったことに思い当たる。

別にダサくはないけど、ありきたりではある。仮にも仕立屋がずっとこのままっていうのも、よろしくないよね。

まずは自分の服装を整えることを目標にしようかな。

そのためにも必要なのが資材、ひいてはお金。それもなるたけノーコストで手に入るお金である。

よーし明日は街の外に出て、採集作業しよ。

＊＊＊＊＊

【きまくらゆーとぴあ。トークルーム（公式）・ワールドイベントについて語る部屋】

［マ　ユ］
（画像）
悲報：リル様出番なし
全私が泣いた
［竹中］
まあ前回前々回優遇され過ぎてたからな人気キャラとはいえ
だが俺はシークレットが隠されていることを信じる
［レティマ］
シークレットにイツメンが関わってることあんの？
お知らせ読むと団員探れって言われてるけど
［パンフェスタ］
稀によくある

しかし攻略班はすげーな
いつぞやのフェルケ姫への貢ぎ物当てた奴、正気の沙汰とは思えん
【マ　ユ】
持ってるアイテム全種類端から端まで試したんだっけ？
【ゆうへい】
それちょんやでｗｗｗ
【パンフェスタ】
え？　まじで？　(；゛・ω・)
あいつ社畜のくせしてどんだけ暇なの
家にいる時間全部きまくら。にぶっ込んでるんじゃないの
【ちょん】
きまくら。やってる奴なんてもれなく暇だろ
あと全種類は言い過ぎだぞ
200個めあたりで大当たりがきたからな
さすがにあれ以上のイベントはないだろうとそこで俺は諦めた
【ヨシヲｗｗｗ】
このタイミングで降臨できるとかまじもんの暇人やんｗｗｗ
社畜のふりしたニートなんじゃねーの？ｗｗｗ
24時間体制でルーム見張ってんの？ｗｗｗ

[竹中]
おい背中にブーメラン刺さってんぞ
[陰キャ中です]
>>yuka
生産職ならソーダは集めといたほうがいいよ
霧の結晶もイベント限定だから優先順位高い
星の結晶はもし発見情報が出たら最優先事項
[yuka]
陰キャ中ですさんありがとうございます
とりあえずソーダと結晶集めます
[もも太郎]
よく言えば作り込まれてるってことなんだろうけどここの運営割とユーザーに無理ゲー強いるよね
せめて幾つシークレットを仕込んでるのか数くらいは教えてよっていつも思う
[ミラン]
霧ケツってマグダラが売ってなかったっけ
[ゆうへい]
死霧やろそれ
[ミラン]

ほんとだ……
　駆されてたわ……
［パンフェスタ］
　ww ちょん
　２００回あの作業繰り返すとかど変態じゃねーか
［ちょん］
　きまくら。実況動画見ながらのきまくら。脳死プレイ捗るぞ
［ササ］
　まーたミコトリューリアギルトア優遇イベかよ
　まじで乙女ゲー
［ゾエベル］
　シエル様のイベント見つけ次第起こしてくれ
［リンリン］
　永遠にお休み

ログイン５日目　採集

来客イベントを３回済ませたのち、本日は採集仕事に出かけることにする。

余談だけど昨日も今日もシエルちゃんはやって来ている。そして毎回違う服を着てきては、私に前回とどちらがよかったかを聞いてくる。

私はやはり率直な好みで答えるんだけど、反応はいつも変わらない。

変わったことといえば、今日は選択肢に『両方とも同じくらい好き』みたいなやつが加わったことかな。

丁度私の意見としても、今日も昨日も可愛くて悩むなあと思っていたところだったので、それを選んでみたりもした。まあ特に何も起きなかったんだけどね。

そういえばシエルちゃんに次いでミコト君も、結構私のお気に入りキャラである。

彼は白くて尖った犬耳――だと思う――を持った男の子で、いつもへらへらにこにこしている。優しそうだけど、頼りなさげなかんじで、庇護欲をそそられるんだよね～。

さて、今日私が向かうのは【静けさの丘】というエリアだ。ここが街から1番近い採集ポイントで、且つ初心者向けだそうだ。

このゲームにも攻撃的な生き物――特に幻獣と呼ばれるファンタジーな生き物が存在するのだけれど、静けさの丘はそういうものもほとんどおらず、稀に出たとしても簡単に逃げきれるとのことだ。

だから無防備な私1人で行っても大丈夫。

もっと危険なところだと装備や防衛手段を整えたり、狩人を連れて行ったりする必要があるんだって。

まずは街の中心区まで行って、そこにある巨大な昇降機に乗せてもらう。これで都市の最下層へ降りることができる。

部屋になってるエレベーターじゃなくて柵で囲われただけのリフトみたいなやつだ。

人が乗るかごの中心には巨大な黄色の宝石が埋め込まれていて、光を放っている。昇降機を操作しているおじさん曰く、あれは【幻石(げんせき)】という石で、主に動力としての役割を果たしているらしい。

幻石には雷だったり風だったり色んな属性の力を含有したものがあって、この世界の文明において様々な用途で利用されてるんだって。昨日見た飛空船に使われていた青い石、あれもきっと幻石なんだろうな。

開放的な昇降機は遊園地のアトラクション気分で楽しかったけど、高所恐怖症の人は嫌かもしれない。

最下層に降り立った私は南の門から都市の外へ出て、街道を歩いていく。この先が目的地だ。

移動中のフィールドには幻獣も現れるけど、道を歩いている限りは襲われないって、街の人が言っていた。

ある地点で景色の雰囲気やＢＧＭが変わり、道が行き止まりになった。ひゅうう、と風の音が響き渡っている。

どうやらここからが静けさの丘みたいだ。

私はひとまず、大量に生えているオーソドックスな草とは違う、見慣れない植物を引っこ抜いてみることにした。『【ヒーリングミント】を手に入れた！』と表示される。

肩掛け鞄の形のアイテムボックスに収納して、インベントリを開くと――――。

【ヒーリングミント】

食べると［耐久］が回復する薬草。苦い。［ライフジュース］の主原料。

代表的な使用法：調薬

そんな説明があった。やっぱり普通の草とは違う特別なアイテムだったみたいだ。

匂いを嗅いでみると、すーっと鼻を抜けていくような爽やかな香り。

他にも、小さな白い花が幾つもついた植物や、霜が降りたかのような白っぽい草、金色の花など、変わったものを手当たり次第に摘んでいく。

最終的に、こんなアイテムが集まった。


【スタミナバジル】

食べると［持久］が回復する薬草。苦い。［スタミナドリンク］の主原料。

代表的な使用法：調薬

【コーヒーグラス】
食べると［状態異常：眠り］が回復する薬草。苦い。［アウェイク・コーヒー］の主原料。
代表的な使用法：調薬

【ブレイブカモミール】

【ヒーリングミント】を手に入れた！

食べると［状態異常：緊張］が回復する薬草。苦い。［気付け薬］の主原料。
代表的な使用法：調薬

【ウィンターマリー】

患部に擦り付けると［状態異常：火傷］が回復する薬草。とても沁みる。［コールド・リキュール］の主原料。

代表的な使用法：調薬

【ムーンラベンダー】

搾った液体を目に垂らすと［状態異常：盲目］が回復する薬草。とても沁み、効果が現れるまで1分ほどかかる。［目薬］の主原料。

代表的な使用法：調薬

残念ながら、服作りに役立ちそうなものは採れなかった。私は薬師ではないので、これらのアイテムを自分で使う機会はないかなあ。

まあでも、売れば幾らかお金になるでしょ。

他にも気になるアイテムはあったんだけど、アイテムボックスが満杯なので、今日はこれくらいにしておく。明日また来て、もうちょっと素材探ししよう。

******

【きまくらゆーとぴあ。トークルーム（公式）・ワールドイベントについて語る部屋】

[universe202]
>>竹中
まじかよ
ただでさえブラックモスに1回心折れてるってのにやめようかなこのグロゲー

[レティマ]
>>竹中
もうチャイルドパッチアプリ入れよ？
月額700円で心穏やかにきまくら。ライフ送れるよ

[竹中]
出てくる幻獣すべて鳥さん熊さんちょうちょさんになるクソアプリなんかに金吸わせたく
ないわｗ

[このは]
なんそれって調べたらマジで爆笑した
逆にこのきゃわわな熊さん狩るのに心折れそう

[ミラン]

トラウマになるわ
　教育に悪いだろ
[マ　ユ]
　クレメルかっこええやん
　イベキャラなのが勿体ないわ
[ササ]
　イベント大杉やること大杉でもう付いていけねー
　しかも基本が作業ゲーなんだよなやる気なくなった
[ヨシヲｗｗｗ]
　作業ゲーとか何を今更ｗｗｗ
[universe202]
　キャラゲーだろ

ログイン6日目　マグダラ

今日も今日とてシエルちゃんの様子に変化はなし。

これ、やっぱ私の回答スタンスが間違ってるのかなあ。さすがにもう攻略情報調べるべきかなあ。

なんて思っていたときのことだった。何気なくシエルちゃんのミッションを確認したところ、なんと進行度が1、増えているではないか。

見かけでは全然分からなかったけど、実はイベントはあれで進んでいたらしい。よかったー。

我が店第2の常連であるミコト君なんかは、今日【レディバグ】というアイテムをプレゼントしてくれて、こちらも関係は良好である。

レディバグはテントウムシの少し大きいバージョンの幻蟲で、アイテムは標本状態で小瓶に入っている。これは生産に使うことで光属性を付与できるものらしい。

それじゃ、昨日に続いて今日も静けさの丘に行くかー。

私は本拠地を出て中央市街へ向かう。移動は一度行ったところならスキップできるところもあって、例えば私の家の扉からすぐに中央広場へ向かうことが可能だ。

すると広場から昇降塔まで歩いているさなか、見慣れた姿を目撃する。犬耳少年ミコト君である。

さっきまで私の店にいたくせに、もうこんなところに？　いや、それは私の言えたことではないけれども。

というか、今気になるのはそれよりも、彼がプレイヤーと一緒に行動していることである。NPCのマークがついていないので間違いない。猫耳黒髪のメイドさんみたいな格好の子が、彼を従えててくてく歩いている。

何かのイベント中だろうか？

それにしても、モブ以外の自分の知ってるNPCが他のプレイヤーと交流しているところを見るのは初めてだったので、ちょっとびっくり。

加えてこういうことは日常茶飯事なのかと思いきや、周りにいる他のプレイヤー達の中にも、彼女達を気にしている人が多い。

丁度近くにいた2人の男性プレイヤーがミコト君達を見つめながら何か喋っていたもので、私はこっそりセミアクティブモードを解除してみた。これで2人の会話を聞くことができる。

「またあの人かー。毎度毎度デートイベガチ過ぎ」

「勝てる気しないよな。まあミコトはどうでもいいけど」

「でもあの人リル連れてるとこは見たことない。狙ってないのかな」

「リル勢はまじ魔境。ランカーどうしで順番作ってるみたいな噂もあるけどほんとかな」

うーんなかなかハイスペックな会話で、分からないことばかりだ。

でも、どうやらキャラクターとのデート？　ができるイベントがあるみたい？

そしてそれにあずかれるのは一部の人間で、かなり凄いことのようだ。あのメイドの人、いわゆるトッププレイヤーなのかもしれない。

これ、推しキャラと2人で歩けたらめちゃくちゃ嬉しいだろうってのと同時に、推しキャラが知らない誰かと歩いてるの見たら、めちゃくちゃ悔しい人もいるだろうな。

見慣れてくればそこまで感じないのかもだけど、成る程、こうやって競争心を煽(あお)られたらなかなかの沼にはまりそう。

そんなちょっとした珍事を横目に、私は再びセミアクティブモードに戻って昇降塔に向かうのだった。

今回の採集作業は、植物以外のものを重点的に狙うことにした。石とか、虫とか、さも「私は特別ですよ」と言わんばかりに目を引くものが、草花以外にも結構あるのよね。

そうして集めたアイテムのラインナップがこちら。


【濁った幻石】

毒素の混じった幻石。燃やすと毒霧が発生する。［幻石］の主原料。

代表的な使用法：発明

【フォレストウルフの牙】

素材に使うと強度が増す。

代表的な使用法：鍛冶

【ワイズナッツ】

中の実は食用可。［集中］を高める成分が含まれている。生産素材として幅広く使える。

代表的な使用法：料理

加えて、今日ミコト君からも貰った【レディバグ】である。レディバグは比較的レアなのか、1匹しか見つけることができなかった。

それと、おどろおどろしい模様の黒い蛾もいたんだけど、すぐに逃げてしまって捕まえられなかった。虫は虫取り網だとか、特別な道具を持っていたほうが採取しやすいのかもしれない。

アイテムボックスはまだ半分空きがあったので、昨日採った植物達も摘んでおく。

因みに、当然私以外にも採集作業をしている人はいるのだけれど、発見できるアイテムは各々違うみたい。

取り合いになることがないので、気兼ねなくアイテム集めができるのはよいことだ。私から見て何もない場所で他プレイヤーが空気を掴んでいる姿は、ちょっと面白いけどね。

それじゃ帰ろうかな。と、立ち上がろうとしたところで、影が差した。

振り返ると、いつの間にか仮面を付けた黒ずくめの女の人がこちらを見下ろしている。めっちゃ怖い。

「こんにちは、お嬢さん」

彼女はしゃがれた声で言う。NPCのようだ。

「あたしはマグダラ。流れの薬師でねえ、大陸中を旅して回ってる。日銭を稼ぐために、薬や、旅先で集めた面白いものを売ってるんだ。よかったら見ていかないかい？」

滅茶苦茶怪しい格好だが、とりあえず『見せてもらう』を選択した。すると彼女はマスクの向こうで、少し驚いた声を発する。

「おや、あんたは確か、テファーナんとこのチビさね。なに？　独立してレスティンに？」

マグダラさんは私のことを知っているらしい。

テファーナって確か、私の師匠とやらだよね。師匠と親しかったのかな？

「そいつは立派なことだ。ようしそんなら、初回サービスに併せて、今回は祝独り立ち記念特別サービスを付けてやろう。商品はすべて半額だよ。持ってけ泥棒」

本当かどうか疑わざるを得ない出で立ちなわけだけど、半額というワードは強い。私はいそいそと商品一覧を眺めていく。

プリンセスノーベル、フルムーンラビットの毛皮、死霧の結晶、ツナミクジラの油……うーん、聞いたことのないものばかりだから、きっとほんとに珍しいものなのか、私より二段三段レベルが上のプレイヤーが手に入れられるようなものなのかもしれない。

若しくは、見たまんまに怪しい詐欺師なのか。

仕立屋として気になるのは毛皮だけれど……値段が街で手に入る狐の毛皮の3倍以上するんだよね。半額って話がほんとなら、本来6倍ってこと？　昨日折角採取して売り払った素材のお金を全部足しても、財産の1／4が飛んでくなあ。

でもそう思うと、半額の今の内に買っておいたほうがいい気がしてきた。今なら1／8で済むわけだし。

よし、買お。

それと気になるのは、【王立図書館の入館許可証】というアイテムだ。

なんと、毛皮を買って残った額が全部飛んでく値段である。でも、これで得られる権利を考えれば安い気はする。

が、そもそもこういう許可証って、売ったり買ったりしていいもの？　益々胡散臭いなあ。

ダイアログを睨んで悩んでいると、マグダラ氏が声をかけてきた。

「気になることがあれば、何でも聞いとくれ」

「じゃあ……この、【王立図書館の入館許可証】って、本物ですか？」

「偽物に見えるかえ？」

……会話終了。はぐらかされた感が凄くて、益々益々胡散臭い。

これが現実だったら絶対買わないんだけど……現実じゃないと、ちょっと思いきったことしたくなるものよね。

ということで、入館許可証、買ってしまいました。

そして一旦買い物を終了してもう一度話しかけると、ダイアログにはさらにこんな選択肢が現れる。


↓・商品を見せて！
・臨界の極意を教えて
・商人の極意を教えて
・世間話でも

2番目と3番目のこの、『極意』って何だろう？　そう思い、試しに『・臨界の極意を教えて』を選んでみると、マグダラさんは仮面の奥で不敵に笑った。

「ふふ、この単なる老いぼれ薬師からそんなご大層なものを引き出そうというのかい？　ふむ、しかしなるほど、あんたはテファーナが見込んだおチビさんだというしね。もしもあんたが世界の深淵に近付きし者にのみ輝く星の結晶――――それを掴むほどの者だというならば、あたしにも何か感じるものがあるのかもしれないねえ。さて、あたしが伝授できる極意は3つだよ。1つにつき【霧の結晶】なら10個、【星の結晶】なら2個必要だ。どれを選ぶんだい？」

↓・粉骨砕身（タヴー）：骨ヲ粉ニシ身ヲ砕キ、過去ヲ守レ
・地獄耳（ヘルア）：友ヨ、風ノ便リニ紡ガレシ君ノ姿ハ、今モ変ワラヌヨウダ
・人間観察（インサイト）：友ヨ、君ノ心ノ所在ヲ問オウ
・今はいい

え、なんか突然中二全開なルビワード＆フレーバーテキストが出てきたんだけど。そして『霧の結晶』やら『星の結晶』やらとは一体……？
一旦この件は脇に置いておいて、『・商人の極意を〜』のほうへ進むと、今度はこんな選択肢が現れた。

↓・値切り
・呼び込み
・鑑定
・市場調査
・・・・

ははあ。もしかしてだけどこれ、スキル――――それも本来職業商人が取得できるジョブスキルっ

ぽい？

　こちらの交換レートは臨界の極意の2分の1で、1つにつき霧の結晶なら5個、星の結晶なら1個必要だそうだ。となると、臨界の極意のほうもスキルっぽいなあ。

　でもさすがにあの中二ワードと中二テキストだけではさっぱり内容が分からない。マグダラさんとの会話は一先ず切って、ぱぱっと調べてみることにした。

　ふむふむ、臨界の極意とやらはハイスキルと呼ばれる、いわゆる高級スキルなんだね。

【地獄耳】は特定のNPCと会える場所やイベントが起きる場所を把握できる能力で、【人間観察】はNPCとの会話において好感度の上下を見分けられるとな？

　どちらも例外的な場面はあって無条件且つ完全な能力ではないみたいだけれど、コミュニケートミッションにおいてかなり役立つスキルみたいね。

　但し【粉骨砕身】に関しては攻略サイトでも『？？？』ってなってる。これはまだ解明されてないみたい。

　ただ字面的に殺伐としたものを感じるから、生産プレイヤーの私に合うようなものではなさそうだなあ。まあ、ソロとしては遠征に役立つスキルも欲しいっちゃ欲しいんだけど、それにしても内容不明のものを取得したいとは思わんしなあ。

　このハイスキルにはマグダラさんの提示した3つ以外にも色々あって、各地に点在する〝賢人〟達が伝授してくれるものらしい。

　私の師匠らしいテファーナさんも賢人の1人だそうな。

　攻略サイトには他のハイスキル一覧も載っていたので、ざっと目を通してみた。

幻素反応を人為的に引き起こすことによって自然現象を操れる【反応操作（ケミカレーション）】に、幻素を集めて結晶アイテムに具現化する【結晶精製（ラピスフレイズ）】、いわゆるアイテム図鑑機能な【体内図書館（バディン・ライブラリ）】……ふーん、面白いのが沢山あるんだなあ。

他にも便利そうだなって思ったのは、生産活動のログが自動的に保存され自由に閲覧できるという【体内備忘録（バディン・メモ）】や、自分よりツーランク上までの幻獣を遭遇次第緊張状態或いは逃走させる【威風堂々（イキリバッタリ）】、などなど。

勿論地獄耳や人間観察も魅力的である。

それに賢人達は1人につき1つの職業を担当しているようで、結晶と引き換えに無数にあるジョブスキルのどれかを取得することも可能、と。へ～、色々できることが広がって面白そう。

とはいえ私は数日前にきまくら。を始めたばっかのニュービープレイヤー。レアアイテムであるらしき星の結晶も霧の結晶も、1個も所持していない。

いつか結晶が手に入ったら、どんなスキルを交換するかまた考えていくとしよう。それじゃマグダラさん、またね～。

******

「

【きまくらゆーとぴあ。トークルーム（公式）・ワールドイベントについて語る部屋】

［否定しないなお］

【緊急速報】ラブハンターマユ、ミコト仕留める

」

[ゆうへい]
　はっや
[ナルティーク]
　はっや
[パンフェスタ]
　俺も歩いてるとこ見たわ
[ポイフリュ]
　がーんショック
　今回ミコトきゅん一点集中で貯めてた大地の結晶全放出したのに
[レティマ]
　どんまい
　きっと明日以降でデートできるよ
[YTYT]
　やべーなあの廃課金デート厨
[アラスカ]
　デートイべってのはそのキャラの好感度を最も上げているプレイヤーに授けられる特権って認識でオケ？
[パンフェスタ]
　オケ

でも今回みたいなワールドイベント限定のデートは期間中毎日開催になるから、日が変われば2位以降のプレイヤーにも順番回ってくる
[レティマ]
好感度上げてて、尚且つキャライベクリアして条件満たしてるプレイヤー、ね
[アラスカ]
サンクス
俺には縁のないイベントであることがよく分かった
[ちょん]
不人気キャラならワンチャンあるで
つってもデートイベはただただ優越感に浸れるってだけの称号みたいなもんだから要はエンドコンテンツよな
新規勢はそれどころじゃないだろうな
[マ　ユ]
ミコト君の隣で見るサーカスいいわあ
超いいわあ
[YTYT]
こういうな、イベント真っ最中だってのに悔しがってるプレイヤーにわざわざ自慢しにくるような心の汚いねーちゃんには打ってつけのコンテンツなんだ
ここテストに出るからな

［ポイフリュ］
えーん・。。・(／□＼*)・。。・
自慢ついでに教えてマユさん
ミコトきゅんの限定ミッション1つだけでオケ？
他にもクリア条件あったりしないよね？
［マ　ユ］
1つだけだよ～
ありがと！
［ポイフリュ］
明日駄目だったら課金する
［みんみん］
札束の殴り合いが始まりそうで寒気
［YTYT］
オークションなんだよなぁ
［レティマ］
こうなってくるとギャンブルの匂いすらする
ライバルがどれくらい金払ってんのか分からんし

ログイン7日目　染色

今日はホームに籠もって、生産作業に集中したいと思う。

採集アイテムを売って作ったお金やＧＰで、新たな素材や型紙も色々揃えてある。マグダラさんから買った毛皮も早速使ってみたいところ。

まずはワイシャツの型紙とスカートの型紙を参考にしつつ、ワンピースの型紙を作ってみた。

袖は一分袖で、上体部分はよくあるポロシャツみたいな、三角の襟と３つボタンがついてる形に。スカート部分は少しギャザーを寄せて控えめに広がるようにした。

型紙作りはお手本があるとはいえ、ほぼ完全手作業なので、きまくら。手芸においてはここが１番大変かも。最初の頃はボタン付けだとかギャザーだとか、こまごまとした印を解読して覚えるのにも苦労したっけ。

でも、ある程度大まかに型を作ってしまえば、後はショートカットで裁断も縫製もしてくれるのが、ゲームの楽ちんなところである。

何がいいって、作った型紙を一瞬で形にしてくれるものだから、ウエストを細くだとか、ギャザーをもっと多めにだとか、そういう調整もささっとできるんだよね。

現実手芸はここがめっちゃめんどいんだよなあ。

もっとも縫い終わった服をほどくというショートカットキーはないので、調整にこだわればこだわるほど資材は減っていく。

まあ、この世界でも仮縫い用の安価なシーチング生地は存在するので、あんまり気にしないでばんばん使ってしまっているけどね。

自分で改造した型紙は自分で名前が付けられるので、今回出来上がったワンピの型紙には【一分袖シャツワンピ】と登録しておいた。

さて、お楽しみ本番製作である。

まずは街の織物屋さんで購入した様々な色柄のコットンクロスで作ってみる。深い藍色や、落ち着いたベージュ、それからグリーンのタータンチェックのものも。

色々作っている内に職業レベルも上がってきているので、出来上がった【コットンワンピース】はすべて★3の品質となった。

次に、GPで交換した【簡易染色キット】なるものを使ってみることにする。その名の通り、布などを染める道具である。

加えてこの世界では他のアイテムを染料に混ぜることにより、特殊効果を付与することが可能、とは道具屋のお兄さん情報である。お兄さんが簡単な使い方なども教えてくれた。

アイテム内容はお鍋やトングみたいな金物類、計量用の硝子(がらす)容器などが含まれている。

染料はお金が足りなくて買えなかったので、今回は特殊素材だけ入れてやってしまお。

染色って要は布を染料で煮込んで色を染み込ませるわけでしょ？　つまり特殊効果の付与も、煮込んで素材の成分を布に染み込ませてるってことだよね。

効果付与だけなら、水と布と素材さえあれば何とかなるはず。水は公共の井戸から汲んできたものを既に準備済み。

とりあえず実験として、まずは【シーチングクロス】と、沢山余っている【ヒーリングミント】を合成素材に選んでみることにした。

そして、ここでさらにGPで交換した【簡易コンロ】が登場。

えーっと中に燃料となる【幻石】を仕込んで、油を垂らす。おおっ、火が点いた。

で、水を入れた鍋を火にかけて、材料を投入。あとはトングで適当に掻き回して、ぴこんっと音が鳴ったら完成。

……このように、今回のエセ染色作業は仕立て作業と違ってほとんど現実と変わらない手作業である。

なぜかというと私が織り師――染色はこの職業に含まれるらしい――でないため、布製作に関するショートカットスキルを持っていない、という理由による。

多分職業織り師の人がこの作業をやるとしたら、道具の前で材料選んで、後は自動で布が出来上がってるんだと思う。

それに比べたら他職の仕事を自分でやるのってかなり手間である。もっとも沸騰までの時間とか、成分が染み込むまでの時間とかは、諸々ゲーム仕様にはなってて、やっぱり現実と比較すれば大分楽なんだけどね。

要するにショートカットスキルの有無が、このゲームの職業ごとの違いになってくるわけだ。逆に言えば時間と手間をかければ別の職業の分野にも手を出せるってことで、私のようなぼっちプレイを愛する人間にとってはなかなか優しい仕様なんじゃないかと思う。

で、そんなふうにちょっとの手間と時間をかけた完成品がこちら。

【ゴミ】
品質：――
産業廃棄物。何かに使えなくもなくないかも。
代表的な使用法：――

ごーん。まさかの、初ゴミ生成。
素材の選択肢は色々あるかと思いきや、やはり全部が全部正解というわけではないらしい。そうすると薬草系はちょっと違うっぽいな。
【ワイズナッツ】はどうだろう？　『生産素材として幅広く使える』って説明書きにあるから、ワンチャンあると思うんだよな。
そうして染色――もとい煮込んでみると――。

【ワイズクロス】
品質：★
頭脳活性の力を秘めた布。
代表的な使用法：裁縫

おおー、なんかできた！　めちゃくちゃ目の粗いシーチングクロスが元素材だから、とても売り物にできる布ではないけどね。でもワイズナッツは当たりだったかー。

となると【レディバグ】もいけるんじゃないかな？　こっちの説明書きにも『生産素材として幅広く使える』って書いてあるんだよね。

果たして、実験は成功。

【ライトクロス】
品質：★
光の力を秘めた布。
主な使用法：裁縫

いいね！　それじゃ、今度はまともなコットンクロスを元布にして、合成してみよ。

******

【きまくらゆーとぴあ。トークルーム（非公式）・初心者の質問に最長二行で答える部屋・独断と偏見・礼レス不要・ボランティア・0時まで・あとはgkr】

[akane K]
職業仕立屋なんですけど、まず何から始めたらいいでしょうか

[イーフィ]

ギルドに行ってクラン入れ
都会に住んでるなら仕立屋工房に弟子入りするのもあり
[じゃんぼ]
称号って何の意味があるの？
[イーフィ]
セットしてる称号によりイベント発生の有無やＮＰＣの対応が変わってくる
ＮＰＣはセット称号でおまえを判断する
[akane K]
いきなりクランに入るのはちょっと怖いんですけど、初心者にお勧めのクランありますか？
[イーフィ]
ＮＰＣが立ててるクランがある
弟子入りできる工房もＮＰＣ
[vitaminW]
このゲーム有利な職業とかありますか？
[イーフィ]
商人と発明家以外
[もも太郎]
商人クソチートだぞ

【イーフィ】
部屋タイ嫁
【ヨシヲｗｗｗ】
初心者に商人勧めるとか頭大丈夫かｗｗｗ
【イーフィ】
おまえも部屋タイ嫁
【エリーゼ】
釣りしたい人は何になったらいいですか？
【イーフィ】
狩人
【ねじコ＋】
田舎から始める利点て何？
【イーフィ】
広い家と庭
【ねじコ＋】
あとから引っ越しもできるよね
【イーフィ】
できる
【ゾエベル】

シエルシャンタのイベント推移が3つ目から動きません
どうしたらいいですか
[イーフィ]
諦めろ

ログイン8日目　メッセージ

ワールドマーケットでの売り上げは順調である。加えて、今日はなんと購入者さんからメッセージが届いた。

プレイヤーの購入者は一度の購入につき1回、店にメッセージを残せる仕様になっている。これはレビューとは違って店主のみ見ることができるもので、店主側の返信も1回まで可能だ。

勿論無言購入者のほうが圧倒的に多いわけで、初めての通知はちょっとびびる。

プレイヤーの購入者は名前を閲覧することもできるのだけれど、今回メッセージを送ってきた〝めめこ〟さんという方は過去に2回服を買ってくれている。

クレームじゃないといいなあ……と、どきどきしながら開いてみると、こんな文面だった。

『オリジナルデザインのワンピ、シンプルだけど可愛くてお気に入りです！　少し気になったのですが、もしかして、ギルドの買取価格で値段設定してませんか？　お節介かもしれませんが、見直したほうがいいですよ。ギルド買取はゲーム内の最低価格と考えて間違いないです。オリデザは手間も時間もかかるし、少なくともギルド買取の1・5倍は高くして大丈夫です。勿論品がよければそれ以上の値段でもいけます。ゲームを長く続けたいのであれば、集客の少ない今の内に価格を妥当な設定にしておくのが吉ですよ。転売ヤーとかクレーマーとかに絡まれると厄介です。好みのオリデザ作る職人さんは限られてくるので、できれば長く続けてほしいです。ご一考ください』

……クレームどころか、なんかめちゃくちゃいい人だった。

うーん、そうなんだ。それがこのゲームの相場ってやつなのかな。

やっぱり生身――っていう表現はおかしいかもだけど――の人間を相手にするとなると、ゲームといえど色々面倒臭いんだなあ。

売れればそれでよしってわけでもないんだ……。

一応めめこさんの説が本当かどうか検証すべく、ワールドマーケットの他プレイヤーの服屋さんを色々覗いてみる。確かに、何の変哲もないコットン系アイテムだとしても、大体皆私より値段設定が高い。

ただ、オリジナルデザインで何の付加価値も付いてないアイテムを売りにだしている人は見当たらなくて、比較ができなかった。

本当はいるのかもしれないけど、オリデザのタグとか表記がないと、私もどれが既存のものでどれがそうじゃないものか把握できてないからなあ。

とりあえずめめこさんのメッセージを全面的に信じることにして、オリデザのものはギルド買取の1・5倍、そうでないものは1・2倍の価格に設定しておこう。

お礼の返信もしておかなきゃね。

それと、今日はマグダラさんから買った【フルムーンラビットの毛皮】を使ってファーティペット
――付け襟――を作ろうっと。前でリボンを結ぶ仕様の、女子力高いやつにするんだ。

しかし、作業を始めたところでベルが鳴る。お客さんだ。

店に出ると、犬耳少年ミコト君が店内をてこてこと物色していた。

私に気付くと、へらへら笑って近付いてくる。可愛い。

「こんにちは、ビビア。あ、ごめんね。今日は持ち合わせなくって……。でも、何となく君の顔が見たくなって、来ちゃった。えへへ」

なんかいきなり距離詰めてきたぞこのわんこ。ゆるい顔して意外とちゃらいのか。

まあ悪い気はしないので、にこにこのエモーションスタンプを打っておく。

そこで、ぐぎゅるるる、と音が鳴り響いた。

ミコトは顔を赤らめてお腹に手をやる。お腹が空いているらしい。

『これ食べる？』という選択肢と『何も言わない』という選択肢が現れた。

前者を選択してみるも、食べ物にできそうなアイテム、【ワイズナッツ】くらいしかないんだよね。

一応アイテムボックスに入ってるものは何でも渡せるみたいだけど、【ゴミ】とか渡したら絶対好感度下がるだろうしな。

というわけで、可もなく不可もなく、ワイズナッツを与えてみた。

「わ、くれるの？　ありがとう！　大切に食べるね」

「じゃ、また来るから」と残してミコトは去って行った。

******

【きまくらゆーとぴあ。トークルーム（非公式）（鍵付）・クラン【あるかりめんたる】の部屋】

[陰キャ中です]
メンバー限定フリマに参加してくださった皆さん、お疲れ様でした！
楽しいひとときをありがとうございます

[アリス]
お疲れ様でした〜〜！
陰キャちゃん開催ありがとう(*´∀`*b)
ソーダ集まってまじ助かる〜〜

[めめこ]
乙でしたー
Weeさんかわゆいモコグマちゃんありがとうございます！
表情も期待以上〜〜このじと目がたまらない〜〜
毎日愛でます!!

[Wee]
陰キャ様乙です、いつもありがとうございます
めめこ様、お気に召すものができてよかったです

クラウドウールあんなにいただいてしまってよかったんでしょうか
すごい助かります
[めめこ]
使わないのでお気になさらず、、
もこもこ動物園の足しにしてください
[ポワレ]
しごおわー
フリマ行きたかった涙
こっそり深夜開催希望
[陰キャ中です]
ポワレお疲れ
深夜希望結構いるかも?
でもやるとしたら私無理なので主催よろ
[ウーナ]
深夜希望!涙
ついった見たけど陰キャさんの服やばかわですね
美女怪盗
[陰キャ中です]
全身タイツ極楽衣装さんに作ってもらったw

マントがいかすでしょ
[千鶴]
お疲れ様でした
陰キャさんのコス羨ましい
私も極楽さんとこのオーダーメイド狙ってるけど枠争いに勝てない
[アリス]
オリデザできる人はほんと尊敬する〜
絵とか描けないから無理(、゜っ゜。)
[Wee]
画力はなくても大丈夫ですよ
所詮パーツの継ぎ接ぎ作業と思えば
[陰キャ中です]
突き詰めれば結局それも画力みたいなものなのですよ我々からすれば
だって絵って線の継ぎ接ぎ作業でしょ?
CGはドットの集合体でしょ?
[Wee]
成る程w
そう言われればそうなのかも
[カタリナ]

お疲れ様です
素材セット買ってくださった皆さんありがとうございました
まとまったお金ができたので夢の引っ越しに手が届きそうです
みんなアバターおしゃれで見てるだけでも楽しかった～
めめこさんのチェックのワンピ可愛い
オリデザですよね？　ありそうでないシンプルデザインが素敵
[めめこ]
あれがオリデザってよく気付きましたねｗ
何の変哲もないコットンワンピなんでお洒落用にしか着れないんですけど、ステッチとか細かいとこ凝ってて気に入ってます
[ポワレ]
コットンオンリーでオリデザって凄い初心者の香り笑
めめこさんそういうのよく発掘できるね
[めめこ]
新規さんのお店漁るの趣味なんですー
たまに掘り出し物見つかるし、大成しそうな好みの職人さんチェックしとくの楽しいですよ
オリデザの実力あるのにゲーム知識ない初心者さんとか稀にいるから、そういう人にちょっとお節介焼いたりもしてますｗ

［カタリナ］
なんというボランティア精神
［陰キャ中です］
めめこ氏にはイーフィと似たにおいを感じるわ
［ウーナ］
イーフィはなあｗｗｗ
あれ善人通り越して変人だからなあｗｗｗ
［千鶴］
イーフィさんってよく初心者の質問に答える部屋立ててる方ですよね
ああいう部屋って得てして荒れそうなものなのに、公式部屋ばりに治安よくてびっくり
［陰キャ中です］
そりゃもうやばい速度でアンチ処理してるらしいからね

ログイン9日目　図書館

価格設定を変えて1日経つわけだけれども、今のところの売り上げは前日とほぼ同じだ。

でも、今まで新作を追加するたびに売り上げが増えていたことを考えると、変動なしってことは、逆にちょっと勢いが減少気味ってことかも？　やっぱり、安さに目を付けて購入してた人もいるんだ

ろうな。

もっともめめこさんの意見も踏まえると、長い目で見ればこのほうがいいんだよね、きっと。今のところ稼ぎがなくてゲームが進められないって状況でもないし、地道に生産がんばろっと。

さて、今日は王立図書館に行ってみようと思う。ここでは新たなレシピや、稀にスキルを覚えることができるらしい。

入館証がマグダラから買った怪しいやつってところが心許ないけど、物は試しである。ゲームの世界だし、取り返しのつかないようなことにはならないでしょう。

中心街にある王立図書館は、古風で巨大な白煉瓦の建物だった。規則正しく並んだ格子窓がおしゃれ。

中に入ると全階通して吹き抜けになっていて、上にも横にも、本棚の塔が聳えている。本棚と本棚を繋ぐのは、張り巡らされた階段や、空中に渡された通路、そして昇降機(リフト)なんかもある。

迷路のように入り組んでいて、人の動きなどを眺めていると目が回ってしまいそうだ。

「こんにちは。図書館をご利用の方は、こちらで入館許可証の提示をお願いします」

膨大な情報量に呆気に取られていると、横から声がかかった。

カウンターで、兎耳のお姉さんがのほほんと微笑んでいる。ここで受付を済ませるようだ。

私はどきどきしながら、マグダラから買った【王立図書館の入館許可証】を渡した。

お姉さんはそこから何やら番号を読み取って、デスクに置かれた機械に文字を打ち込んでいく。タイプライターとパソコンが合体したかんじの、アンティークなようなそうでもないような不思議なメカだ。

「はい、確認が終わりました。ありがとうございます」

至極あっさりと、お姉さんは許可証を返してくれた。特に何の疑問も抱いていないようだ。

なんだ、ほんとに大丈夫なんだ。

それにしても、旅する商人からこういう公的な証明を買い取れる世界って……うーん、よく分からん文化設定である。まあ、向こうがそれでいいよって言ってくれてるんであれば、こっちとしても郷に従うことに文句はない。

それじゃレシピ&スキル探しといきたいところだけど、えーっと、どうすればいいのかな。

「はい、いかがなさいますか？」

お姉さんにもう一度話しかけるコマンドを入力すると、選択肢が現れた。

→・本の探し方を教えて
・お勧めの本を教えて

あ、よかった。これだよね。

本の探し方を教えてください。

「図書館はまるで本の海――――いえ、本の宇宙のようですものね。この膨大な量の書物から、目当てのものを見つけるのは難しく思えるかもしれません。でも、本との出会いは奇跡などではないのですよ。あなたが本を探しているのと同じように、本もあなたが探してくれるのを待っています。その本はきっとこの宇宙の中で、あなたに向けて星のように明るく輝くでしょう。素敵な出会いがあるといいですね」

えっ、何それ。めっちゃ抽象的。

もう一度教えを乞うても、彼女は同じ台詞を繰り返すだけだ。本が星のように輝くとか何しゃそりゃ。オカルトじゃん。

などとぷんすか怒っていると、私の視界の端で、きらりと何かが瞬いた。見上げると、1つの本棚の端で、何かが青い光を発している。

……え、もしかしてあれがレシピを入手できる本ってこと？　そういうシステムってこと？

オカルトどころか、お姉さんはとてもメタい内容を説明していたらしい。成る程ね……本との出会いは奇跡でもなんでもないよね……。

でも、とにかくこれでレシピ探しの方法は分かった。

私は階段や空中通路を駆使して、かなり高い階層にあるその本棚に辿り着く。そして青い光を発する本を開くと、ダイアログが現れた。


【チェスターコート】のレシピを手に入れた！


コートか、いいね。アレンジのしがいもありそう。

他にもあったりするのかな……と、館内を見回すと、今度はかなり下――――エントランスのフロアよりも下だから、地下になるのかな――――で、また青い光が輝いている。

これが現実だったら、ダイエットによさそうな運動量＆移動距離である。

そんなかんじで、入り組んだ道のりに苦労しつつも、さらに【ロリィタヘッドドレス】、【エンジニアブーツ】のレシピ、また【修復】のスキルを入手することができた。
【修復】は、消耗してきたアイテムを新品同然に戻せるスキルらしい。
但し、自分の専門分野のアイテムのみとのこと。それとブランドタグが入っているものは、製作者でないと直せないとのこと。
ブランドタグってなんだろ？　調べてみよ。

*****

【きまくらゆーとぴあ。トークルーム（公式）・総合】

［ナルティーク］
やっと初めて霧の結晶10個集まった
これで体内図書館宿せる
待ってろギルトア〜〜〜〜

［ウーナ］
おめ
昔先に備忘録とっちゃって絶望したのはいい思い出

［ミルクキングダム］
リルステンに霧ケツ貢いでコメットクロウの羽が返ってきた俺の話する？

【もも太郎】
　それはただの情弱
【マ　ユ】
　地獄耳が欲しくてここ1週間くらいずっと霧ケツ10個持ち歩いてるけどまじでマグダラが見つからない
【あざらし】
　ダナマが1番出やすいって聞くけど
【もも太郎】
　オカルトやん
【レティマ】
　もはやマグダラを捜すために地獄耳が必要っていう完全に持たせる人間まちがえてるよね
【アラスカ】
　マグダラといえば、あいつが売ってる図書館入館許可証って普通に使えるものなん？学院上がりだからもとから持ってるけど、なんか気になって
【まめのすけ】
　あーそれ半トラップな
　一部の受付職員はスルーしてくれるけど、それ以外だと罰金&許可証取り上げになるぞ
【ウーナ】

あと書庫には入れない
入ろうとすると許可証見せなきゃいけなくなるから、その場でアウト
前科もつくからご利用は慎重に
[もも太郎]
エミリアバイト確定な件w
[アラスカ]
うわーえげつな
てかこのゲーム前科制度なんかあんの?
気まま暮らしとは一体……
[ナルティーク]
騙されてはいけない
きまくらは自由に伴う責任というものを嫌というほど突きつけられる社会教育ゲーだ
[マトゥーシュ]
。をつけろ
[ナルティーク]
すみませんでした
誤字:きまくら→きまくら。
[マ　ユ]
まあ許可証詐称くらいなら前科期間も短いから

確か2日とか

[universe202]

ん？　俺その許可証使って普通に書庫にも出入りしてたけど受付で捕まるっての聞いてから正規の取ったから最近は使ってなかったが、アプデか何かで変わったのか？

[成金上がり]

前科つくとどうなるんですか

犯罪者の皆さん教えてください

[ミルクキングダム]

前科者っていう称号が強制的にセットされる

その状態でＮＰＣと話したりすると好感度が下がったり、サービスが受けられなくなったりする

犯罪者より（にっこり

[ゆうへい]

俺、おまえのこと好きだぜ(；▷；)

[ウーナ]

イーフィが正義のヒーローだとしたらダム氏は正義のダークヒーローよな

[もも太郎]

イーフィは正義の変態な

ログイン10日目　製図

ブランドタグについて調べてみた。

まず、ある程度のレベルに達すると、自分のお店をブランドとしてギルドに登録できるらしい。すると、１つにつき30キマ――キマというのはこの世界の通貨――で、ブランドタグを発行することができる。

このブランドタグを製作品に組み込むと、他の人がこのアイテムを修復したり、分解したり、転売したりすることができなくなるそうだ。つまり、顧客を不当に横取りされないためのシステムってとかな。

ただ、プレイヤーの意見を見ていると、使わなくなったアイテムをお金に換えるのは別に非常識でもなんでもなく普通に行われていることなので、何でもかんでもこのタグをつけているとお店自体が敬遠されるそう。

自信を持ってオリジナルですと言いきれるデザインのものや、需要に対して供給の少ない商品にのみタグを付けるというのが、バランスのよい使い方のようだ。

私もブランドを作れるレベルになっていたので、早速ギルドに行って登録してきた。タグ自体はギルドアプリで発行できる。

でも、試しに10枚くらい発行してから気付いた。店名がそのままブランドとして登録されるから、私のブランド名、『ブティックびびあ』とかいう昭和臭がやばい名前が引き継がれてしまったのよね……。

店名は後で直そうと思ってたんだけど、なんか、ここまできちゃったらもうこれでいいかな。段々面倒臭くなってきた。

とりあえず今後作ったオリデザのものにはタグを付けていくつもり。

ちょっと自意識過剰かなーとも思うけど、後で嫌な思いはしたくないからね。めめこさんのアドバイスもふまえて、一応自衛にも気を遣っていこう。

図書館でのレシピ入手は、1日最大3つ、運がよければこれに加えてスキルが1つということらしい。お客とのコミュニケーションに加えて、しばらくは図書館通いもルーチンに組み込まれるようになった。

今日は【スキニーパンツ】、【プリーツスカート】、【ナポレオンハット】のレシピが手に入ったよ。

さて、これらのレシピをもとに早速服を作っていきたいところなんだけど、服を仕立てるにはレシピと材料ともう1つ、型紙が必要なんだよね。

型紙は手芸屋さんで買えるものの、これが結構馬鹿にならない値段。1つ2つならいいとして、見つけたレシピ全部の型紙を入手するとなると今の私では金欠になること必至である。

それに全種類販売されているわけではないので、お店ではなかなか入手できないものもある。

そんな貧乏初心者の救済策として用意されているシステムがこちら、アナログ『描き写す』機能である。レシピから原寸大の製図データをだして、上に製図用紙を置き、あとはちまちまと線をなぞり、それに合わせて紙を裁断していくという、ほんと、ゲームとは一体……と一瞬思考が彼方へ飛んでいく手法だ。

まあ私は嫌いじゃないけどね、この作業。嫌いじゃないけど、やっぱり3枚仕上げた時点で、あー、今日はもうこれでいっかな、って気分にはなる。

これ、見つけたレシピをいちいち全種類描き写してたら、きりがなさそうだな。ただでさえ限られている貴重なゲーム時間の、結構な部分を費やしてしまいそう。

どうせ後でアレンジしたりするわけだし、代表的なレシピの型紙だけ作って、似たようなやつは必要に迫られない限りスルーがいいかも。

ゲームはあくまで娯楽。気晴らし。

楽しめる範囲内でやり込むのが1番だね。

というわけで、製図の複写はこの辺で切り上げて、仕立て仕事をすることに。レシピも増えてきたことだし、今日はいよいよ本格的に自分用の衣装を作っていくことにする。

まずは真っ白な【ワイズクロス】を染色キットで大量に拵えるところから。

ワイズクロスは集中値を上げる性質を持っている。集中値はスキルの効果に影響してくるとのことなので、多分この布で作った服を着ていればなんとなーく質のよい仕事ができるんじゃないかと踏んでいる。

布ができたら、シーチングクロスを使って仮縫いしながら、型紙を自分の好みのものに作り替えていく。

使う型紙は、【ナポレオンハット】に【開襟シャツ】、【ジャケット】、【プリーツスカート】、さらに【エンジニアブーツ】。折角面白い形の帽子レシピが手に入ったということで、これを中心に純白船長コスチュームを作っていきたい。

こういう舞台衣装みたいな服は小物が結構大事なので、すべての構想が固まった後には足りない材料がわんさか出てきた。リボンとかボタンとか。

それらを慌てて買いに走れば、持ち金はほぼほぼゼロに。

なんか私、この世界では常に金欠であるぞ……。稼いでは使い稼いでは使い、という、綱渡りな生活をしている。

まあ、経済活性化に貢献するのは大事だしね？

＊＊＊＊＊＊

【きまくらゆーとぴあ。トークルーム（公式）・総合】

［ねじコ＋］
はじめてマグダラに遭えた！
［めめこ］
マグダラは災害か何か？w
［もも太郎］
そういやラブハンターはマグダラ仕留められたんか？
［ee］
えっ、マグダラって攻略できるんですか？

【もも太郎】
　いやただ会えたんかなって話
【マ　ユ】
　遭えた～～～
　地獄耳げっちゅ～～～
【カティ】
　これで手えつけてなかったキャラのミッション埋めが捗る～～～～
　ラブハンターに推し奪われそうで寒気
　マグダラになんか一生遭わなければよかったんや
【ちょん】
　ディルカには来るなよ？
　絶対来るなよ？
【リンリン】
　フラグ
【マ　ユ】
　ディルカはなーエピ薄いって評判だからなー
　でもビジュアルはめっちゃ好みなんだよね
【もも太郎】
　半端な気持ちでディルカに手えだしたらフレ解除する

[めめこ]
ももの発言が冗談に聞こえないの草
[もも太郎]
冗談じゃないし
敵はちょん1人で十分
[マ　ユ]
うえぇーもも様にそれ言われたら引かざるを得ないじゃん
[ちょん]
大商人さまさまやで
[ヨシヲｗｗｗ]
おまえらよくそんなのんびりと推しキャラについて語ってられんなｗ
ワールドイベ明日までだぞｗｗｗ
[universe202]
俺のワールドイベは3日目で終わってる
[ee]
えっ、ヨシヲさん廃人なのにまだ終わってないんですか？
[いえやす]
草
[ヨシヲｗｗｗ]

ワールド部屋見てこいｗｗｗ
そして廃人の俺に跪けｗｗｗ
[めめこ]
まさかｗ
[マ　ユ]
＞＞ヨシヲｗｗｗ
ヨ（ ）ヨ
シークレットにリル様あああああ
ディルカとか一瞬でどうでもよくなった
[ちょん]
ヨ（ ）ヨ
しかも星の結晶でるやん
[ee]
ヨ（ ）ヨ
[カティ]
ヨシヲの下剋上草

ログイン11日目　セットアップ

昨日は準備段階で時間がなくなってしまったので、今日がいよいよ本番、本縫いである。

因みに、材料を全部揃えて裁縫スキルではい完成！　とやっていると、細かい仕様が反映されなくなるため、今回は部分部分、パーツ作りをちまちまと繰り返していく手法にする。

なんかね、作業台に型紙をどこまで載せるかが鍵らしい。全部の型紙や資材を載せてスキルを発動すると全工程が完成するんだけど、例えば袖パーツの型紙とその部分に見合った資材を置いてスキルを使うと、袖のみの工程が終わるっていう仕組みを、この前発見したんだよね。

で、さらにそうやって作った複数のパーツと型紙全部を置いて裁縫すると、全体が仕上がるのだ。

この仕様は、色々装飾を凝りたい私としては大変役立っている。

まずは作りやすい服部分から。

ブラウスは胸元にタックを寄せて、前立てには金ボタンを並べる。

ジャケットは袖口や襟から裾にかけてを金のブレード――縁飾りなどに使うテープ状の装飾――で縁取り。

こちらには大きめの金ボタンを使う。これはプレイヤーズショップで買ったオリデザもので、ユリの紋章の彫り物がしてある。

一目惚れして初めて他の人のオリデザアイテムを買ったんだけど、私が金欠になったのは主にこれのせいである。多分材料費の半分くらいを占めてるんだよね。

で、裏地は赤のサテン生地。

普段は見えないけど、脱いだときちょっとテンション上がるよね。脱ぐシチュエーションが存在するのかどうかは置いといて。

プリーツスカートはアコーディオンにも近い、かなり目の細かいプリーツに仕上げている。丈は膝上。

腰元には金のリボンをあしらって、結んでも膝辺りまで長く垂れるようにしている。

主役と言っても過言でないナポレオンハットは、ジャケットと同じブレードと金ボタンで飾る。それからちょっとだけ余っていた【フルムーンラビットの毛皮】と白い鳥の羽を使って、なんかわさわさ、ゴージャスなかんじにしておく。

最後にブーツだけど、これは靴製作の知識がない私ではアレンジがなかなか難しかった。精々色や部品を変えたり、丈を調節したりってところ。

ほんとはハイヒールにしたかったけど、参考になるレシピがなかったので、スタンダードなローヒールで我慢する。

今回の衣装、ここが唯一の不満点だったかな。まあ、出来上がってしまえばこれはこれで気に入らなくもないんだけど。

素材は白の革と金の金具、丈は膝下のロングブーツにした。

これにて完成。『作業を終わる』のコマンドを入力する。

するとダイアログが現れた。初めて目にするものだ。

セットアップ可能なアイテムがあります。セットアイテムにしますか？
→・する
・しない

お？　お？

えーっとつまり、ワイズクロスで統一感のあるコーデを作ったから、それを一揃いに纏めることができるとか、そういうかんじかな？

えー、どうしよ。どういう利点、不利点があるんだろ。

調べようにも、この状態で他のブラウザはだせないからなあ。

ええい、ここはセットアイテムにしてしまえ。

『する』を選択すると、インベントリが展開され、帽子とジャケット、ブラウス、スカートが選択可能になっている。成る程、全部じゃなくて、２つとか３つとかでもいいんだ。

ブーツが省かれてるのは、多分これだけワイズクロスで作ってないからだろうな。

折角なので、全部選択しておいた。

最後にセットアイテムの名前を付けられるみたい。えーっと、【女船長の衣装セット（白）】でいいかな。

出来上がったアイテムの詳細を見てみると、こんなかんじになった。

【女船長のジャケット（白）】
品質：★★
頭脳活性の力を秘めた服。
主な使用法：装着
集中＋20
セットボーナス：集中＋40

【女船長のブラウス（白）】
品質：★★
頭脳活性の力を秘めた服。
主な使用法：装着
集中＋10
セットボーナス：集中＋40

【女船長のスカート（白）】
品質：★★
頭脳活性の力を秘めた服。
主な使用法：装着
集中＋10

セットボーナス：集中＋40

【女船長の二角帽（白）】
品質：★★
頭脳活性の力を秘めた帽子。
主な使用法：装着
集中＋10
セットボーナス：集中＋40
習得可能スキル：必中

【女船長のブーツ（白）】
品質：★
主な使用法：装着

ほほう、セットボーナスなんてものがつくんだ。これはセットアイテムを纏めて身に着けることによって生じる特殊効果みたい。

ただしセットアップにしたアイテムは、そうでないアイテムと比べて、単品で身に着けたときの効果が減るんだって。

成る程ねー。コーディネートを色々楽しみたい人にとっては、むしろセットじゃないほうがありがたい場合もあるんだろうね。

それにしても、なんでジャケットだけ効果が高めなんだろ？　いやそれよりも気になるのは、二角帽にのみついた【習得可能スキル：必中】ってやつである。

攻略サイトを見るに、特定のアイテムを繰り返し使ったり長期間身に着けたりすることにより手に入れられるスキル――それが習得可能スキルなんだそうな。

これは他の効果とは違って、装着者がスキルを身に着け次第消えてしまう要素なので、１つのアイテムから沢山のプレイヤーがスキルを習得！　なんて荒業は使えない模様。

だとしてもこれにより、装備の有無に拘わらず１つの能力が永続的に使えるようになるわけだ。

ほえー、なんでいきなりこのアイテムにそんな効果が付与されたのかは分からないけど、なんかすっごくお得感はあるね。

それでこの、『必中』っていうのはっと……。

【必中】
任意発動スキル　消費30
確実に狙いを定める。

何となく、狩人向けなかんじ？　私的には、今すぐ役に立つものではなさそう。

まあないよりかはあるほうがいいけども。

よーし早速出来上がったアイテム達を身に着けちゃお。

プラス、あらかじめ買っておいた黒タイツもあわせてはく。タイツは織り師の領分らしく、私のスキルでは作れないっぽい。

因みにこういった装着アイテムの特殊効果は、重ねれば重ねるだけ増えるわけではない。装着品自体は幾らでも重ね着が可能だけれど、効果を発動する特殊装着として登録できるアイテムは最大５枠までである。

もっとも今作ったアイテムを全部設定しても、ブーツとタイツは何の効果も付いてないから、埋まるのは４枠だけだ。

それでもセットボーナスのお陰で集中値は＋90と爆上がり。本来の私のステータスよりもアイテムで加算される値のほうが高いほどだ。

鏡の前に立つと、金と純白が眩しい爽やかな美少女船長の降臨である。

うむ。余は満足じゃ。

＊＊＊＊＊＊

【きまくらゆーとぴあ。トークルーム（公式）・仕立屋について語る部屋】

［ポイフリュ］
＞＞universe202
３国共通でヴァーミリオンマントだよ
他の職業も大手ＮＰＣクランは共通っぽいね

[チャーリー]
　本部はダナマなんだっけか
　自分の属してる支部にマスターいるかサブマスいるかとかで何か違うのか？
[否定しないなお]
　違わないでしょ
　まあ好感度上げるとかだと勿論遭遇率高いほうがいいだろうけど
　エイブリーもセリアートも普通に他国うろついてたりするしね
[universe202]
　そうすると結局クランも工房もどっちもどっちってところか
[ハロー]
　両方入ればいいよ
[universe202]
　廃人でも実況専門職でもないから無理じゃ阿呆
[否定しないなお]
　ミッション消化してかないと除名されるからねーw
　そう思うとやっぱコミュ力ある人は羨ましいわ
　プレイヤーどうしで素材やら生産物やら融通し合っていくのが1番手っ取り早いよね
[ピアノ渋滞]
　織り師の人口が壊滅的に少ないのが問題

いっそ仕立屋と混ぜちゃえばよかったのになんで分けたかな
商人は例外としてこいつだけ中継ぎ専門なのまじで不遇
いう
[ポイフリュ]
いや正直混ぜられたとして織り仕事にまで手を回せる人間が果たしてどれだけいるかって
[チャーリー]
生産したい人は完成品が見たいものだし、生産したくない人は狩人とか採集師とかに回る
だろうしまじで誰得ってかんじやね
とにかく織り系作業がしたい！ってやつでなきゃ、そら避けるわな
[ポイフリュ]
そういう観点から言えばプレイヤーズクランも微妙なところ多いだろうね
前入ってたところ、唯一の織り師に逃げられて解散したわ
[universe202]
そんなんですぐ解散とかゴミクランじゃねーか
[ハロー]
割とあるよそういうの
ビジネスライクな人は目的が達成されないとなるとすぐ解散するしすぐフレ解除するよ
[マリエット]
世知辛い世の中じゃのう

[ピアノ渋滞]
は
目的達成されないんならクランの意味ないでしょ
めちゃくちゃ寄生プレイヤーの考え方しててうざ
[チャーリー]
我々は今スルースキルを試されているのだ
言うてポイフリュの発言もどうかと
[竜頭蛇尾なトカゲ]
匿名掲示板じゃあるまいし
思った
[カルネ]
はいはい黙れ黙れ
[チャーリー]
また警察AIに一時凍結されるぞ

ログイン12日目　虫捕り

いつものごとくお客との会話を楽しんでいると、今日もシエルシャンタがやって来た。

今のところ断トツで彼女の訪問が多い。来なかったのって、多分2、3日くらいじゃないかな。けど、今日はいつもと様子が違った。彼女は店内を見回して、「あら！」と目を瞠る。

「いつの間にかこの店も、随分見栄えがするようになったじゃない？」

ええ……言うてあなた、昨日も来てましたやん。でもって昨日から店のラインナップ特に変わってないやん……。

まあ、NPCにそこを突っ込むのは無粋ってものか。

「ふふん、私が見込んだだけのことはあるわね。いいわ、よく頑張ったご褒美としてこれをあげる」

まじで？

今まで他の客キャラからはちょいちょいアイテムを貰ってたんだけど、シエルだけはどんなに来店回数が増えようと何も貰ったことがなかったんだよね。

貰ったのはなんと【星の結晶】というアイテムだ。

わーわー、これ、確か好きなスキルと交換できるレアアイテムだったよね！　めっちゃ嬉しい～。

その後シエルはまたしてもファッションチェックをせがむのだけれど、適当に答えた後で、ここでもまた妙な素振りを見せた。

今日は『今日のファッションが好き』という選択肢を選んだのだけれど、なんだか拗ねたような、難しい顔をしている。同じ回答をしても、いつもは何の反応もなく帰ってくのに。

「ねえ、もしかして気付いてる？」

「え？」

素で聞き返してしまった。一体全体、どういうこと？

けれど彼女は私の疑問に答えることはなく、「まあいいわ」と言い捨てて去っていった。ええ～、もやもやするなあ。

プレゼント貰えたから好感度上がってるのかと思いきや、最後はなんか機嫌悪そうだった。よく分からん子だわ。

気を取り直して、今日はまた【静けさの丘】へ素材採集に向かおうと思う。この船長コスに有り金のほとんどを注ぎ込んでしまったので、地道にまたお小遣い稼ぎしないと。

そんなわけで門を目指して街を歩いていると……えっと……なんか、結構、人の視線を集めてる感覚がある。

自意識過剰かなあ。私としてもいい服作ったって自負してるから、勝手に鼻が高くなってるのかも。思い込み激しいのは恥ずかしいよね。誰も私のことなんか気にしてない。気にしてないから。

言い聞かせるためにもどぎまぎしながら視線を上げると――――純ヒューマンな男の人と、ばっちし目が合ってしまった。彼はぽかんとした顔で、こちらを見つめている。

私は慌てて視線をずらした。うわあ～～、ほんとに見られてた。

ってことは、注目されてる？　って感覚も、あながち間違いではなかったのかも。まあ、色合いだけをとってもかなり派手な衣装だからねえ。

でもきっと、いいことでもあるよね？　私きっとそれだけ、いい仕事したってことよね？

なら、よし、胸を張って歩こう。……でも、他人とは目を合わせないようにしよ。

さて、今回の採集では特にやりたいことがあったんだよね。静けさの丘に着いた私が取り出したのは、【虫取り網】。

そう、今日は是非とも幻蟲の捕獲に挑戦したい。幻蟲は売るといいお金になるし、特殊な布を作るのにも使えるからね。

前も何度か蟲取りを試みたことはあったんだけど、あれ、私には駄目だった。普通に下手くそ過ぎて。

攻略情報見ると種類ごとに一定の動きをしているから慣れればできるみたいなこと書いてあったけど、いやーレディバグの動きとか蛍っぽい虫の動きとか、まじで読めんよ?

且つ、そう感じているのは私だけじゃないらしく、攻略記事のコメント欄では「無理ゲー」、「俺んとこの幻蟲AI学習装置ついてる」などの悲鳴が多数上がっている。

なんかそれ読んだとき、あっさり諦めついちゃった。

アクションゲーとかシューティングゲーとか元から凄い苦手だからさ、他の人にできないんなら私にできるわけないわな。蟲は買おう。って。

因みにそんな下手っぴ達のために救済策も用意はされている。【花蜜石の杖】っていう道具があって、これは持って歩いているだけで幻蟲が先端の石にとまるという、虫取り網の上位互換アイテムなのである。

但し、お値段は虫取り網の5倍。且つ消耗値は虫取り網の半分という、例のごとく貧民は手をだしにくい代物となっている。

しかーし、そんなふうに諦めかけていた私に、奇跡の閃きが。それ即ち、【必中】スキルである。

船長ハットについてきたこの習得可能スキルは、未習得であっても、帽子を装着している間は使える——————というか寧ろ使わないと習得できないとのこと。

このスキルを利用すれば、苦手な幻蟲採集も楽勝になるのでは？　と踏んだわけだ。

おっと早速ふよふよ浮遊する蛍っぽい生き物が。今は丁度日没後の時間帯――きまくら。世界では朝昼夜が10時間で回転している――なので、この虫が大変発見しやすくてよろしい。

私は登録しておいた必中スキルのコマンドを実行――即ち、左手で対象を指さす。するとぴぴっという音と共に、蛍の光に照準線が合わさる。

「ごー！」と呟いて指令を確定すると、体が勝手に動いた。そして気が付いたときには、虫取り網の中に蛍が収まっていた。

『【フレイヤフライ】を捕まえた！』というダイアログが表示されたのち、幻蟲は光となってアイテムボックスに収納される。

なんか、もやっと不気味な心地がしている。

前、ワールドイベが始まったとき視界を強制的に動かされてかなりびっくりしたけど、まともにコンピュータに体を操作されたのはこれが初めてだ。いや、正確に言えば体が操作されてるんではなく、そう捉えるよう感覚に訴えかけてるってことなのかな。

エレベーターで降下してるときにお腹がすっと冷えるだとか、金属の音に鳥肌が立つだとか、ああいう心地に似ている。

ふよふよ不規則に漂う幻蟲を追いかけて、明らかに体が変な方向に捻られてたかんじがあるし。勿論痛みなどの異常は全くないんだけど、なんかちょっと怖かった。

これ、慣れるのかなあ。

でも、何はともあれ必中スキルが昆虫採集にも役立つことが分かってよかった。この変な動作補正には若干怯むけれど……頑張るぞ。

【フレイヤフライ】
炎属性の幻素を多く有している蛍型の幻蟲。夜行性で短命。炎を纏って飛翔する。
幻性素材として幅広く使える。
代表的な使用法：鍛冶

*****

【きまくらゆーとぴあ。トークルーム（非公式）（鍵付）・クラン［竹取物語（株）］の部屋】

［レティマ］
（動画）
撫でるのやめるとつんつん攻撃で催促してくるアルパカキングのロシウス君
［ピュアホワイト］
可愛い
［ayumi ♪］
先輩事あるごとに可愛い幻獣の動画アップするのやめて～～(。 ､ д⊂)
獣使いにならなかったこと後悔する～～
［レティマ］

（画像）
自分の巣があるのにわざわざノルンちゃんの巣に潜り込んで一緒に眠る不届きガラス、フェルト君

［ピュアホワイト］
可愛い

［ayumi♪］
静止画もらめえ～～（。´Д⊂）

［レティマ］
フルムーンラビットのアルムたんをボールにして遊ぶブーツキティズ

［ayumi♪］
何それ動画観たい～～（。´Д⊂）

［レティマ］
（動画）

［ピュアホワイト］
可愛い

［ayumi♪］
ああ～～どっちに転んでも生き地獄～～（。´Д⊂）

［ファンス］
楽しそうにしてんじゃないすか

こっちはやっと残業から解放されたところだってのに
[ピュアホワイト]
は?
こっちは絶賛残業継続中なんですけど
野中さんの幻獣動画から癒しを得る貴重な休憩時間中なんですけど
[ファンス]
お、おう
それはすまんかった
[ピュアホワイト]
くそっまじでこの時期に管理職になんかなるんじゃなかった
もっと全力で小田を推して回避しとくべきだった
てか俺も福岡に逃げるべきだった
[ファンス]
お、おう
(しまった、地雷を踏んだようだ)
[レティマ]
お疲れ様です
(折角怒れる白様を宥めていたところだってのに小田このやろー)
[ayumi ♪]

お疲れ様です(*・ε・)
(とっても繊細微妙な空気を読んであゆみは静かにしてます)
[竹中]
な～～～
ちょっと聞きたいんだけど～～～
[ファンス]
おっ絶賛休日満喫中の竹さん、いいところにきましたね
[竹中]
全然知らん異性っぽい子に話しかけるときさー
どうやったら怪しまれんかね
[ピュアホワイト]
通報してきます
[竹中]
いや違う違う
きまくら。内でよ？　きまくら。内の話よ？
[ピュアホワイト]
通報してきます
[レティマ]
竹ェ……いくら現実に出会いがないからって、きまくら。をナンパに使うのはちょっと……

【ファンス】

全然知らんてことはステータス確認してないんでしょ?

んで見た目可愛いアバターだったんでしょ?

どうせ中身おっさんですよそいつ
おっさんが可愛いと思う奴なんておっさんに決まってますよおっさんの最大の理解者はおっさん

【竹中】

だから違うんだって! 勝手に俺を出会い厨に仕立てあげるな!

そういうふうに勘違いされないためにおまえらに相談してんだよ!

あと小田堂々と俺をディスんな

【ayumi♪】
経験から言いますとそういう方はゲーム内でいきなり話しかけてくるんじゃなくて、まず
SNSで応援コメなりフォローなりしてきますね
で、さも偶然を装ってその後ゲーム内で接触してきます
割とよくあるってことは、有効な手法なんじゃないですか?

【竹中】
長谷川ちゃ〜〜ん
違うんだよ〜〜

【竹中】

今日俺の作ったボタンアイテムをすげーセンスよく衣装に取り入れてた子がいるんだよ～
その子本人が作ってるのかどうかは知らんけど、とにかく製作者と一回連絡取ってみたいなと
あわよくば俺の服作ってもらいたいなと
[ピュアホワイト]
そしてあわよくば？
[竹中]
そしても何もねーよ！
[レティマ]
マジレスするとどんな近付き方しても怪しむ人は怪しむと思う
それを覚悟の上、直球で竹の思ってること伝えるのが一番じゃない？
[竹中]
やっぱそうだよな
でもその人セミアクティブなんだよな……
[ファンス]
それはもう最初っから近付くなと言われてるようなものではw
[ayumi♪]
同じボタン付けた服着てアピールしてみるとか
[ピュアホワイト]

話聞いてるとたまたま見かけた人ってかんじなんですよね
次いつ会えるかも分からないんじゃないですか
[竹中]
……うむ
でももし同じ衣装着てたら視界の端にいても分かると思う
目立つから
[レティマ]
何だろうこの電車で一目惚れした子のことを語る男子高校生の話を聞いているかのような
むず痒さと不毛さ
[ayumi♪]
どんな見た目の子だったんですか?
気になります

ログイン13日目　革命イベント

【きまくらゆーとぴあ。トークルーム（公式）・コミュニケートミッションについて語る部屋】

[YTYT]

正直ここのところはスキル集めとかどうでもよくなってきた
代表的なのと自分の職業に関係あるスキルは大方集めきったし
今は推しの観察と推しに貢ぐものの製作にしか興味湧かないわ
[ウィック]
ゲームのモチベがキャラ愛に偏るとそうなるよな
始めた当初は全然魅力感じなかった料理人が今や羨ましいまであるんだぜ
[アラスカ]
結晶系アイテムの次に好感度上がるのが料理系なんだっけ
[マ　ユ]
そういうことになるのかな
ただデートイベに関しては換算が別枠になってる説濃厚
不人気キャラに毎日好物あげてた人でなく結晶1個あげただけの人がデート権勝ち取ってたの、いつか話題になったよね
[ササ]
結局世の中カネ
[まことちゃん]
このゲームに限って料理人がトップカーストなの草
[YTYT]
富豪ランクで言ったらな

【ミラン】
　経済は料理人が回している
【ウィック】
　まあ、料理人を転がす大商人もいるわけだが
【まことちゃん】
　あれはキングな
【マ　ユ】
　キングというよりラスボス
【否定しないなお】
　ワールドマーケットで商品全部パラダイスミントティーで埋め尽くしてる人複数いてぞっとした
【ミラン】
　なんで？
　高く売れんの？
【たかぎとも】
　ヒント：某お嬢様の大好物
【ミラン】
　理解した

******

本日もレシピ&スキル探しをしようと、王立図書館へ立ち寄ってみる。

すると、受付の顔がいつものエミリアさんというお姉さんではなかった。黒い大きな翼を持つ、眼鏡のイケメンお兄さんだ。

彼は眉間に皺を寄せて、分厚い書物を捲っている。

そして話しかけようとすると、こんなメッセージが現れた。


革命イベントを起こそうとしています。よろしいですか?
→・はい
・いいえ

『革命イベント』……? なんか大ごとそうな響きであるが、とりあえず、はい。

公開動画の記録を開始します。ダミーアバターを使用しますか?
→・はい
・いいえ

公開動画……だと……?

え、いや、まさかね。まさか自動且つ強制的に私の動画が公開されるとか、そんな仕組みじゃあないよね。

よく分からんけど、今できる選択はこの質問に『はい』か『いいえ』で答えるという、それだけだ。

ダミー……偽物の、アバター？　動画を撮るに当たって私の姿を代役で隠せるとか、そういう？

……万が一のことを考えて、『はい』を選んでおこう。

そこでダイアログは消え、眼鏡お兄さんが本から顔を上げる。彼の名前はギルトアというらしい。

「図書館利用者だね。入館許可証を見せたまえ」

いきなり大事件が起こるとか、大変災が生じるとか、そういうわけではなさそうだ。一旦胸を撫で下ろした私だったが、ふいに、メカに文字を打ち込むギルトアの手が止まった。

「ん？　この、番号は……」

彼は勢いよく立ち上がるや否や、カウンター越しに私の腕を掴む。

「おまえ……これをどこで手に入れた……!?」

鬼気迫る蒼白な顔に、私は固まることしかできない。

「このＩＤは我等が同胞、失われし友、マグダラのもの……図書館創設の際、私が眠る彼女に贈った最初のナンバー……おまえのカードではない。そうだろう!?　なぜおまえがこれを手にしている！　答えによっては……いや、どんな理由があるにせよ、ただでは帰さん！　許可証詐称は立派な犯罪であり、且つおまえのしていることは尊き友への侮辱だ!!」

え、ええ？　この許可証、マグダラ本人が使ってたものってこと？　それを売ってたの？　で、その行為は詐称罪に当たると？

そんなの知らないよー！　私は被害者だよー！

そうは思っても、彼の気迫に押されて、喉は上手く動いてくれない。けれども幸いこれはゲームで、シナリオ上私が喋らずとも大丈夫だったみたい。

「何……？　マグダラ本人からこれを受け取った、だと？」

呟いて、ギルトアは私を掴む手から力を抜いた。

「まさかマグダラが、生きている、とでも……？　いや、待て、騙されないぞ。証拠を見せろ」

「そ、そんなこと言われても……」

ここでようやく私も、このイベントを楽しむ余裕が生まれてきた。

周りに、他プレイヤーの姿はない。個別イベントモードに移行したことに気付いた私は、次第に落ち着きを取り戻す。

声を聞かれる心配もないし、たまにはちょっと、物語の主人公気分に浸っちゃお。

「彼女はどんな容姿をしていた？」

「ええ？　あんまり覚えてないなあ……。舞踏会みたいな仮面と、しゃがれ声のインパクトが強過ぎて……」

ギルトアは黙り込む。彼の思い描いている人物像と一致したのかもしれない。

「おまえ、名は何と言う？」

「ビビアです」

「何か身分を証明するものは持っていないのか」

そんなのないよー、と思いきや、いつの間にか手中に、指輪を通したネックレスが握られていた。

ギルトアはそれを受け取ると、指輪に彫られた紋章を確認する。そして目を瞠った。

「……君は、テファーナの弟子なのか」

この人も、私のお師匠様と知り合いだったらしい。師匠って結構有名人なのかしら。

ギルトアは指輪を返すと、カウンターから出てくる。

「来なさい。話を聞かせてもらう」

既にギルトアの手から解放されてはいるものの、こちらを見る彼の眼差しには有無を言わせぬ威圧感が漂っている。一応振り返ってみると、図書館の入り口には大柄な司書さんが佇んでいた。

逃げられなさそう。

私は静かに彼の後に従った。

通されたのは書斎のような個室だった。椅子に座らされて待つことしばし、部屋を出ていたギルトアが戻ってくる。

「テファーナと連絡がついた。どうやら君は本当に彼女の弟子らしい」

言いながら、彼は私の正面に位置するデスクチェアに腰を下ろす。

「しかし彼女は君とマグダラとの間に関わりはないはずであると語った。一体どういう経緯でマグダラと会ったのか、君の口から説明してもらおうか」

『話す』、『話さない』という選択肢が現れたので、私は前者を選ぶ。

「……成る程。流れの薬師として放浪している、か。その手の噂はたびたび耳にしていたが、どれも信憑性の薄いものだった。何せ彼女は七百年前の大変災で力を使い果たして眠りに就き、数十年前には追憶の樹に体諸共吸収されてしまった。それが事実だ。……しかし、私自身が、彼女が息を引き取る瞬間をこの目で見たわけではない。そしてテファーナはマグダラに関する私の追及に対して、沈黙を選んだ。そんなはずはないと、生きているはずはないと、否定はしなかったのだ。つまり、私の与り知らない何かが、そこにある可能性が高い……」

ギルトアは難しい顔をして、ぶつぶつと呟いている。そして考え込んでいるのか、机の角を睨んだまま静かになった。

「誤解であろうと、無知であろうと、君が許可証を偽って図書館に出入りしていたことは過ちに違いない」

ふいにギルトアは立ち上がる。

「しかし、私はそんな正義に固執するほどたちのよい人間でもない。君、私と取引をしないかね」

彼が持ち出してきた取引とは、マグダラの許可証を譲渡することを条件に、今回の件を不問に付す、加えて代わりとなる許可証を発行してくれるというものだった。

「許可証の発行には紹介者の署名が必要となるが、私がその荷を負ってやろう。テファーナの弟子ということだし、これはサービスだ。どうだ、悪くない話ではないかね」

悪くないどころか、とってもよろしいお話である。私は二つ返事で頷いた。

それにしても、このアンバランスな取引にどことなくギルトア氏の危うさを感じるのは私の考え過ぎだろうか。

様子を見るに彼はなかなか権力のあるお方のようだから、仮に私をお上（かみ）に突き出したとしても、例の許可証は彼の手に渡ると思う。

けれど敢えて私の了承を引き出そうとしているのは、もしかしてマグダラ女史への言い訳を作っておくためなんじゃなかろうか、なんて。

だって万が一あのマグダラが、数十年前に亡くなったとされるマグダラならば、彼女が自分の意思で私に許可証を売ったことも事実となるからね。

そこを追及された場合の逃げ道としてこの取引を持ち出してきたのであれば、総合的に考えて、何ていうか——思考回路がインテリストーカー？

いや、さすがにそれは穿ち過ぎかな。

さて、双方合意に達したところで尋問は終了。私は晴れて新しい、正規の【王立図書館入館許可証】を手に入れ、自由の身となった。

あとは、ギルトアの部下っぽい人に連れられて、元いたところまで戻ることとなる。すると去り際、ギルトアの部屋からこんな声が聞こえてきた。

「クリフェウスを呼び戻せ。居場所なら分かっている。私は枢密院から席を外す」

エントランスに戻されると、視界にプレイヤーも散見するようになった。個別イベントモードが終了したようだ。

その瞬間、ぴーんぽーんぱーんぽーん、と常にはない大きなチャイム音が響き渡った。それは私だけに聞こえるものではないらしく、他のプレイヤー達も、不思議そうな顔、あるいは不意を突かれた顔をしている。

『革命イベント【マグダラの消息】が実行されました。これより、マグダラのコミュニケートミッションの開放、ギルトア、クリフェウスのミッションの更新、他、関係する社会情勢に変動が生じます。詳しくは公式動画サイト〝きまくらひすとりあ。〟を参照してください』

その後間髪を入れずして、『称号【ギルトアの知人】を手に入れた！』というメッセージが流れたが、今はそれどころではない。

革命イベント【マグダラの消息】って……もしかしなくても私が今終えてきたやつだよねえ。このアナウンス、全プレイヤーに流れるものっぽいし、さっき公開動画が何ちゃらとか言ってたし……そこはかとなく嫌な予感が。

私が心中で滝の汗を流して固まっていると、ふと上層にいたプレイヤーと目が合う。何か悪いことをしでかしてしまったかのような気持ちに襲われた私は、慌ててその場を逃げ出したのだった。

******

【きまくらゆーとぴあ。トークルーム（公式）・総合】

[ピアノ渋滞]

（狩人・採集師・獣使い）（商人・料理人）（他生産職）

カテゴリ分けするとしたらこれでしょ

この3派はそれぞれ別ゲー

[ナルティーク]

（他生産職）＋（織り師）

[송사리]
織り師をそっと添えないで(´;ω;`)
[もも太郎]
商人を料理人と一緒にすんな
[もも太郎]
お、革命
[ウーナ]
革命きた
[(・`ω´・)]
キタ――(゜∀゜)――!!
[ゆうへい]
革命久々な気がする
[パンフェスタ]
開拓はちょいちょいあったけど、革命は2ヶ月ぶりくらい?
てかギルトアクリフェウスって聞いたことのある流れだな
[レティマ]
嫌な予感
[ゆうへい]
マグダラミッション開放とか誰得

【ウーナ】
　どうせ仮面外したら美少女だから
【ナルティーク】
　ダミー使うなよ勿体ない
　有名になれるチャンスなのに
【ピアノ渋滞】
　有名（）
【ヨシヲｗｗｗ】
　（画像）
　（画像）
　（画像）
　（画像）
　（画像）
　丁度レスティンの図書館にいたから怪しそうな奴晒しとくｗ
【송사리】
　やめたげて(´；ω；`)
【ゆうへい】
　おまえさらっと俺を混ぜんなカス
　今そこいねえよ

[パンフェスタ]
　晒された奴、全員ヨシヲの嫌いな奴説
[ナルティーク]
　おまえが入ってないから違う
[ウーナ]
　発動条件は偽の許可証とギルトア？
[ぴこぱん]
　テファーナの弟子か
[YTYT]
　マグダラテファーナの弟子には自分のカード渡してたんか
　他の奴には完全なる模造品売ってんのに
　知己の名前にびびって慌てて自分の渡したんかな
[universe202]
　俺もテファ弟子だけど道理で堂々と書庫入れたわけだ
[レネ]
　え？　マグダラＢＢＡなの？
　声はあれだけど手とか肌若々しいからＢＢＡに見せかけたロリなのかと
[もも太郎]
　ＢＢＡだよ

賢人は全員1000歳超え

【パンフェスタ】

きまくら人は不老だから

【マトゥーシュ】

。

【ササ】

。警察うぜー

【ぴこぱん】

おいギルトア枢密院やめるってよw

【バレッタ】

はあ?

【もも太郎】

おっ、ということは

【송사리】

クリちゃんが帰ってくる!?　(`;ω;´)

【YTYT】

誰か検証してこいよ

【Wi】

おまえが行け

[ミルクキングダム]
（動画）
レスティン在住未就学児、逆転の勝利
[もも太郎]
ウェーイ（煽
[송사리]
クリ様尊い……
無理して頑張ってる……
でもまた頻繁に会えるようになって嬉しい……（´；ω；`）
[レネ]
帰ってくんなへたれ野郎
[バレッタ]
まだギルトア降格って決まったわけじゃないですし

ログイン14日目　反響

【革命イベント】

ゲームワールド全体に影響を及ぼすもので、個々のプレイヤーにも関わってくるイベント。且つ、ゲームプレイにおける今までの環境、流れ、常識を覆す可能性のあるものを言う。

発動は条件を満たし、実行に同意した最初のプレイヤー限定の1回のみ。（イベント内容は自動的に動画としてきまくらひすとりあ。で公開される）

開拓イベントはゲーム内容（ミッションや行動範囲など）の増加のみであるのに対し、革命イベントはゲーム内容の増加と削減両方を含むことが特徴。これにより利益を得るプレイヤーもいれば、不利益を被るプレイヤーもでることとなる。

言い換えるならば、すべてのプレイヤーに影響を与え得る分岐点、進路変更イベントである。

過去に発動した革命イベント例：［末姫のデビュタント］、［閉ざされた森］、［クリフェウスの受難］

『おいギルトア消えたんだが』

『俺達のギルトアを返せー！　素材屋に高額資金援助してくれる貴重なパトロン様だったんだぞー！』

『推しが……私の推しが失踪してしまった……もう生きてる意味がない……』

『学院出ざまあｗｗｗ』

『クリ派の逆転勝利！』

『ええ……霧の結晶集めて今からギルトアに会いに行こうとしてたところなんですけど』

公式動画サイトのコメント欄は悲喜こもごもなお祭り騒ぎとなっており、私は震えた。

私が発動した例のイベントは、案の定自動的に動画公開されるものだったらしい。咄嗟（とっさ）にダミーアバターの使用を選んだのは、不幸中の幸いと言えよう。

それにしても、軽い気持ちで選んだ選択肢が、まさかこんなふうにきまくら。ワールド全体を揺るがす事件であったとは。

調べたところ、この騒動が生み出されている流れはこういうことだった。

昨日私が会ったギルトアという人物は、NPCの中でも特に重要な立場にある〝賢人〟の1人なのだそうだ。この賢人達は【霧の結晶】や【星の結晶】というアイテムと引き換えに、特殊なスキルを与えてくれるキャラクターである。

且つギルトア氏は客キャラとしても有能で、資金援助をしてくれたり、売り物とレアアイテムを交換してくれたりするんだとか。

但し彼が店に現れるのには幾つか条件があって、その1つが【～学院卒業生】という称号になる。この称号はゲーム開始時にランダムで与えられるものなので、手に入れるにはゲームをリセットするしかない。

つまり私は【マグダラの消息】を発動することにより、そんな有能キャラを葬ってしまったことになるわけだ。以上が、悲喜こもごもの『悲』の部分である。

ではなぜ、『喜』の人もいるかというと。

実はサービス開始時からギルトアが超有能キャラだったかというと、そうではないらしい。

というのも、元々彼のいる立場――――稀に現れる図書館司書で、レスティーナ王国枢密院議員の1人――――を陣取っていたのは、クリフェウスという別の賢人だったらしいのだ。このキャラクターも客キャラとしてプレイヤーに大きな恩恵をもたらす存在だった。

しかし、その恩恵に与る条件はギルトアとは真逆で、すなわち【～学院卒業生】以外の初期称号――きまくら。スラングで言うところの〝未就学児〟――を持っていなければならなかった。

にも拘わらず彼が姿を消してギルトアが台頭してきたのは、やはり此度（こたび）と同じく革命イベントによるものだったんだとか。

で、その革命イベントによりもたらされた不遇が先のイベントで再び引っ繰り返ったため、喜んでいる人もいる、と。

あとは単純にキャラクター愛で喜んだり悲しんだりしてる人もいるみたい。

要約すると、『第一期：クリフェウス派＞ギルトア派』、『第二期：クリフェウス派＜ギルトア派』、『第三期：クリフェウス派＞ギルトア派←今ココ』ってかんじなのかな。こういう流れを考えると、まあ、今後も何かの拍子にこの構図は引っ繰り返りそうな予感はするけどね。

正直ギルトアの存在もクリフェウスの存在も昨日まで知らなかった私にとっては、結構どうでもいい話である。私はいわゆる未就学児に当たるわけだからクリフェウス復帰は喜ばしいことなんだろうけど、今までその恩恵に与ったことはなかったから、そんなに実感湧かないし。

完全に他人事だったなら、今回の騒動も、「へー、こんなのあるんだー。ウケるー」で終わっただろうな。しかし現実にはそのどうでもいい人間が革命を発動してしまったわけで。

何やかんや騒いでる人や愚痴を言ってる人の大半は、これがお遊びと分かった上で、楽しんでぶーぶー言ってる感はある。

しかし動画のコメントをスクロールしていくと、中には本気でブチ切れてるっぽい人もいたりするんだよね……。それを面白がってるのか、『実行者炙（あぶ）りだそうぜ』なんて煽ってる人もいるし。

う～、私はひとりで静かにゲームを楽しみたいだけなのになあ。

今後外に出たときに絡まれたりしたらやだなあ。怖いなあ。

一瞬、妹に相談する、という案が頭を掠める。実は妹もきまくら。プレイヤーで、発売直後から続けているガチ勢なのだ。

でも、私はすぐにその考えを振り払った。

4つ離れた妹はちょっと気難しい性格で、仲が悪いわけじゃないんだけど、私のことを見下してる感がある。

「は？　そんなんろくに調べずにゲーム始めるナツの責任じゃん」とか一蹴されそうな気がする。私のフローズンハートが砕け散ること請け合いだ。

姉としてのプライドを守るためにも、ここはめげずに頑張るべきかもしれない。

所詮これはゲームであり、革命イベントだってお遊びの一環として組み込まれたに違いないのだ。

それにケチを付ける人間なんて、まともに相手にすべきじゃないよね。

……でも、今日は引きこもって服作ってよっと。

＊＊＊＊＊＊

【きまくらゆーとぴあ。トークルーム（公式）・開拓ｏｒ革命イベントについて語る部屋】

［KUDOU-S1］
受難発動した人叩かれて消えちゃったんだっけ

当時のきまくら。では数少ないロールプレイヤーで結構有名だったんだよな
[ナルティーク]
全プレイヤーに漏れなく影響が及ぶ革命はあれが初めてだったしな
結構衝撃的だった
[ゆうへい]
遊馬のことか
やり込み系ゲーマーだったし、メンタル弱いの意外だった
[ヨシヲｗｗｗ]
ダミー使わずばちばちの貴族令嬢ロールなんかするばっかりにｗ
[ニコラ]
発動前にダミー使用の有無を問うのが悪い
終わってからにしろ
[ササ]
メンタル弱い奴がロールプレイなんてすんな
[KUDOU-S1]
まず革命イベントの存在自体が意地悪だからな
[universe202]
きまくら。自体が意地悪ゲー
[ニコラ]

ワンチャン運営がプレイヤーの良心を信じてる説
[ナルティーク]
ないだろ
[YTYT]
運営の良心が1番信じられない
[うすくち]
>>ナルティーク
>全プレイヤーに漏れなく影響が及ぶ革命
違うくない？
素材屋だけでしょ？
[universe202]
店に素材出してりゃ誰でも素材屋だぞ
[イーフィ]
ヒーリングミント店頭に1個置いとくだけでギルクリはやってくる
[うすくち]
マ　ヂ　カ　！　！
[ミルクキングダム]
遊馬のロールプレイ好きだったんだがな
SNSで短い動画上げてるのよく観てた

［レティマ］
　遊馬嬢とクリフェウスの絡みおもろかったよねｗ
　賢人を扱き使う我が侭お嬢様のコントｗ
［ＹＴＹＴ］
　あれで好感度下がらないどころかブッチギリの１位だったわけだからクリフェウスってエ
　……
［アラスカ］
　今受難の動画観てきたけどあれの発動条件がクリの好感度＆プレイヤーのクリ愛ってとこ
ろがガチでサイコ過ぎんか
　好き
［ゆうへい］
　まあそりゃイベントに好きなキャラ連れてけるってなったら推しを選ぶわな
［ニコラ］
　クリフェウスの性格的にヒントは出てた気も
　あのロールで連れて行かない選択肢はなかっただろうけど
［まことちゃん］
　遊馬は引退じゃなくて闇落ちリセットしただけだゾ
　今は数多のＮＰＣを誑かす悪女に生まれ変わってる
［ＹＴＹＴ］

は
[レティマ]
嘘でしょ
[マ　ユ]
>>まことちゃん
余計なこと言うなや(ˎ ᐊ ˏ)
[レティマ]
嘘でしょ!?
[KUDOU-S1]
遊馬→YUMA→MAYU
そういうことなのか!?
[ミルクキングダム]
俺……遊馬のキャラ好きだったのに……
まさか中の人がラブハンターだったなんて……
[イーフィ]
革命はほんと色んな悲喜劇が生まれるな
これだからきまくら。はやめられんわ
[YTYT]
マユの最推しはクリフェウスだった……?

[ニコラ]
でも確かにマユさんてワールドのデートイベ、クリフェウスだけは絶対外さないイメージ
他のキャラは結構気まぐれつまみ食いというか、変動激しいのに
[マ　ユ]
てか叩かれてリセットしたわけじゃないからそこんとこよろしく
クリを追い詰めた罪を償いたくなっただけ
[ナルティーク]
ヤンデレ怖い
[universe202]
キャラ推しガチ勢はきまくら。最大の闇

ログイン15日目　繁盛？

ショップのシステムパネルを確認した私は、２つの事態に目を疑った。

１つ目、店に出したアイテムがすべて売り切れている。

ショップエリアに入った瞬間から、異変は一目瞭然だった。だって、棚にもトルソーにもハンガーラックにも、全くどこにもないんだもん。商品が。

誤って設定を変なふうにいじっちゃったのかな。そう思ってパネルを開けば、こちらも『現在商品

は登録されていません』の表示。

そして、有り得ない数字になっている昨日の売り上げ金額。

ただ、これはまだいいほうの異変。さらなる寒気を生んでいるのは、新着メッセージを示す手紙のアイコン――――その上に表示された『31』という数字。

そう、購入者から31件のメッセージが届いているらしいのだ。今まで私が受け取ったメッセージなんてめめこさんからの1通だけだから、これは異常事態中の異常事態である。

因みに私が店に並べていたアイテムは全部で34個。実に大半の購入者が私に何か物申していることに。

アイテム全般に不備があったとか？　それとも……。

考え始めると悪い予感しか浮かばないので、私はもう勢いで、ええいままよとアイコンをタップした。そして、届いたメッセージすべてに目を通していく。


『あなたがマグダラの消息発動したって噂ですけど、本当ですか？』

『あの革命イベントで沢山のきまくら。プレイヤーが困ってるって知ってます？』

『発動するときには、トークルームで相談してほしかったな』


こわっ。何が怖いって、この一連のメッセージを送ってきてるバレッタさんという人、わざわざアイテムの購入を複数回に分けて計6回、この類の主張を投げ付けてきている。

ただ内容だけで言えばこの人はまだ理性的なほうで、他の人からのメッセージでは単純明快な罵倒もちらほら見受けられる。

そういった否定的なメッセージが1／3ほど。

そして、やはり商品とは関係ない先のイベントに対するコメントながら、肯定的なものも1／3ほど。


『GJ！』

『祝クリフェウス復活』

『クリ様呼び戻してくれてありがとうございますありがとうございます』


で、残りの1／3だが、これは意外や意外。まともに商品に関するメッセージだった。


『船長セットお気に入りです。大切に使わせていただきます』

『女船長の衣装セットが欲しかったのに売り切れで買えなかった涙　補充してほしい　できれば黒がいいな』

『オーダーメイドやらないんですか？』


なぜかこれにはバレッタさんの7通目のメッセージも含まれていて、『セットもののやつ、ジャケットだけばらで作ってほしいです』などと言っている。この人何なんだ。

あとめめこさんから『ヨシヲとストーカーのせいで変なのに絡まれてると思いますけど、私は応援してますからね！』という気遣いの言葉もいただいている。これは素直に感謝である。

っていうかなんで私が発動したってばれた？

この人達、誰？

仮に図書館に居合わせた人の誰かに見当付けられたとして、店まで特定されるもの？

ヨシヲとストーカーとは一体……？

私の胸の内には様々な疑問が一斉に浮かんできたが、総じて言えることはただ1つ。

…………めんどくさい。

怠惰により恐れを克服した私は、商品に関係ないメッセージを送ってきた客プレイヤー達を、さくっとブラックリストに登録した。

バレッタさんは3秒悩んだ末、ブラックリストに入れた。


******

【きまくらゆーとぴあ。トークルーム（公式）・開拓ｏｒ革命イベントについて語る部屋】

［なななな］
＞＞ee
おばあちゃんの行きつけになってそうなショップネームw

［YTYT］
＞＞ee

くたばれ特定魔
[レティマ]
ヨシヲとストーカーははよ垢ＢＡＮされて
[ミラン]
ヨシヲよりササとストーカーかな
[黒煙]
そういうマジレスはやめろ
[まことちゃん]
お祝いメッセ送ろうとしたら既に全部売りきれてたでござる(、・ω・´)
[ピアノ渋滞]
そりゃこの時間じゃね
特定された10分後には完売したっぽい
[cloud nine]
全く嬉しくない繁盛だなあ
[ねじコ+]
そう?
自分は売れれば何でもいいけど
[ナルティーク]
てか前提として確実に特定できたわけじゃねーだろ

違ってたらすげー迷惑
合っててもすげー迷惑だけど
[エルネギー]
まあ
でも限りなく黒に近いんだよなあ
カウンターで個別イベ終えた瞬間アナウンス流れたのを目撃してしまった身としては
[YTYT]
そう言うおまえが発動したんちゃう?
[エルネギー]
なら俺んとこの商品買い占めろよ
[なななな]
パラミン茶でぼろうとするリル廃アンチには死んでも金渡さない
[ポワレ]
リル廃なんてぼってなんぼ
[竹中]
聞き捨てならんが今はそれどころじゃない
買い占めたやつくたばりやがれ
許さん
[ミラン]

なぜか怒る竹

[黒煙]

おまえいつからそんなキャラになった

イーフィに弟子入りしたんか

[cloud nine]

買い占めた奴よりヨシヲとストーカーだよ問題は

[竹中]

ヨシヲとee はグッジョブ

[まことちゃん]

なんでや

[竹中]

だが結果によっては通報する

[まことちゃん]

なんでやΣ(￣ロ￣lll)

[レティマ]

竹は無視していいよ、、

[なななな]

おっ

ブティックが復活した

［ポワレ］
ほんとだアイテム補充されてる
てか騒動はさておき普通に可愛いんだよなあこの人のオリデザ
［めめこ］
性能も素材に対して優秀だしね
メンタル強いようで何より
革命アンチは気にせず頑張ってほしい
［ヨシヲｗｗｗ］
ちょ待ってｗｗｗ
ＢＬ入りされててワロタｗｗｗ
軽く挨拶しただけなのにｗｗｗ
［バレッタ］
は
買えない
ブラックリストぶっ込まれた
［ミラン］
ｗｗｗｗｗ
［YTYT］
大草原不可避

[まことちゃん]
この速さで補充してんのに容赦なくＢＬ処理してんの激オコ過ぎて笑う
[ピアノ渋滞]
煽ってんなぁ
[エルネギー]
ブティックさん絶対心臓に毛え生えてるだろｗ
嫌いじゃないｗ
[イーフィ]
いや笑ってる場合じゃなくおまえらが虐め過ぎたんだろ
談話室出入りしてないやつに身内ノリで突っ込むのほんとやめろよ
そんなんだからこぐに勢に頭オカシイって言われるんだろ
[リンリン]
頭オカシイ（誉め言葉
[もも太郎]
僕、祝クリフェウス復活ってお祝いしただけなのにＢＬ入れられてて凹む……（、・ε・´）
[バレッタ]
私だって７通目は普通に商品に関する要望書いただけなのに
[黒煙]
６通は何送ったんだよｗ怖いわｗ

【めめこ】
　私勝ち組
【竹中】
　おい表出ろよバレッタ
　どうせギルトアの恨みぶつけるためにわざと7回に分けて買ったんだろ
　てかおまえら買い占めるのやめろおおおおおお
【レティマ】
　うわほんとだもう商品空になってるｗ
【ミラン】
　ブティック素材売りだしたんだけどｗ
【なななな】
　ん？
　空だよ？
【ミラン】
　ほんとだ更新したら空になった
　誰か買ったんだ10万のヒーリングミント
【ポワレ】
　じうま……（・ｏ・）
【ヨシヲｗｗｗ】

ちょｗｗｗ

こいつ調子に乗って１００万のゴミ出してきたんだけどｗｗｗ

［ピアノ渋滞］

やるじゃんブティック

［エルネギー］

いいぞもっとやれ

［マ　ユ］

商魂たくましくて素敵

［バレッタ］

虐めてた奴がサイコパスだった感

［イーフィ］

ほらー

おまえらのせいで頭オカシイ奴が増えたー

［まことちゃん］

また一人悲しいモンスターが生まれてしまった……

［cloud nine］

おら革命アンチ１００万のゴミ買って粘着メッセージ送りつけてこいよｗ

ログイン16日目　ゴミ商売

「うえっ」

ショップ情報を開いた私は、ひとりにも拘わらず思わず呻いた。

昨日100万キマでワールドマーケットに出品しておいた【ゴミ】が、なんと売れていたのである。

馬鹿だ。馬鹿がいる。

なんでこんな頭オカシイ商売に手を出したかというと、まあ、腹いせ以外の何物でもない。昨日は混乱と不安と苛立ちにより、ちょっと正常な判断力が低下していた。

とりあえず生産作業に打ち込んで1回気持ちをリセットしようと思ったんだよね。で、色々アイテムが出来上がったから、自然な流れというか脳死でそれらをショップに追加したわけ。

したらばたったの5分か10分、客イベをこなしてる間にアイテムは売りきれ、怒涛の新着メッセージ襲来ですよ。

いくらゲームといえども、やっぱり軽くショックだった。

勿論ショートカットは多用してるけど、アイテムの中には自分なりにデザイン凝ったやつとか、手作業込みで丁寧に作ってるやつもあるわけで。

それを気に入ってくれる人とか、純粋に必要としてる人に使ってほしくて、こっちは出品してるのにさあ。向こうは関係ないメッセ送りつけるためのツールに利用してる人が大半でさあ。

ちょっとそこで、ぷっつんしちゃった。てへぺろ。

いいぜそっちがそうくるなら相手してやんよ。ただしワンメッセ10万キマでよろしく。

てな具合に一般的な価格が50~100キマな【ヒーリングミント】を、試しに1個10万で10枠並べてみたんだよね。したら即完売した。

ゴールドフラッシュに目が眩んだ瞬間でした。なんか全部許せたもん。革命アンチのコメントとかも全部。まあBLは外さないけども。

もっとも、じゃあこれに乗じてさらなる金儲けをって気分になったわけではない。それやったら相手を煽ってるのと同じようなものだし――いや、既に1回煽ってることは置いといて――、楽してゲームを進めたいわけでもないし。

ただ、このままだとしばらくの間、私の店が正常に機能しなくなることは明らかだ。どうでもいいメッセージを送りたい人間のために、手間暇かけて作ったアイテムをせっせと並べるなんて嫌である。

そこで事態が落ち着くまではワールドマーケットには出品しないことにしつつ、けれどもちょっとの反抗心を込めて【ゴミ】を100万キマで置いておくことにしたのだった。

するとさすがにこれには手が出なかったらしく、昨日の時点では買われずに残っていた。残っていたのだが、今日になって見てみたら、商品は売りきれ。振り込まれる100万キマ。そして1通の新着メッセージである。

いやあ、さすがに私も大概阿呆だとは思ったけど、相手はそのさらに上をいく阿呆だったね。大丈夫かなあ、このゲームの未来。民度やばない？　偏差値低いわあ。

ただね、100万キマを支払ってでも私に何か言いたいことがあるということなのでですね。そりゃまあ一応は、目を通させていただきますよ。多分その後即行でブラックリスト入れますけれども、一応はね。

というわけで、心の中でぐちぐち言いつつもメッセージのアイコンをぽちると。

『はじめまして、竹中と申します。

商品のゴミは恐らく虫除けの意味が込められていたものと思いますが、どうしてもお伝えしたいことがあったため買わせていただきました、、、ゴメンナサイ。

町中でビビアさんの衣装を見て一目惚れしてしまいました。ジャケットと帽子に使われていたボタン、実は自分が作ったものです。

可能なら、こちらが指定した素材を使って似たようなものを仕立てていただきたいのですが、いかがでしょうか。材料は勿論こちらで用意します。

気が向いたらこれ自分のIDですので、フレンド申請送ってください。専用のトークルーム建てます。（用が済んだら解除してOKです）

もしくは日時指定してきまくら。内で直接会うのでも可。SNSやってるんであればそちらでやり取りもできます。

よろしくお願いします』

偏差値――――というか心の質が低かったのは、なんと私のほうであった。予想していたより無量大数倍まともだったメッセージに目を瞠った私は、竹中さんとやらに向けて土下座念波を発信した。

******

【きまくらゆーとぴあ。トークルーム（非公式）・パーティ募集の部屋】

[yuka]
どなたか『湖に落とした指輪を捜してください』クエスト、一緒にやってくださいませんか?
潜水、狩猟スキル持ってる方、お願いします
当方は潜水のみ所持の職業園芸師ですので完全なるお荷物に徹します
レベル20~獣使いのフレが一緒で、あと2人までで募集してます

[パンフェスタ]
それ解体も必要
まあ狩人いれば平気と思うけど

[マ　ユ]
はーい(=゜▽゜)/
職業狩人Lv40~、潜水、狩猟、解体OKです

[yuka]
>>パンフェスタさん
そうなんですね

心得ました
>>マ　ユさん
ありがとうございます
よろしくお願いします！
【深瀬沙耶】
マユ転職してたん？
【マ　ユ】
してた
2か月くらい前よ？
【KUDOU-S1】
採集師はやり込みしだすと狩人が羨ましくなるよなｗ
【マ　ユ】
そう
でも狩人やりだすと採集師に戻りたくなるけどね
【ミルクキングダム】
カンスト＋転職のコンボをひたすら繰り返して採集猟師になるのだ
【パンフェスタ】
気の遠くなる話だなｗ
何年かかるんだろ

[ヴァレン]
　はて……昔そんな廃人がいたとかいないとか……
[ee]
　えっ、それどこのヨシヲさんですか？
[否定しないなお]
　やめなさいｗｗｗ
[YTYT]
　身内庇う気ないの草
　>>yuka
　手伝う
　職業大工Lv90〜だけど潜水とダメスキは持ってる
[yuka]
　ありがとうございます！
　ではレンドルシュカのギルドまでお願いします
　フレが連れてるコクヨウガラスが目印です
[YTYT]
　うい〜
[マ　ユ]
　オケ

［ミラン］
なんでギルドアプリのパーティ募集機能使わんの？
あっちのがメンバー確定後に自動でホストんとこ飛べるから手っ取り早いのに
［深瀬沙耶］
メンバー選別のためにこっち使ってる
あっちは埋まり次第自動で確定だから地雷率高い
まあこっちに地雷がないとは言わないけど
［否定しないなお］
アプリは条件満たしてれば問答無用で入れる楽ちん仕様なのに対して、こっちは必要最低限でもコミュニケーション取らなきゃなんないからね
［鳩］
無言厨はそもそもこっち使わないだろうし、かんじ悪い人も回避できる
パーティボーナス付きの脳死クエなんかはアプリで全然事足りるけどな
［ミラン］
なるほどな
確かに俺もマトゥーシュが笑顔で参入してきたときには即行でパーティ解散したわ
選別大事
［パンフェスタ］
ひでえｗ

[否定しないなお]
いやそれはあんた酷いわｗ
。警察はキーマンクラッシュファンの過激派にトラウマあるだけの割とまともなプレイヤ
ーなのにｗ
[YTYT]
まともなプレイヤーはゲームタイトルの略し方を訂正するためだけに談話室見張ったりし
ないけどな
[ウーナ]
言うて人力仕分けは条件詐欺がまかり通るからまあどっちもどっちよ

ログイン17日目　竹中

「あ、どもどもこんにちは。いやあすいませんね、急に無理言って呼びだしてしまいまして」

「いえいえとんでもない。直接お会いしたいと指定したのはこちらのほうなので。っていうか……

――――――」

――男の方だったんですね！

喉元まで出かかった素直な驚きを、私はすんでのところで飲み下した。

竹中さんは、ぎょろぎょろした灰色の目が印象的な、純ヒューマンの男性であった。アラビアンな

衣装に身を包んでいて、先っぽに大きな鈴の付いた、背丈よりも高い棒を担いでいる。

私の超ぶりっこなあの格好に惹かれてレスポンスをくれたということなので、勝手に女の人だと思い込んでいた。メッセージの文面も、きめ細やかな配慮が行き届いてるかんじが女性的だったし。

いやでも、中身女の人ってことも、あるいはあり得るのか。

きまくら。はステータス上の性別を偽ることはできないんだけど、キャラクリや身に着けるものは自由だ。異性っぽい見た目でプレーしてる人もいると思う。

何はともあれ私は本日、図書館近くの小さな噴水広場にて、竹中さんと対面していた。

どういう形で連絡を取るかは色々悩んだ。結局アイテム製作の要望を聞くにあたって、やはり直接会話したほうがスムーズだろうと思い、対面形式を取ることにしたのだった。

悪い人じゃなさそうっていうのは文面から滲み出てたから、無視するという選択肢はなかった。一応私が購入したボタンのショップを確認したら、確かに店主が竹中さんとなっていたし。

で、今に至るというわけだ。

「その衣装で来てくださったんですね」

「ああこれですね。はい。竹中さんが気に入ってくださった服、これで合ってますよね」

照れ笑いを浮かべつつ、全体が見えるよう腕を広げてみたり。

すると竹中さんは顎に手をやり、感心したように頷く。

「さすがブティックさん。なかなか根性のある方のようで安心しました」

え？　なんでこの服の感想が根性？　てか私の名前ブティックだと思われてる⁉

「あ、失礼！　ビビアさんですよね、分かってます。覚えてます。いや〜、この騒動で多分幾らかアンチコメントなんかも受け取ってるんじゃないかと」

「あ、はい。来てます」

「そういうの気にする人って、しばらく身を隠したり、敢えて地味な格好したりするんじゃないかと思ったんですけど、ぶてぃ、ビビアさんは堂々としてらっしゃるのでさすがだなあと」

なるほど。確かにその考えは私の中にもあったんだよね。

でもそもそも匿名性の高いオンラインゲームの世界で、そこまで人の目を気にすべきもの？　って疑問もあって。私は悪いことをしたわけでもないし。

自分でもそこら辺の判断を難しく感じていたところだったので、実は今日のこの会合は、軽い実験に使わせてもらっていたりする。

私が指定した噴水広場は、ホームから近過ぎることもなければ、移動中沢山の衆目に晒されるほどに遠い距離でもない、丁度よい位置。そこをこの目立つ、そして多分一部の人には革命イベントを起こした張本人だと認識できるだろうこの服装で歩いてみて、きまくら。ユーザーの反応を窺おうという魂胆だ。

もし万が一変な人に絡まれたりしたら、最悪竹中さんを頼ってしまおうという計画だった。実際竹中さんにどうこうできる問題ではないのかもだけど、そこに人との繋がりが1つあるだけで、ちょっぴり気持ちを奮い立たせたりできるものなのよね。

「結果的には全然平気でした。視線を感じることはあるんですけど、今のところ声をかけてくる人もいませんし。そんなわけで、軽い実験に利用させていただきました。すみません」

「全然、お構いなく。そういうことだったんですね。まあ、オンゲにありがちな特殊な文化はありますけど、きまくら。は基本民度低くないほうだと思いますよ」

え？　そうなの？　これで民度低くないんだ。っていうか特殊な文化とは一体……。

「特に談話室民なんかはミーハーと愉快主義者が多いので、ネタがあるとすぐ飛びつきますね。って、ブティックさんもしかしてトークルーム見たことないですか？」

いやー……、存在は知ってたけど、基本そういうコミュ充ツールとは縁のない人間なので……。私が竹中氏のハイスペックな話にぽかんとしていると、彼はマルチタブレットを取り出してトークルームの様子を見せてくれた。

親切にしてくれたので、また名前を言い間違えていることは見逃してあげよう。

「一定期間は過去ログ残るんで、参加はせずとも見てる人多いですよ。攻略情報を共有する場ともなってますし」

そうして竹中氏が画面をスクロールしていくと、革命イベント直後の様子が映される。ほえーここでもこんな騒ぎだったんだ。

なるほどね、このトークルームにしても動画のコメントにしてもショップのメッセージにしても、共通する独特の雰囲気があることは分かった。

まあだからといって思いやりのない言動を是とできるわけでもないけれど、要するに、批判してきたり口悪かったりする人がいたとしても、あんま気にすることないってことなのかな。

粘着質な人は少ない印象だし、言いたい放題言ってる割にはみんなドライっていうか。

「そう、そうなんですよ。軽く頭オカシイ人とか非常識な人は稀によくいますけど、」

「竹ナンパ乙」

「くたばれ本気で他人に干渉しようとする人があんまりいないところがきまくら。民のいいところですね。もっともがちでまともじゃない人もいないとは言いません。そういう人は結局どこにいても何をしても突っかかってくるものなんで、さくっと運営に通報しましょ。ブティックさんも外野は全部見下すくらいの大らかな心持ちでプレーしたらいいですよ」

「分かりました……」

う、うん。なんかほんと、色々勉強になったよ。

きまくら。って、いきなり通りすがりに会話に乱入してくる人がいたり、それを見向きもせずに一蹴したり、他人の名前延々と言い間違えたり、そんな人が自分のことを1番まともだと思ってるようなな、そういう世界だったんだね。

めちゃくちゃ突っ込みたい気持ちでいっぱいだけど、ここは郷に入れば郷に従えということで、大らかにスルーしておくよ……。


******

【きまくらゆーとぴあ。トークルーム（公式）・総合】

［ササ］
また生産補助かよ
やることが一定化し過ぎで草も生えない
［ワタリ］

あの、きまくら。は生産ゲーなんで（小声

[バレッタ]

それに触るな

[ワタリ]

あっはい

[송사리]

新キャラちゃんかわええ

ぶすっとしたロリ顔よき(*´ε`*)

[みゃ]

相方のインテリヤクザみたいなのいらんのだが

[否定しないなお]

寧ろインテリヤクザしかいらない

[ねじコ+]

え？　あれ彼氏なん？

そんな紹介に書いてあった？

[ナルティーク]

カップルキャラは紹介ページで対になるように配置されてるのが常

いずれそういうエピソードイベントが発生するだろうよ

[陰キャ中です]

そんなエピいらん
非リアに喧嘩売ってんのか
[レナ]
カプ厨にとっては大歓喜なの
このイロモノゲーにはほんとに感謝してるの
[universe202]
可愛い子に限って相方作るここの運営やる気あんのか
[竹中]
リル様は非リアだぞ
非リアだよな?
[ヨシヲｗｗｗ]
竹中パイセンおつおつｗ
ブティックさんのナンパ成功しましたか?ｗｗｗ
(画像)
[ササ]
そのネタ古いんだよ無職キッズ
サイコパス一般人の話題は秋田
[みゃ]
__ʌʌʌʌʌʌ__

＜　無職キッズ　＞
￣Y^Y^Y^Y^Y^Y￣
[否定しないなお]
あれ……これは夢かな……ササがまともなこと言ってるように見える……
[ナルティーク]
ササはすべて否定する割に発言の内容はまともだぞ
[송사리]
まともって何だろう(｀・ε・´)
[もも太郎]
まともとは
[ワタリ]
おまえらと話してるとまともの言葉の意味が分からなくなるんだぜ
[ミラン]
草
[universe202]
ここの住民はすぐまとものバーゲンセール開催するから
[レナ]
まとものゲシュタルト崩壊
[陰キャ中です]

まともまともまともまともまともまともまともまともまことまともまともまともま
ともまともまともまともまとも
［ゆうへい］
やめいｗｗｗ
［まことちゃん］
呼んだ？（●・ε・）

ログイン18日目　ケピ帽

竹中さんからの依頼は、【女船長の衣装セット】の似たものを紺色バージョンで、且つ併せて男版のものも作ってほしいとのことだった。

「え。それ両方とも竹中さんが着るんですか？」

デリカシーがないなどと言うことなかれ。だってほら、着用者のイメージが分かってたほうがデザインもよりよいものにできるじゃない？

まあ咄嗟に聞いちゃったことなので結局デリカシーないんですけど。

けれども私の焦りを他所に、竹中氏は鷹揚に笑った。

「いやいや。女性用のは贈り物にしようと思って」

ぺ、ペアルックだと!?

まさか一緒にきまくら。を遊ぶ仲睦まじきおなごがいると言うのか？　お揃いのコーディネートをすることにより、ゲーム内でまでリア充アピールを？

しかしゲーム内だからこそ、現実でペアルックを敢行するより痛さが大幅に削減されるのもまた事実。けしからん実にけしからん。

とはいえそうすると、内1着は知らない人の服を作ることになるのか……。

「あの、服のイメージ考えるに当たって参考にしたいので、よければその人のスクショとか送ってもらえませんか？　それか、特徴教えてもらえればと……髪の色とか、雰囲気とか」

「うーん……ちょっとそれは、一応教えたくないんですよねー……。強いて言うなら、絶世の美少女と思ってもらえれば……。まあ、大丈夫ですよ。大体ブティックさんのその服のかんじでやってもらえれば、問題なしです。それに彼女なら、きっとどんなファッションでも着こなせるので」

うわあ……のーろけー……。

教えたくないって何ですかそれ。自分だけのものにしておきたいとか、そういう？

まさかきまくら。内でさえこの手のダメージを受けることになるとは思ってもみなかったよ……。

これだから交流は嫌なんだ。おうちに帰りたい。ぐすん。

とまあそんなブロークンハートなやり取りはあったものの、結局こちらはゴミと引き換えに100万もらっちゃってるからね。

しかも材料と型紙と、おまけのサービスで竹中氏お手製細工部品も付けてくれた。「是非使ってやってください。ブティックさんのデザイン好きなんで、今後もいいのがあったら買わせていただきますし」などと言って。

うーん、基本いい人なんだよね。でもイマイチ、いい人って言いたくなくなるいい人なんだよね、彼。

ま、そんなわけで、カップルのための衣装を拵（こしら）えるなんぞ不本意極まりないのだけれど、仕方がないので真面目に作ってあげることにする。

因みに竹中さんはさらに製作費をだすとも申し出てくれた。さすがにそれは固辞しておいたけどね。さて、紺色、アベック用であることに加えて、もう1点彼が注文を付けてきたのが、この貰った型紙&レシピブック【ケピ帽】である。

型紙はともかくとして、レシピって本としてアイテム化されてるんだね。譲渡できることも初めて知った。

レシピ本やスキル本といったアイテムは主に書店で手に入れることができるらしい。但し初心者にはなかなか手が届きにくいアイテムの1つだそうだけど。

竹中氏には頭が上がらないわ。ほんとは下げたくないんだけど、どうにもこうにも上がらない。で、二角帽をこのケピ帽――西洋の兵隊さんが被ってそうな、円筒形にツバがついた帽子――にして、衣装製作をしてほしいとのこと。まずはコーデの主役になりそうなこちらから作っていくことにする。

【シーチングクロス】で仮縫いして、ふむふむこんなかんじなのねと確認してから、パーツを組み合わせる作業に移る。

ボタンに使ってほしいと渡されているのは、丸っこい菱形の金ボタン。

例によって竹中氏お手製彫り物がされてあるんだけど、これね、凄いんよ。

一見ただの凝った幾何学模様ってかんじなんだけど、よく見ると竹が重なり合ったデザインになってるの。バンブーっていうアジア感の強いモチーフを、よく西洋風に馴染ませてるなあって感心。

因みにこれのアイテム名は【日輪金ボタン（竹）】ってなってた。【日輪金】って確か【金】の最上位素材なんだよね。

私がジャケットと帽子に使ってるボタンは普通の【金ボタン（百合紋）】で、４つ買うだけでも所持金の半分が飛んでった。

だから衣装の他の部分で使ってるボタンは【真鍮（しんちゅう）ボタン（金メッキ）】なんだけれども、対して竹中氏が寄越してきた日輪金のデザインボタンは計20個。プラス、彫り物のされてない小さめの純金ボタンも20個。

『足りなかったら送るんで言ってください』なんてことも仰ってましたが、やはり竹中氏は相当の金持ちっぽい。

まあそりゃそうか。【ゴミ】に惜しげなく１００万使える人なわけだし。

さて、ケピ帽のサイドクラウン――円筒形側面部分――とツバの境目は、緑のリボンと金のブレードで飾ることにする。

で、片側のツバの端っこに竹ボタンと【アルトカナリヤの羽】を２枚あしらう。このアルトカナリヤの羽は朱色のと黄色のがあったんだけど、染色で金と緑に染めた。

これが彼女さん用の帽子。

竹中氏用の帽子には羽の代わりに、サイドクラウンの正面に竹ボタンの大きめスタッズバージョンを埋め込んでおいた。気持ち、彼女氏を華やかにしといたほうがバランスいいかなって。

使う布は【スパイダーエステル（厚）（紺）】。
しっかりと厚みがあって、皺の付きにくい生地だ。この世界のポリエステルみたいなやつなのかも。
スキルを使って組み立てて、これで帽子は完成。続きは明日にしよ。

******

【きまくらゆーとぴあ。トークルーム（公式）・大工について語る部屋】

［YTYT］
（画像）
（画像）
改築完了
インテリヤクザ有能でよい
［ツイスター］
匠だ……匠がおる……
［ミラン］
庭を町並みと同化させてるとこがいいな
しかもダナマスっていう難しい素材でよく調理してる
［きき　さかもと］
王都はどこも建物と街が一体化してるからむずいよね

景観殺しはくたばってほしい
[新シ]
端の目立たないところでやってくれるんなら一向に構わんのだがな
苦情通報するにしても時間かかるからイタチごっこなんだよな
[ライア]
>>YTYT
すげー
デフォルトの街並みって言われても全然違和感ない
プレイヤーズホームて分からんから普通に通路と思って敷地侵入試みそうw
[YTYT]
庭は開放してるから通れるで
[えび小町]
それもはや町作りじゃんw
[新シ]
ダナマスは3都市の中でも特に色強いから難しい
ビャクヤはとりあえず和風にしとけばいいしレスティンはごちゃごちゃしてるから割と何でもイケるけど
ダナマスは複雑な統一感が求められる
[ミラン]

古風な近代的ファンタジックネオ廃墟群、それがダナマス

[チョレギ]

自分で言ってておかしいと思わん？

[ツイスター]

だが事実である

[Peet]

>>YTYT

うわーこういうの造りたかった

ホームを囲む螺旋階段めっちゃいい

自分もダナマスに造ろうかなー

でも既にホーム３つ持ってるんだよなー

課金するかどれか潰すか……あー悩むー……

[きき　さかもと]

３つ維持してるなんてうらやま

[チョレギ]

１つ増やすごとに月額１０００円か……

ちりつもだな

[えび小町]

ソシャゲガチャに月何万も使う人がいること考えれば安いもんだよ

最大で拠点6つ持てるきまくら。はハウジングスキーにとってはまさにユートピア
[こたろう]
クランホームとか入れればもっといける
[ライア]
言うてそんないらなくね?
完成してしばらく楽しんだらスクショ撮ってまた改築すりゃいい
2つで十分
[チョレギ]
埃は積もらない虫は湧かない劣化しない
そんな別荘幾つあってもいいじゃろ?
[ミラン]
うーん現実のレンタルロッカーが月々2,3000円であることを考えると
ホーム1つのデータ保持のために月1000円ってなかなかデカいんだよなあ
[えび小町]
別にデータ保持のためにお金とってるわけじゃないですしおすし
[Peet]
初回で5000出すから買い切りにしてほしいとは思うなあ(ToT)
仕事の都合上プレーできないときはほんとできないからやってないゲームに毎月金吸われてくの虚しくなる

正直半年ログインしないとホーム取り上げられるシステムもややプレッシャー感じる
[YTYT]
それはもうこぐに行ったほうがいい
[Peet]
こぐにもやってるけどMOのこぐにとMMOのきまくら。じゃ完全に別物だよ
[晩秋]
こぐにて何
[きき　さかもと]
こどものくに
[晩秋]
ああ
[こたろう]
自由度で言ったら圧倒的にこぐにだな
だがきまくら。には景観保護の制限内でハウジングを極める独特の楽しさがある
[ミエット ○○○]
えー景観保護法クソだよ
好きにネタ建築させろし
[新シ]
田舎に帰れ

【こどものくにチャットルーム（全体・話題無制限）】

0538.［名無しさん・マルティベーアの民］
>>0533
それもガーリィなかんじで可愛いんだけど、もっと派手なの探してるんだよね
できれば天蓋付きで、分かりやすくお姫様〜！　ってかんじの

0539.［名無しさん・ヴィンツェスカの民］
>>0538
（画像）
つまりこういうかんじ？

0540.［名無しさん・マルティベーアの民］
>>0539
そうそう！　これ理想！
ってあのゲームの画像じゃないですかヤダー
もうグラの細かさ見ただけで分かるわ

0541.［名無しさん・イアサンドの民］
だから具体例にきまくらの画像使うのやめーや
頭オカシイの湧くから

0542.［名無しさん・ヴィンツェスカの民］
きま……くら……？
うっ、頭痛が……

0543.［名無しさん・エルテスの民］
はい＞＞0539はきまくら。信者確定ー
っとここの談話室はＩＤはおろかニックネームも開示されないんだったな
自衛対策できないのむずむずする

0544.［名無しさん・マルティベーアの民］
＞＞0543
ブーメラン

0545.［名無しさん・イアサンドの民］
＞＞0543
温室こぐににあのヤバい世紀末思想を持ち込まないでくれるかな
。付けてる時点でカタギの人間じゃないって一目瞭然だから

0546.［名無しさん・ロサレッティの民］
酷い差別発言で草

0547.［名無しさん・アキルの民］
きまくら信者の特徴
・「きまくら」ではなく「きまくら。」
・やたら「自衛」と「自己責任」にこだわる
・基本的に運営には期待しない
・煽りは挨拶
・ほのぼのゲーとかない
・クランは潰し合うために存在している
・メンタルダークマター級

0548.［名無しさん・アキルの民］
＞＞0547
大体合ってる

0549.［名無しさん・ヴィンツェスカの民］
何だかんだでおまえらきまくら大好きだよな

0550.［名無しさん・イアサンドの民］
そのゲームタイトルを聞くと、懐かしいようなあの頃に戻りたいような大魔王襲来のような気持ちになる……

0551.［名無しさん・エルテスの民］
＞＞0550

イアサンドの澄んだ空の色でも思い出して一旦落ち着こうか
君は何も心配する必要はないんだよ
今日はもうゆっくり眠ろう
0552. ［名無しさん・レオンハルテの民］
丁度きまくらに手え出そうとしてたとこなんだけどそんなに治安ヤバいの？
自由度高くて良ゲームって友達から聞いてるけど
0553. ［名無しさん・ロサレッティの民］
>>0552
ヤバいよ
自由が高じて治外法権だから
0554. ［名無しさん・ヴィンツェスカの民］
>>0552
その友達とは縁切ったほうがいい
0555. ［名無しさん・ロサレッティの民］
元きまくら民として言わしてもらうと、ゲーム自体は間違いなく良質
ただ発売後3か月あたりでメッスルールを採用することになって、そこからオカシクなりだした
0556. ［名無しさん・エルテスの民］
メッスルール？

マッスルのことですか先生

0557.［名無しさん・アキルの民］

MWeS（= Make the World eSports）ルール
そのゲームソフトを通して行われる活動すべてをイースポーツ化するというルール
>>0553の言うところの治外法権だな

0558.［名無しさん・エルテスの民］

>ゲームソフトを通して行われる活動すべてをイースポーツ化する
まるで普通のことを言ってるようにしか聞こえん
ゲームってイースポーツでしょ
イースポーツってゲームでしょ

0559.［名無しさん・アキルの民］

ゲーム〝ソフトを通して行われる活動〟
つまり普通に街を歩いてるときとかゲーム内チャットを利用してるときもイースポーツ参加中で
独自のルールが採用されますよって話

0560.［名無しさん・ケビールの民］

例えばだ、ドッヂボールしてて誰かがボールを当ててきたとしても文句は言えない、そういうルールのスポーツだから
けど普通に飯食ってる最中にボール当ててきた野郎がいたとしたらそれは傷害罪にあたる

その時間はドッヂボールのルールが通用しないから
しかしメッスルールが適用されると
ゲーム世界における〝スポーツ〟の時間と〝普通の生活〟の時間の垣根がなくなってスポーツ一色になる
要は食事中にボールが突っ込んできたとしても文句が言えない世界になるわけだ
0561.［名無しさん・レオンハルテの民］
何となく理解した
え、それってまじで世界崩壊するじゃんやば
0562.［名無しさん・ヴィンツェスカの民］
まああくまでそのゲーム特有の法律が適用されるって話で、ルールがねーわけじゃねーから
ただきまくらは本来のゲーム性を考えれば必要ないし馴染みもないにも拘わらず突然メッスルールを持ち込んできたから
異様な空気が出来上がってしまったわけで
0563.［名無しさん・イアサンドの民］
きまくら。はとりあえずプライバシーとかないと思っとけば大丈夫よ
0564.［名無しさん・ヴィンツェスカの民］
晒し、特定、俺の知らん奴が俺を知ってる
この3つに耐えられればへーきへーき

0565.［名無しさん・ロサレッティの民］
あれってロールプレイ推奨してるゲームとかもっと競争性の高いゲームとかに採用される
もんなのよ、普通は
日本はまだ少ないけど例えばメイズポリスとか？
悪名高い具体例でアレだけど、
メイポリはスパイっていう役職が公式で存在するしギルドを裏切るという選択肢も公式で
存在する
だから必然的にチャットとかの交流の場で一種の情報戦が展開されるわけで、
非常識とされる行動や発言にも寛容にならざるを得ない↓メッス導入、これは分かる
対してきまくらはのんびりゆるキャラゲーの体でメッスとかいう物騒なもん取り入れたの
が完全に謎

0566.［名無しさん・ロサレッティの民］
きまくらのメッス採用は運営の怠慢なんだよなぁ
害悪処理追いつかないのをメッスを盾にして言い訳してるだけっていう

0567.［名無しさん・アキルの民］
運営スタッフ5人であとはＡＩ管理だからしょーがない

0568.［名無しさん・エルテスの民］
>>0565
>のんびりゆるキャラゲーの体でメッスとかいう物騒なもん取り入れた

これがまじでギルティ
一見普通のゆる生産作業ゲーなのよ
で、のんびり平和にプレーしてたら豪速球のボールが突っ込んできて「合法ですけど」って言われちゃうあのヤバさよ

0569.［名無しさん・アキルの民］
要するにきまくらは晒しと特定が合法化されてるって話？

0570.［名無しさん・ビョルンスタールの民］
＞＞0569の言う晒しと特定がどこまでのものを言ってるのか分からんが
「こいつ今日こんなことしてました。画像貼っときます」は全然アリだね
勿論ゲーム内のスクショをゲーム内のトークルームでって状況に限るけど

0571.［名無しさん・マルティベーアの民］
メッス導入により、日常的な派閥争い、競争をかなり容認してるってところかな
その代わりBL機能とかいわゆるミュートみたいな機能とか、自衛システムはしっかりしてる
設定周りちゃんといじっとけば害悪に悩まされることもほとんどないよ
……やっぱ自衛って言ってまうな、＞＞0547はマジで大体合ってるかも

0572.［名無しさん・エルテスの民］
＞＞0566
＞＞0567

これ
害悪処理ってＡＩの最も苦手とする分野なんだよね
何が迷惑行為かそうでないかって判断は言動の一端見ただけじゃ決められないから
やっぱＡＩ運営には限界ありますわ

0573.［名無しさん・アキルの民］
>>0571
>日常的な派閥争い、競争
えっと……きまくらってそんな殺伐としたゲームでしたっけ

0574.［名無しさん・ヴィンツェスカの民］
だからそこな頭オカシイんは
確かにデートイベの好感度ランキングとか対戦式ルールが取り入れられてるミニゲームみたいなやつとかはあるから
競争性もあるっちゃあるけど、パッケージ部分は完全にゆるゲーっていう
そこに惹かれて始めた俺等みたいなのは往々にして事故る

0575.［名無しさん・ケビールの民］
ほのぼのゲー始まる↓害悪処理が追い付かない↓メッス導入↓ヒャッハー族がのさばる↑
今ココ！

0576.［名無しさん・レオンハルテの民］
やっぱ温室こぐにでぬくぬくするのが1番やな

ログイン19日目　納品逃げ

　さて、竹氏からの依頼品を今日も作っていくことにする。

　彼女さんのは普通にジャケットでいいとして、竹氏のは勝手にコートにしちゃお。

　気付いたんだけどさ、私と似たような衣装を作るってことは、色違いとはいえど、実質私と竹氏もお揃いみたいなものじゃん。それは嫌――――じゃなくて、彼女氏に悪いからさ。常識の範囲内でアレンジ加えとこうと思って。

　そんなわけで、取り出したのは【チェスターコート】の型紙。これを複製しつつ、変更を加えていく。

　丈は長め、膝辺りまで。

　袖はだぼっと広めに、長めにしよう。それで折り返して裏地を見せるかんじにするの。裏地は帽子のリボンに合わせて緑色にする。

　あとは船長コスと同じように、ブレードで縁取ったり、金ボタンを付けたりして、出来上がり。

　んー、このコート、前を閉じて着るんならいいとして、もし羽織るだけとか、肩に掛けるみたいな着方をするんだとしたら、中身白シャツ1枚ってちょっと寂しいかな？

　ということで、この前手に入れたレシピを使って同じ紺色のベストも作ってしまおう。うん、これなら羽織りコーデにも隙なしだね。

あとはシンプルな白シャツと紺スラックスを作って、竹氏の衣装は完成。

そう、男用の靴はいらないって言われてるんだよね。まあ靴のレシピはまだ少ないので、丁度よかった。

彼女氏の服の他の部分は、スカートのリボンを緑にして、あとは大体スタンダードモデルと一緒でいいかな。タイツは緑色のものをＮＰＣのショップで購入して、おまけで付けておこう。

これにて、すべての工程が終了。

竹氏には、セット形式でも単品形式でも、どちらでもいいと言われている。

あの羽振りのよさを見る限り、彼は多分なかなかのやり込みゲーマーっぽい。ってことは思うに、私の製作品にステータス上昇だとか、何らかのアビリティだとか、そういった機能性は求めてないんだろう。

レベル10台半ばな私に高性能が望める素材渡しても、品質下げて無駄になっちゃうもんね。だから私に頼んだのは完全なるお洒落装備用ってことで、セットでも単品でもどっちでもよかったんだろうな。

じゃあここは私の好みでセットアップにさせてもらおう。この未知なる素材で作った衣装がセットにしたときどんな効果を生み出すのか、興味がある。

最後に名前を付けて、インベントリから情報を閲覧すると――――。

【近衛騎士のコート（紺）】
品質：★

――
主な使用法：装着
習得可能スキル：蠱惑
セットボーナス：――
（蠱惑：任意発動スキル　消費30～　幻蟲を［魅了］状態にする）
【近衛騎士の開襟シャツ（白）】
品質：★
――
主な使用法：装着
セットボーナス：――
【近衛騎士のスラックス（紺）】
品質：★
――
主な使用法：装着
セットボーナス：――
【近衛騎士のケピ帽（紺・スタッズ）】

品質：★

――

主な使用法：装着

セットボーナス：――

ずこおーーーーっ。

ちょ、え、ええええええ!?

ステ上昇効果皆無!?　しかもセットボーナスすらもなし!?　品質は底辺だし、これ、大丈夫なのかな。コートにスキルが付いたのは嬉しいけど、彼女さん用の衣装にも特別な性能はない。

慌てて主要素材の特性を攻略サイトで調べてみる。

日輪金、これは合成の際他素材の効能を高める働きをするということなので、単独で何らかの上昇効果を持ってるわけではないっぽい。

そもそもボタンと生地といったふうに加工素材と加工素材が影響を及ぼし合うのは稀とのことなので、こちらはいいとする。

問題はスパイダーエステル。

この素材には本来毒耐性が備わっているそう。しかし、取り扱い推奨レベルは20から。つまり、明らか私のレベルが足りなかったがために機能性ゼロのアイテムができてしまったことになる。

ぎええー、竹中さんごめんなさい。私のレベルの低さを知ってはいたと思うけど、実際のステータスを確認できるのはフレンド登録した後――――つまり既に契約成立した後のことだったからなあ。

まさかここまで低いとは思ってなかった可能性アリ。
私は謝罪文と共に完成したアイテムをそっと竹氏へ送りつけると、そっとログアウトした。

＊＊＊＊＊＊

【きまくらゆーとぴあ。トークルーム（公式）・遠征クエストについて語る部屋】

[とりたまご]
　脳筋はミコトで間に合ってる
　大体どこでもミコトでごり押せる現状、病める森が復活でもしない限りミコトで十分
[송사리]
　悪くないのにコナー(´；ε；｀)
　高所に強いから喧騒の密林とかで大活躍だよ
[レティマ]
　いやだからそれミコry
[リンリン]
　固定パのワイ、高見の見物
[めめこ]
　寧ろリンちゃんパテ組むまでもない説
[Peet]

お腰につけたゾエベルさん、1つ私にくださいな♪
[リンリン]
どうぞ
[Peet]
いらない
[エルネギー]
平然となされる言葉の暴力
[リンリン]
ではエルネギーさん、どうぞ
[エルネギー]
いらない
[ryota]
おまえら虐めって言葉知ってる？
いらないけど
[レティマ]
汎用性で言ったらシエルニキよりヨシヲのが有能じゃない？
[レティマ]
一斉に黙るなｗｗｗ
[송사리]

ゾエベルとヨシヲとeeが固定パでトップなの思い出すたび震える(;´;ε;`;)
あいつらと一緒にゲームやれるリンリンて何
獣使いなの？
[めめこ]
獣使いは草
[とりたまご]
おい飲むヨーグルト吹き出しちまったじゃねえか
[リンリン]
ここの住民なぜか勘違いしてる人多いけどeeはうちのパテじゃないよ
[KUDOU-S1]
えっそうなのか？
[ヨシヲｗｗｗ]
フレですらないんだよなあｗｗｗ
[ee]
えっそうなんですか？
[ぺっぱーみんと]
おいこらｗ
[Peet]
そうなんだ

なぜか完全にセットだと思い込んでた
[ヨシヲｗｗｗ]
eeとはここでしか絡んでないからｗ
てかあいつが勝手に絡んできてるだけだからｗ
[エルネギー]
eeは基本ソロだよな
でも野良パ組むときは必ずネズミ系女子連れてるよな
あれ誰？　ここの住民？
[ee]
えっ妻ですけど？
[イーフィ]
よーしおまえらーあ
解散だーあ
[めめこ]
はーい
[Peet]
はーい
[とりたまご]
さてと、課題やるか

ログイン20日目　呼び出し

ぴゅーい、という鳥の鳴き声に、私は身を竦ませた。

これは通話申請が届いた合図である。そこそとホームで生産作業をしていた最中の出来事だった。

まあフレンド登録をしているとログイン状況が一目瞭然なのでこそこそも何もないんだけど。

私のフレは現状竹中氏だけなので――何だか不本意な字面であるが――、発信者も彼に違いない。8回くらいコール音を聞き流していたんだけど一向に鳴りやむ気配がないので、私は渋々通話に応じた。

「
[ビビア]
はーい
すみません今幻獣から逃げてて手え放せませんでしたあ
[竹中]
いや嘘でしょブティックさん今ホームいますやん
[ビビア]
なぜばれたし
[竹中]
」

ほんとにホームなんかい
8回もコール無視されて俺泣いちゃいそうです
〔ビビア〕
震
〔竹中〕
冗談はさておき依頼品届きました
仕事が早くて助かります
で、何ですかあのアイテム性能
〔ビビア〕
震
〔竹中〕
エモープの音で誤魔化さないでください
とにかく直接会って話したいんで今からレスティン行きますよ
郵便だとお金の受け渡しできないですし
ホームにいるっていうんなら、前回と同じ広場でいいですね
よろしくお願いします

私が3度目の震スタンプを押す前に、通話は一方的に切れた。あ～～やっぱり竹中氏オコだったかあ。

まあ仕方ないよね。マーケットを介さない個人間の取引なんてやっぱトラブルの元だよね。せめて『どんなゴミが出来上がっても当方は責任を取りません』って決まりを契約に含めるべきだったなあ。でもたかがゲーム内の取引でそんなお堅い姿勢を持ち込むのも馬鹿馬鹿しいよなあ。

いずれにせよ、めんどくさいことになった。私は重い腰を上げて、渋々外へ出かけるのだった。

指定された広場に辿り着くと、竹中氏は渋い顔をして突っ立っている。

「まさかブティックさんがきまくら。国宝の素質をお持ちだったとは……」

「はあ？」

「俺この前新しい家建ててしまったので丁度金欠だったんですよね。慌ててクランメンバーから金かき集めてきましたよ。後で何言われることやら。まあそういうわけで、このくらいでいいですかね」

竹中さんがプレゼントを差し出しています

↓・受け取る

・受け取らない

咄嗟に『受け取る』を選択すると――――。

竹中さんから200万キマを受け取りました！

「うえ!?　なんで!?」

「足りないと申しますかそうですか。じゃあもう50万キマで勘弁してください。まじでこれ以上は手持ちないんで」

「え？　え？　私なんか、ネズミ講みたいな怪しい商売に巻き込まれてるかんじですか？」

「はい？」

私も竹氏も、きょとんとして互いを見つめ合う。どうやら彼は私が思っていたほど怒ってはないようだ。

「あの、高価な素材の割に酷い性能のものが出来上がってしまったので金返せって話では……？」

「まさか！　逆ですよ！　スキル付いてるじゃないですかこのアイテム。ワールドマーケットだったら2、300万で取引される代物ですし、人によってはもっと金積みますよ」

「えええ!?　え、でも、私レベルまだ20にも届いてなくて……だから本来【スパイダーエステル】につくはずの毒耐性もつかなかったし、そんな素人が作るものにそんな額……」

「あー……」と竹氏は複雑そうな顔で頭を掻く。

「なるほど、ブティックさんその手のプレイヤーか。談話室見ないって言ってましたもんね。攻略サイトとかも、あんま使わないタイプでしょ」

「そう……かな？　分からないことがあったり、行き詰まったりとかしたらさすがに見ますけどね。まずは自分で色々触って、自分なりのやり方で楽しむのが好き、かなあ」

「生粋のエンジョイ勢……眩しい……浄化される……」

竹氏は目を細めて、額の前で庇(ひさし)を作る。大丈夫かこの人。

「そういうタイプに打ってつけのシステムがきまくら。にはありまして、それがこの服のような効果

――――ミラクル・クリエイションというやつなんです」

「み、みらくるくりえいしょん……」

竹氏の話によると、アイテム生産において、例えばスキルが付いたりだとか、通常より効果の高いもの、或いは素材に見合わない効果が生みだされることが稀にあるらしく、その現象を総じて『ミラクル・クリエイション』と呼ぶのだそうだ。

「発生条件となるキーワードは『手間』、『丁寧さ』、『手抜きをしないこと』」

「手抜き……あっ、ショートカットスキルを多用しないってことですか」

「そういうことです。もっともこのシステムはまだまだ謎が多く、厳密にこうすれば発動するっていう線引きなどは明確になっていません。しかしスキルのみで作ったアイテムではまず発生しないこと、ミラクリ成功となったアイテムは決まってオリデザものであることなど、色々総合的な考察がなされまして、今のところ手作業を多く加えたものやデザインの凝ったものに発生しやすいと、このような結論となっています。実際今回ブティックさんが作ってくださったこの衣装もかなり凝ってますし、やはり相当の手間と労力がかかっているのでは？」

んー、まあ、勿論スキル使って秒でできたものではないね。

ただ現実の服飾作業のことを考えると、私的には大分楽して作ってるつもりだったけど。テンポよく作業が進んでくから、『労力』かけてるって感覚はないしなあ。

「ええ、ええ。そういう異色プレイヤーのことを、我々は敬意を込めて〝きまくら。人間国宝〟と呼んでいるわけです」

「つまりミラクル・クリエイション？　付きのアイテムを作る人があまりいないってことですか？

でも話を聞いてると、レベルが低くても特殊な条件をクリアしてなくても、ミラクルは起き得るってふうに聞こえるのですが。それってそんな異色かなあ」

「ではお聞きしますが、ブティックさんはこの衣装にどれくらい時間かけました？」

えーっと製図の調整とかも含めると丸まる2日使ってるわけだから……と、私は指折り数えていく。

「4時間くらい？」

「よふっ……！」

奇声をあげて噎せる竹氏。どうしたどうした。

「……生粋のエンジョイ勢だなんて言って失礼しました。ブティックさんはイカれたエンジョイ勢ですね」

「いやそっちのほうが失礼ですけど」

「それはスキルも付くわけです。っていうか既存のものと同じようなの作ってくださいって依頼してるのになんでこんな細々としたアレンジ加えてくるんですか。一度作ったものなら材料変えてスキルぽちーだけで大体終わるでしょ」

「うっ、すいません……」

竹氏とお揃いなのがあんまり嫌だったもので……。

「いや褒めてますけどね素晴らしい出来ですけどね。しかしこのようにブティックさんが4時間かけて凝った衣装を作り出したのに対し、ショートカットスキルや既存のデザインを使えば、1分もかからないわけですよ。で、きまくら。ではキャラミッションやら遠征クエストやら月1のワールドイベやら、他にもやることが五万とある。ってなると、きまくら。を遊び尽くしたいゲーマーどもはつくかつかないかもあやふやなミラクリ目当てに、そんな時間かけてらんないわけです」

「へ～～。そういえばこの間のワールドイベ、結局何もしないで終わっちゃったなあ。それに『遠征クエスト』？　そんなのもあるんですか」

「…………」

竹中氏の眼差しが、なんだか可哀想な人を見る目になっているのは気のせいか。さっきまで『眩しい』とか言ってたあれは何だったの。

「……実際にはこのゲームの世界の広さに気付いて国宝卒業しちゃう人も多いんですけどね。まあそれはそれ。人のプレースタイルなんて自由ですから、ケチの付けようもありません。とにかくそういうわけでお渡ししたのはブティックさんの仕事にきちんと見合った報酬です。街中で着る用にお願いしたものなので、毒耐性とかもどうでもいいですしね。ですのでそのお金は、どうぞ遠慮なく受け取ってください。今週末……絶対に彼女と一緒に、この衣装着てみせますよ」

竹中氏のお話はよく分からないところも多かったけど、とりあえず最後の一言とドヤ顔がうざいなあと思いましたまる。

******

「**【きまくらゆーとぴあ。トークルーム（公式）・コミュニケートミッションについて語る部屋】**
[否定しないなお]
>>ピアノ渋滞」

わかる
眠たげというか鬱っぽい顔が魅力なんだよね
あのどんよりとろ目じゃなかったらマティエル推しにはならなかったかも
[ピアノ渋滞]
そう仲間いた
あの退廃的しっとり感たまらない
レスティンでなくダナマス在住ってのもまたよく分かってる
[ポイフリュ]
ミコトきゅんの頭なでなでしたい
森で迷子になりかけてるミコトきゅんに腕広げて「おいで!」って言ってあげたい
駆けてくる途中で転んで半ベソかいてるミコトきゅんの膝頭にお薬塗ってあげたい
それで「もう大丈夫だよ」って言ってぎゅってしてあげたい
[まことちゃん]
お巡りさんこっちです
[深瀬沙耶]
ミコネキぶれないね
[鶯 *]
美少年枠で言ったらフィリベルもなかなか
[マ　ユ]

きまくら。はマッチョ枠がいないのが唯一の不満です

［まことちゃん］

辛うじてアーベンツ？

［マ　ユ］

あれは細マッチョ

もっとむきむきなゴリラ様がいい

［バレッタ］

もはや美少年美青年美少女美娘で世界観固まってるからなあ

今更マッチョとかボンキュッボンだされてもなんか違うってなる

［深瀬沙耶］

>>美少年美青年美少女美娘

エリン「（おろおろ）」

［否定しないなお］

エリンは性格イケメンやから

［ポワレ］

ロリコンやん

［ミラン］

キャラ談話室あるある：

リル廃いないとすぐネキ達の女子会始まる

[サミュエル]
リル廃はバランサー？
[とりたまご]
リル廃も役に立つことあるんだな
[鶯 *]
なんでリル廃いないのん？　(すっとぼけ
[マ　ユ]
なんでだろーねー(*´・ω・)(・ω・`*)ネー
[まことちゃん]
血と砂……これは、戦のにおい……(－∧－)

ログイン21日目　遠征クエスト

本日も、客イベや図書館チェックといったルーチンをこなしていく。

図書館では、今日は新たに【製図】っていうスキルを獲得したよ。

これはすっごく便利で、レシピを基に一瞬で型紙を作れるというショートカットスキルなのだ。これで直筆でちまちま製図を写す作業時間が大分短縮される～。

ああでも竹氏の話を考えると、ミラクリを目指すとしたら、むしろ直筆のほうがよかったりするのかな？

まあミラクリの件を抜きにしても、既存の製図改良したいマンな私は、結局ちまちま手作業で製作する機会も多いと思うけど。遊びですから、あんまシステムに拘らず自分の好きなように仕立てるとしよう。

で、今日はギルドにも寄ってみる。

竹氏の言ってた遠征クエストとやらに興味が湧いて、ちょっと調べてみたんだよね。これは【静けさの丘】みたいな野外フィールドで果たす仕事ってことらしく、素材集めであったり害獣駆除であったり多岐に亘るようだ。

その繋がりで知ったんだけど、何やら遠征補助NPCという存在があって、ギルドで紹介してもらえるらしい。

因みにこのゲームの主要NPCはお店に買い物をしに来てくれる顧客キャラ、遠征クエストを助けてくれる遠征補助キャラに加え、生産作業を手伝ってくれる生産補助キャラクターの3種類に分けられるそうだ。

この役割は2つ以上をかけもちしているキャラクターもいるらしく、例えばミコトなんかは顧客キャラでもあるし遠征の手伝いもしてくれるとのこと。

いい加減丘以外の野外フィールドにも挑戦してみたいなと思ってたところだったので、お助けキャラを借りて次のフィールド【古(いにしえ)の王の墓】に向かおうという心積もりだ。

余談だがこのお助けキャラレンタルシステムはソロ御用達となっている。私のような護身用のスキルを持たない弱者が危険なフィールドに向かうには、他に、プレイヤーの助けを借りる――

即ちパーティを組むという方法がある。

私が後者に見向きもしない事実は、もはや皆さんには言うまでもないことと思われる。

さて、レスティンギルド本部の受付のお姉さんに話しかけると、『・遠征クエストって？』、『・生産クエストって？』という会話分岐が追加されていた。

へー、生産のクエストもあるんだ。じゃあミッションとは違うものなのかな？

はじめここに来たときこれらの選択肢はなかったので、多分何らかの条件達成により開放されたのだと思う。

なんだよ、それなら初心者の私が知らなくて当然じゃんね。竹氏ったらあんなミジンコ見るような目つきしくさって、失礼しちゃうよね。

クエストの説明は適当に聞き流し、話が終わるとマルチタブレットからクエスト受注の機能が新たに使えるようになった。

ミッションとの違いは、依頼人――恐らくＮＰＣ――が明確になっていることと、制限時間があること、多くは受注できる人数に限りがあり先着順であること、受注後時間内に達成できないと失敗となりペナルティが課されること、といったところか。

達成するとミッションと同じようにお金やギルドポイントが貰えるものがほとんどだが、中にはアイテムや何らかの権利が報酬になっているものもある。

手始めに私は、【・イエローアイビーを10株納品してください　期限：3日　推奨ランク：ビギナー冒険者　依頼者：ウィリフレア　報酬：１００ＧＰ、３０００キマ】というクエストを受注してみる。

決め手は推奨ランクが一致したことと、期限に余裕があること――今日は時間がないので受注だけして明日やろうと思った次第――――、依頼者の名前に覚えがあること、そして受注可能枠が残り1つだったこと。

竹氏のおかげで現在大金持ちな私としては報酬のしょっぱさに複雑な気持ちを抱くが、まあ利益は度外視ということで。

それから遠征ヘルプの申し込みもやってしまう。これは申し込みと同時に待ち合わせ場所を決める仕組みで、次に指定場所に向かったところでヘルプマンと合流という流れなので、今準備しておいても問題ないだろう。

メンバーは最初はランダムで決まるようだ。でもそのキャラクターの好感度が上がるとパートナーシップを結べるようになり、指名も可能になるみたい。

申し込み価格は1人1万キマ。……って、結構高くないか？　竹中氏からもらったお金がなかったらなかなか躊躇（ちゅうちょ）するお値段だ。

契約は野外フィールド以外の場所――――つまり町に入った時点で終了、解散となるシステム。一度に複数のクエストを消化するなどきちんとしたプランを練らないと、簡単に赤字になりそう。っていうか今の私がまさに赤字である。

まあでも1回目はお試しだし、別にいいか。

助っ人は3人まで呼べるということなので、これも試しで定員ぎりぎりまで申し込んでしまった。

……懐があったかいと、やっぱ財布の紐って緩むよね。

言い訳としては、危険なフィールドへ挑戦したことがないので難易度がまるで未知数であること、とりあえず知り合い増やしとけば後々指名で楽できるかなって考えたこと。

あとね、クエストヘルプは、プレイヤーとNPCのみならず、NPCどうしの絡みが見られる機会の1つなんだって。それってちょっと面白そうだなって思って。

必要情報を入力して確定を押すと、いよいよメンバーの発表である。受付のお姉さんはPCもどきの操作を終えて、こちらに向き直った。

「お仕事を手伝ってくれるメンバーが決定しました。【コナー】、【ヴィティ】、【ミコト】がヘルプに向かいます。協力して頑張ってくださいね」

おおっ、ミコト君キタ！

私は心の中で快哉を叫んだのだった。


*****

【きまくらゆーとぴあ。トークルーム（公式）・遠征クエストについて語る部屋】

[yuka]
ヴィティの存在忘れてました……
[まことちゃん]
ベータ版からの初期メンツ人気ランク1位忘れないだけてw
[ウーナ]
ヴィティ、ディルカ、メフモだっけ
結局性能差で正規版からのメンツに次々座を奪われてったなあ

【エンペラー】
　懐かしい
　あの時期はまだゆるゲーってばれてなかったからネキ人口が少なかったんよな
　人気キャラは軒並み女子だった
【ナルティーク】
　ばれるてw
【ちょん】
　>>ウーナ
　ディルカは性能人気共に生きてるだろいい加減にしろ
【YTYT】
　この世界観このクオリティこのグラフィックでまさか最後までゆるゆる生産ゲーてこたね
　えだろって信じてやり続けてたけど
　まあ最後までゆる生産キャラゲーだったなあ
【深瀬沙耶】
　それめっちゃ分かるw
　ベータの頃はいつ戦争が始まってこつこつ育ててたハーブ園が爆破されるのかとびくびく
　してた
【アラスカ】
　でたwメイズポリス難民w

かく言う俺も同胞なり
[ポワレ]
うあああ
メイポリの話はやめれえええ
[송사리]
ベータ期女子勢に人気なかったのは寧ろメイポリのせいでは?
美麗町造りゲーと見せかけた容赦なき領地争奪ゲー、絶許(、;ε;`)
[猫太]
メイポリの掲示板、本スレが廃れて恨みスレが本スレ化してんの笑う
[まことちゃん]
掲示板なんて文化まだあったんだ
[深瀬沙耶]
メイポリのゲーム内チャットは荒れに荒れて無期限閉鎖中だから
[否定しないなお]
まさにその本スレ()を開いたかと錯覚したメイポリ兼民だけどなんでこんな話に
[yuka]
あの……折角潜水スキル取っちゃったし、どうせなら今後も水中特化スキルを優先してとっていくのどうかなって……
[ウーナ]

yukaさんの質問忘れてたごめんw
そうだそれで水中特化ならヴィティがいるし別に悪くはない案だけど代用もきくよねって話に
[ナルティーク]
Pパーティプレー優先するかソロプレー優先するかによるんでないか
頻繁にパーティ組むやつは絶対護身系優先したほうがいいと思うぞ
[ササ]
護身系持たずに野良に混ざろうとする雑魚は滅びろ
[ちょん]
おまえが滅びろ
[yuka]
すみません
やっぱり迷惑かかりますよね
護身系とります
[ポワレ]
いやいやいや
あなた野良募集するときは必ず談話室で自ステ晒すし、そういう丁寧なコミュニケーションできる人は全然迷惑じゃないから
水中にこだわりあるっぽいし自分の趣味に走るのもありだと思うよ

［猫太］
　サ何とかさんはＢＬ安定
［エンペラー］
　＞＞猫太
　してねーじゃん
［猫太］
　ササと結社はきまくらの華ってね
［マトゥーシュ］
　。をつけよう

ログイン22日目　ＮＰパーティ

今日はいよいよ新たなフィールド【古の王の墓】に挑もうと思う。いざというときのための回復アイテムなどもしっかり準備して、まずは王都レスティンの東門へ。

するとミコト君と共に2人の青年少女が待っていて、彼等は私に気付くとすぐに近寄ってきた。ミコト君は私を認めると、へらっと相好を崩す。

「ああ、やっぱりオーナーのビビアっていうのは君のことだったんだね。えへへ、君と一緒に仕事ができるのは嬉しいな」

あ、ちゃんとこういう場面でも覚えてくれてるんだ。自然とこっちも笑顔になっちゃうね。

次に挨拶してきたのは目つきの悪い長身の青年で、コナーと名乗った。ぱっつんマッシュヘアに丸い大きな眼鏡という可愛げのある特徴に反し、顔つきが獰猛（どうもう）なのがなんともアンバランスである。

「さっさと行ってさっさと終わらせようぜ。こんなとろそうな奴等と一緒に仕事せにゃならんなんて冗談。欠伸（あくび）が出ちまう」

見た目と同じく、どうやら性格も癖がありそうだ。でもイケメンなので許します。

最後におずおずと進み出てきたのは、水色と白のエプロンドレスを纏ったゆるふわ少女だ。ボリュームのあるミルクティーカラーの髪と、そばかすがグッド。

彼女は無言でぺこりとお辞儀をすると、ポケットから手帳を取り出してそこに何か書き付ける。

私に向けて開かれたページには、『ヴィティ』と書かれていた。彼女は手帳と自分を交互に指差す。

「ヴィティちゃんね？」と確認すると、こくこくと何度も頷いた。えーっと、このかんじからすると……。

「ヴィティは、話すのが苦手？」

彼女は大きく頷き、口の前に人さし指でバッテンを作った。どうやら元々話せない子のようだ。

でもそのことに関し、彼女は気まずげではなく堂々としていたので、少しほっとした。

因みにヴィティは純ヒューマンのようだ。

コナーのほうは獣耳や角は付いていないが細長い尻尾が付いている。多分猿の種族なのだろう。

一連の挨拶を終えると、『ミコト、コナー、ヴィティが仲間に加わりました！』というメッセージが表示される。この時点でパーティを組んだことになったようだ。

システムパネルには【パーティ】という項目が追加されている。

ここからパーティ情報を閲覧したり、設定を変更できるみたい。個々のキャラクターのステータスも表示されている。

なになに、ミコト君はハンタータイプで、コナー氏がガーディアンタイプ、ヴィティがサポートタイプ、か。アシスト説明によると、ハンターは対幻獣において強く、ガーディアンは自分やパーティをトラブルから守るのに特化したタイプ、そしてサポートは採集と探索を重視するタイプだそうだ。

３人が所有するスキルは以下の通りとなっている。

・ミコト：狂力（クレイグス）、狩猟、解体、木登り、反撃
・コナー：剛健（バリア）、伐採、庇う、挑発、反撃
・ヴィティ：水中呼吸、潜水、水泳、浄水、宥める

パーティメンバーには直接言葉やコマンドで指示を出すことも可能だし、予め役目を割り振って各自の判断で動いてもらうことも可能らしい。

いちいち指示出しをしてキャラを動かすのは大変そうなので、私はこのオーダー機能を利用することにする。

各々のタイプを参考に、ミコトには【狩りを優先】、コナーには【防衛を優先】、ヴィティには【採集を優先】と設定していく。

最後に気になったのは、【パーティ結束力】と書かれた目盛りだ。１００％が最高なのだが、残念

ながら現在のこのパーティの結束力は20％であった。

これがプレーにどんなふうに作用してくるのかやや不安だが、まあほとんどのメンバーが初顔合わせなわけだし、後々の成長を期待することとしよう。

よーしそれじゃ、出発！

＊＊＊＊＊

【きまくらゆーとぴあ。トークルーム（公式）・遠征クエストについて語る部屋】

［もも太郎］
リューリア？
そんな野郎うちの世界線にはいません
うちのディルカはオーナーひと筋好き好き大好きっ子です
［ちょん］
リューリアかいたなそんな名前のオンナオトコ
召喚するたび即行でお帰りいただいてるな
［lightning］
ディルカがリア充なタイプと非リアなタイプの2つの平行世界が存在してるの笑う
［深瀬沙耶］
うちの世界線にはディルカいないけどリューリアはリア充だよ

私がいるから(*´ω｀*)
[ピアノ渋滞]
ディルカなしのリューリアて結束力高めるのむずくない?
あいつ協調性ないじゃん
[深瀬沙耶]
私と2人で100%結束
オール問題ナッシング
[ゆうへい]
お、おう
[レナ]
インテリヤクザ入れて結束力100パー編成できた人おる?
この子もなかなか気難しいんだけど
[ナルティーク]
グーシェ入れたらいいんじゃねーの (鼻ほじ
[レナ]
遠征の話だっつの部屋タイも読めないのかよくたばれ
[基本無言]
コナー、オルカ、ライリーで5回組ませたら60パーいったよ
[ちょん]

そらその2人に挟まれたら誰だって60くらいはいくわ
[エルネギー]
　接待w
[lightning]
　リーダー系には甘え上手、控えめ系にはおだて上手
　オルカたんの包容力は無限大
[ササ]
　ただの八方美人じゃねーか
[ゆうへい]
　ぶっちゃけ結束力とか無視してもプレイヤーのレベルが高けりゃゴリ押しできるべ
　よっぽど偏った編成してない限り
[もも太郎]
　何をもってしてゴリ押しと呼ぶのかは知らんが少なくともコスパに開きは出てくるだろ
　あいつら仲悪いとまるで仕事しないじゃん
[めめこ]
　仲良しだとキャラどうしの会話でほのぼのできるよ
　それだけで100パー目指す価値はある
[竹中]
　100パー達成で発生する特殊イベントとかあるしな

［狂々］
＞＞ゆうへい
虚無の洞穴とかアポレノの古城とか行ってみ
フィールドに合わせて選び抜いたパーティ、且つ結束力90以上ないと即行死ぬから
［ゆうへい］
そのレベル帯のフィールドなら普通にプレイヤーでパーティ組むし
［レナ］
コミュ充はNPパの話題に混ざってくんな(♯◀皿◀)ノ" シッシッ
［ピアノ渋滞］
＞＞レナ
ミコトとの相性は悪くなさげ
コナー、ミコト、ディルカ：70％
コナー、ミコト、エリン：70％
コナー、ディルカ、エリン：50％
［深瀬沙耶］
ミコトは本当に脳筋が好きね
［ちょん］
コナーはメフモと組ませるとイイぞ
［レナ］

>>ピアノ渋滞
>>ちょん
そうなんだ
コナー、ミコト、メフモで組ませてみようかな
【ティラミス】
>>狂々
逆にその辺のフィールドNPパでも攻略できることにびっくりだわ
アポレノの古城とかPパでもそれなりのメンツで立ち回りしっかり相談しないと死ぬのに
【狂々】
アポレノはルイーセ、アーベンツ、ライリーでいける
プレイヤーの情報処理と指示出しが追い付かないとそれでも死ぬけど
【レナ】
おい
メフモ、コナーに怒鳴られて泣き出したんだが
【ちょん】
な？　イイだろ？
【レナ】
くたばれ

＊＊＊＊＊＊

右側には、にこにこと楽しそうに歩くミコト君。左側には、半歩遅れてしずしずと付いて来るヴィティちゃん。

現在私は両手に花状態である。いや、これはこれで嬉しいんだけれども、遠征クエストでＮＰＣどうしの絡みが見られるというあの情報は一体何だったのだろうか……。

え？　コナー氏？　彼はかなり先をたった独りで歩いてるよ。稀に立ち止まって振り返っては、苛立たしげに片足で地面を蹴っている。

いや私だって怒らせたいわけじゃないんだけど、急げど急げど彼との差は縮まらないんだよね。我々の物理的且つ心理的距離は、ゲームシステムにより遠ざけられてる仕様っぽい。

因みに今は街道を辿って墓フィールドへ向かっているわけだけど、コナー氏は先導、ヴィティちゃんはきょろきょろと警戒しつつ追っかけてくるばかりで、あまり仕事してるかんじはない。

唯一ミコト君のみ、時折ひとりで街道を外れたかと思えば、にこにこと獲物を手にして帰ってきてくれる。お陰で肉やら毛皮やら、普段私ひとりでは手に入れることのできないアイテムがほっくほくだ。

他の２人にもミコト君を見習ってほしいところなんだけどな。

や、でもコナー氏には防衛優先のオーダーを出してるわけだから、実は私が気付かないだけで何か色々前線で防いでくれてたりするのかな。

ヴィティちゃんは……うん、墓に着いてからが本番かな！

さて、進むにつれて、整備されていたはずの石の街道は徐々に劣化や雑草が目立つようになっていき、やがて道はほとんど草木に埋もれるようになってしまった。

その辺りでBGMが物悲しい民族調の曲に変わる。

前方に、崩れかかった石造りの小屋が見えてきた。近付いていくと、それは地下へと続く階段を守るために造られた一種の門のようだ。

【古の王の墓】という文字が視界に浮かんで、ゆっくりとフェードアウトしていく。

同じく街道を歩いていたはずの他のプレイヤー達はいつの間にか消えている――余談だがパーティを組んでいるNPCの姿は他プレイヤーには見えない。基本的にデートイベント以外では他プレイヤーとNPCの関わりは見えないようになっている――。

【静けさの丘】とは違ってこのフィールドはMO仕様――個々のパーティごとに挑戦する場所のようだ。

入口に立っているレスティーナ王国の兵士さんによると、ここは700年以上昔に起こった〝大変災〟により滅びてしまった古代の王族のお墓なんだそうな。因みにこの王族というのは、レスティーナ王家とは何のゆかりもない一族であるとのこと。

発見されたのは既に盗賊に荒らされた後だった。僅かに残っていた歴史的に価値ある物品も、調査員達により安全な場所に移されている。

内部には採取や採掘ができる場所もあり、且つ幻獣が棲みついてもいるため、現在はギルド登録をしている探索者に開放しているんだとか。

さっさと行ってしまったコナーを追いかけるようにして門をくぐり、地下へと続く階段を下りていく。

空気がひんやりと冷たくなり、少しカビっぽい湿気たにおいがした。石壁に囲まれた通路がずっと続いているが、ところどころに吊り下がる角灯が光を放っているので、視界は確保されている。

「なんだかちょっと怖いなあ」

「大丈夫。僕がビビアを守るよ」

あまりにリアルな薄気味悪さだったので思わずぼやくと、すぐにミコト君から返答があった。おお、頼もしい。

とはいえそう言う彼の顔色もなんだかよろしくない。きっ、と表情を引き締めてかっこいいことを言っている割に、結んだ口元が震えている。

足元のほうで何かが揺れる感触があったので見れば、ヴィティもぷるぷる震えながら私のスカートの端を掴んでいる。

うーん、これは私がしっかりしなきゃいけない流れだなあ。コナーは相変わらずこっちのことには無頓着だし。

……と、思いきや、そのコナーがふいにこちらを振り返った。

「おい。そっち行ったぞ」

何が？　と言葉を発する前に、突然視界がちかちかと紫色に明滅する。え？　え？　何？　これ。バグった？

「蛇だ！」

ミコト氏が叫んで、私の足元に剣を突き刺した。その切っ先にはいつの間にか２匹で絡まり合った蛇がいる。

蛇はやがて動きを止め、塵となって霧散した。代わりに、先の蛇が風化して干からびたかのような物体が現れる。

……うわ、抜け殻ってやつ？　恐る恐る触れると、抜け殻は鞄に吸い込まれていった。

それはそうと、視界の明滅は治まらない。

「大丈夫？　ビビア。なんだか苦しそうだよ！」

わたわたと慌てふためくミコトの横で、ヴィティが手帳に文字を書きつけた。

『解毒薬！』

あ、そうか、これ毒状態なのか！

気がつくと、私の耐久値のバーは２／３あたりまで減っている。私は急いで【解毒薬】を飲んだ。

でも、そこで一旦気持ちをリセットできたのがよかったみたい。落ち着くと、結構色んなものが見えてくる。

奥のほうでちょろちょろ蠢いているネズミっぽい幻獣だとか、壁に張り付く黄色い蔦植物だとか、剥がれた石壁の隙間から見え隠れする青く煌めく鉱物だとか。

不気味なフィールドやＮＰＣパーティの不慣れなシステムに戸惑ってたけど、結局ここでもやることは同じなんだよね。

毒になったら解毒薬飲んで、耐久値減ったら【ライフジュース】飲めばいいだけ。パーティメンバーの上手な立ち回り方とかは、とりあえず脇に置いておくことにしよう。

手始めに私は、壁をびっしり覆う黄色い蔦植物の採取から取り組むことにした。

******

【きまくらゆーとぴあ。トークルーム（非公式）・初心者の質問に最長二行で答える部屋・独断と偏見・礼レス不要・ボランティア・０時まで・あとはｇｋｒ】

［De@ 声かけお気軽に］
　喧騒の密林ってレベル20～、ミコトと二人のＮＰパじゃきついですか

［イーフィ］
　ボスを狩る気でなけりゃ余裕
　なおシラハエスタート前提の話

［luna］
　デスペナある？

［イーフィ］
　レベル１下がる
　ＮＰパだと好感度も下がる

［コハク］
　ビャクヤで会えるお勧め顧客キャラおせーて

［イーフィ］
　ミコトとオルカ

［みき(σ≧▽≦)σしゃん］

転職ってどのタイミングでできます?
【イーフィ】
カンストかリセット
【コハク】
えっミコトってレスティンじゃないの?
【イーフィ】
レスティンでも会えるしビャクヤでも会える
複数の国とか町を兼任してるキャラはわりといる
【炒める】
初NPパでディルカって子来たけど有能?
パートナーシップ目指すべき?
【イーフィ】
有能だがハイスキルの仕様上育成の手間がかかる
時間があるなら育てて損はない
【れじぇんど】
仕立屋の型紙って基本自前で作らなきゃならんの?
転写作業とか気が狂いそうになるんだけど
【イーフィ】
製図スキルを図書館で引き当てろ

もしくはＮＰＣのクランか工房に製図士がいるから所属すれば描いてもらえる
[mio]
製紙スキルって何の役に立つんでしょうか……
[イーフィ]
紙細工と本が作れる
なお、レシピブックとスキルブックは暇人のエンドコンテンツだから無視していい
[うゆと]
反撃と狩猟ってどう違うの？
[イーフィ]
反撃は幻獣に襲撃されたときに迎え撃つスキル
狩猟は自発的に狩りに行くスキル
[Ao.]
「週末はリアルデートだからログインしない」ってテンプレ的な流れか何かなんですか？
最近談話室でやたらこの台詞見かけるんですけど
[イーフィ]
そう
成就した他人の恋路ほど見るに堪えぬものはなし

ログイン23日目　例の彼女

【ツインスネークの抜け殻】
幻性素材として幅広く使える。［耐久］を高める成分が豊富に含まれている。
代表的な使用法：調薬

【イエローアイビー】
ハート型の葉が特徴的な黄色の蔓性植物。
幻性素材として幅広く使える。［愛情］を高める成分が含まれている。
代表的な使用法：工芸

【フォレストウルフの牙】
幻性素材として幅広く使える。［耐久］を高める成分が含まれている。
代表的な使用法：鍛冶

【フォレストウルフの肉】
やや硬めだが旨みのある肉。煮込み料理と相性がよい。

代表的な使用法：料理

【アクアバルーンの実】

水分が非常に豊富な黄緑色の果実。薄皮を針で刺しただけで果汁が一気に溢れ出す。

食用可。［技術］を高める成分が含まれている。幻性素材として幅広く使える。

代表的な使用法：料理

昨日持ち帰った素材を並べて、私はにまにまと眺めていた。きまくら。はアイテム1つ1つにきちんと違ったグラフィックがあてられているので、こうして不思議素材を見ているだけでも楽しい。

特にハートの葉っぱのイエローアイビーと、標本みたく瓶に入れられた状態で保存されているアクアバルーンの実は、綺麗でお気に入りだ。

これ、一部はとっておいて、ショップの飾りつけに使っちゃおっと。素材アイテムは劣化しないから、放置しといてもオーケーだし。

昨日の遠征は結局、ほぼ私とミコト君で素材を集めて終了となった。

コナー氏はたま～にネズミやコウモリを追い払ってくれたり、トラップに気付かせてくれたりして、少しは仕事してくれたかなってかんじ。

1番仕事してくれなかったのは、可愛いからあんまり言いたくないんだけどヴィティちゃんでした。

彼女は私が採集を始めると、それを見て同じ素材を一緒に集めだすかんじだった。でもめっちゃのろのろ作業で、私が3つアイテムを採集してるとしたら、彼女はその間にようやく1つ採集できるくらい。

ミコト氏が自発的に、且つ沢山獲物を狩ってきてくれる分、彼女の要領の悪さはちょっと目立っちゃうなあ。

まあそれでも、誰かが強制送還になったりするような危機的な状況には陥らなかったのでよかった。回復アイテムをしっかり持ってったっていうのは勿論あるけど、そもそもあんまり難易度高いフィールドではなかったっぽい。

それも含めて色々気になることがあったので、ちょっと攻略サイトを覗いてみることにした。

するとやはり、【古の王の墓】は護身系のスキルを持つキャラクターを1人と、回復薬を準備していけば、問題なく攻略できるとのこと。

あとヴィティちゃんね、所持スキルからもしかしてそうなのかな〜とは考えてたんだけど、案の定、彼女が真価を発揮できるのは水中フィールドらしい。

上手く意思疎通が取れていないと、それ以外のフィールドでは寧ろ足手纏いになることもしばしばなんだそう。

それともう1つ勉強になったのは、まずはプレイヤー自身とヘルプメンバーとの友好度を深めておかないと、3人4人のパーティ編成はなおさら難しいってこと。

ヘルプで加わってくれるNPCは、スキルの種類やステータスはプレイヤーのレベルに合わせて変動するそう。しかしチームワークや仕事の能率なんかは一種の育成が必要で、それはプレイヤーとの友好関係や他のメンバーとの絆を深めていくことにより、徐々に成長していくものなんだとか。

だから、まずはしばらく1人のキャラクターのみとパーティを組んで、結束力90%以上を目指すのが定石らしい。それからそのキャラに合ったメンバー編成を模索していくものなんだって。

ＮＰＣとパーティを組んでゲームを進められるなんて楽でいいなあって思ってたけど、これはこれでまあまあ複雑な仕組みだったんだね。色々反省な初遠征なのでした。

でもね、いいこともあって、初遠征だったにも拘わらず、ミコト君にはパートナーシップを組んでもらうことができたよ。顧客としての好感度は、そのまま他の場面でも引き継がれるみたい。

攻略情報によるとミコト君は遠征ヘルプとしてはかなり有能なキャラクターらしいから、まずは彼との結束力を高めるところからやってみようかな。

さてと、それじゃぼちぼち、ウィリフレアさんのおうちにイエローアイビーを納品しに行こうかね。

と、ホームの扉を開けたところで、トークコールが鳴った。

相手は無論、――――不本意ながら――――たった１人のお友達、竹中氏である。

「
【竹中】
ブティックさん、今レスティンいますー？
【ビビア】
はあ
いますけども
【竹中】
ほんとですか！
もし一瞬でもお暇があれば、是非是非ギルド前の広場にお越しください！
」

今凱旋中なんですよ～
［ビビア］
がいせん……？
［竹中］
例の彼女と一緒に、ブティックさんの仕立ててくれた衣装着て各地を回ってるんです
これがもう本当に、ブティックさんに頼んで大正解！
まじで死ぬほど可愛いんで、ちょっとご自分の仕事ぶりを見に来るといいですよ

ええ……。急に何かと思えば、自慢のお誘いかい。何が悲しゅうてゲームの中でもリア充の栄光を拝まねばならんのだろ。

とはいえ、何だかんだあの衣装を竹中氏達が着たらどんなふうになるのか、興味はあるんだよね。彼氏の欲目もあるにせよ、竹さんがあんなテンション高く『死ぬほど可愛い』だなんて言うなら、なおさら。

それにウィリフレアさんの屋敷に行くとなると、必然的に中央広場は通ることになるし。

わくわく半分、しょっぱさ半分で、私はホームを出ることとなった。


*****

【きまくらゆーとぴあ。トークルーム（公式）・獣使いについて語る部屋】

[おでん]
>リカが羨望の眼差しで【虚無の洞穴】を見つめている
>新天地を見つけたようだ
(´；Д；`)ブワッ
[ちょん]
その文面地味にトラウマになってるんでやめてもらってよろしいか
[四面楚歌]
これの選択肢が「背中を押してあげる」と「引き止める」なの凄い意地悪
「引き止める」選ぶのに若干の抵抗が生まれてくるわ
[ミルクキングダム]
>故郷に思いを馳せているようだ
↓故郷に連れて行かなければ回避できるし、幻獣の入れ替えに便利なので納得のシステム
>新天地を見つけたようだ
↓ランダム発生な時点で意地悪でしかないシステム
[おでん]
なんでや……なんでリカちゃんエンテイクジャクのくせしてそこを選ぶんや……
[yokaze]
リカちゃんは陰キャだったんじゃよ
[ぶれっど]

んでリカちゃんとはお別れしたんか

[おでん]

してない……してないけど、心にしこりが残ったぁ……

[TSU]

好感度維持しててもそのイベントは発生するからな

割り切ったほうがいい

[roro]

とはいえ3回連続でこのメッセージ出現したときにはさすがにお別れしたなぁ

しかも3回とも別のフィールドっていう

新天地見つけた！　を言い訳に私から離れたがってる感がひしひしと伝わってきて

[レティマ]

ぐあああああああ!!

竹が!!

UZEEEEEEEEEEEEEEEEEEEE !!

[四面楚歌]

エ、ナニコノヒトキュウニ、コワイ

[ちょん]

どうしたどうした

[ミルクキングダム]

竹がって言ってる時点でお察しだがとりあえず落ち着け

ここはまだしも今そのノリでその名前出すの、総合部屋だったら袋叩きだぞ

[レティマ]

ごめんねつい

っていうか総合で許されないの分かってるからここに愚痴っちゃったというか

[ぶれっど]

レティマたんが取り乱してるの珍し

[レティマ]

だってあいつこちとら休日出勤中だってのに「凱旋なう～」とか言って逐一お姫様のスクショ送りつけてくるんだもん

[yokaze]

うわあ……

[レティマ]

まあそれでも私に個人的に送ってくるくらいなら許せるけどさ

あの阿呆、うちにも敗戦民がいるにも拘わらず空気読まないでクランのトークルーム使いやがった

ブチ切れ案件につきメンバー1人減ったわ

[roro]

それはそれは……

［ちょん］
竹はなあ
悪いやつじゃないけど天然のＫＹだからなあ
［レティマ］
は～～こうなるって分かってたらメッセージの添削なんてやらなかったのに
「俺の服作ってほしいので連絡取りたいです！　フレンド登録お願いします！　～時に～～で待ってます！」
っていう安定の押し付けがましい姿勢でスルーされちゃえばよかったんだよほんと
［KOJI7］
そんな経緯があったんかw
てかもしかしなくてもあの衣装作ったのってブなんとかさんだよね
上の文章だとスルーどころかＢＬされそうw

＊＊＊＊＊＊

裏口から外にでると、ひとりの男性プレイヤーが目に入った。

山羊の角を持つその青年の姿は、最近時折見かけるようになっていた。丁度私のホームから見て斜め向かいの区画を所有しているようだ。

彼はホームと思しき建物を睨みつつシステムパネルを操作している。

すると突然、建物の窓の形がアーチ状のフランス窓から丸い嵌め殺しのものに変わった。どうやら改築中みたいだ。

ハウジングのやり込みかあ。夢があるけど、いっぱいお金かかるんだろうな。

なんてことを考えながら、私は指定された場所へ向かう。

心なしか、中央広場はいつもより混み合っていて、且つどこかざわついた雰囲気があった。

今日は日曜日。混んでいるのはまだ分かるとして、この落ち着かない空気感はなんなんだろ？

そう思いながら、竹氏を探して視線を彷徨わせること数秒、私の目はある1人の乙女に釘付けになってしまった。

反射する光をきらきらと弄ぶ、波打つ長い金の髪。紺碧（こんぺき）の瞳には同じ長い金の睫毛（まつげ）が影を落としている。しとやかな顔立ちとすっきりと伸びた背筋からは、高貴さと共に挑戦的な溌剌（はつらつ）とした性質が読み取れた。

すっごい、美少女。何から何まで、完璧なアバターだった。ただ愛嬌があるとか万人受けする優しそうな雰囲気があるとか、媚びたキャラクターでないのがまたよい。

情弱な私でも見覚えのあるその人物は、広告や関連グッズにも頻繁に登場する、恐らくきまくら。を代表するキャラクターだ。三角のアイコンが付いているので、ＮＰＣなのは間違いない。

でも、初めて生――っていう表現は微妙かもだけど――で目にして、このキャラの人気の理由が身に染みて理解できた。

なんか、きゅんってきたもん。胸に、こう、きゅんっと。

で、その有名キャラクターがですよ。なんと、私が作った服を着ているのです。私が竹氏に納めた、あの近衛騎士の衣装セットを。

これがまためちゃめちゃ似合ってる。甘さ、上品さ、爽やかさに、さらに凛々しさがプラスされた彼女はもう最強だ。

ってことはですよ。お隣にいらっしゃるお揃いの衣装を纏った殿方は竹氏ということになり、え、つまり、2人はカップル？　竹氏の彼女は、NPCの女の子だった？

もう、頭の中は大混乱だ。

にも拘わらず、私の足は自然と動いた。胸きゅん美少女に吸い寄せられるように、ふらふらと、人混みを縫って歩いていく。

歩きながら、このざわめきの原因が竹氏達にあることを何となく察する。

相も変わらずセミアクティブモードな私には、フレンドプレイヤーとNPC以外の会話は耳に入らない。それでも、多くの人の視線が2人に向いていることは私にも見て取れた。

「あっ、ブティックさん！　来てくれたんですね！」

トンボっぽい羽を生やした女性プレイヤーと話していた竹氏は、私に気付いて手を振った。それはもう、でれっでれの、どろけた笑顔だった。

「改めまして、紹介します。俺の彼女、リルステンちゃんです」

その台詞に、隣のトンボさんが口を挟んだ。表情を見るに、何か非難めいたものを感じる。

「いやいいだろそんくらい。実際、そういう権利を勝ち取ったんだから。今日1日は俺がリル様の彼氏」

竹氏は竹氏で、口を尖らせて言い返している。そんな応酬を横目に、私はしげしげとビビアブランドの衣装を纏ったリルステンさんを眺めた。

いい仕事しましたねー、私！

ってていうかこれ、例のあれだよね。デートイベント。なるほどなー、こういうときに自分の好きな衣装着てもらえるんだあ。

今までほとんど興味なかったけど、こうやってお揃いの服とか着てお出掛けできるのはすっごく素敵だなあ。

それこそ私だって、かっこいい男の子NPCとペアルックデートを楽しめたりするわけだ。

いやでも、やっぱりどちらかというと、可愛い女の子を着飾るほうがいいかな。好みの娘と双子コーデとか、絶対映える。SNSやってないけど、スクショ撮りまくりたい。

それとこの子、近付いたら吹き出しのアイコンがついたから、話しかけることもできるんだ。竹氏がトンボさんと言い争ってる間に、こっそりコマンドを実行してみると。

「あら？　君は初めましての方ですね。竹君のお友達でしょうか」

『竹君』……!!

「私はリルステン。君は……そう、ビビアさんっていうのですね。へえ、仕立屋をやっているんだ。私もファッションには大いに興味があります。ドレスは淑女の鎧だからね。機会があれば、君のお店も訪ねさせてくださいね」

かっ、可愛い〜〜〜！

甘やかながら落ち着いた声が、耳にすっごく心地いい。くるくると変化していく表情や仕草は、どれ1つとっても『尊い』という言葉がぴったりだ。

よーし決めた！

私の次の目標は、この子とお友達になって、この子の好感度を上げて、この子に今度は私なりの、とっておきの衣装を仕立てること！　あわよくば私も、デートしたい！
新たなる決意を胸に灯した私は、相変わらず喧嘩している2人を尻目にひっそりと退場するのだった。

＊＊＊＊＊＊

【きまくらゆーとぴあ。トークルーム（公式）・総合】

[YTYT]
このゲーム何気にまだ1年なんだよな
病める森が閉鎖されたのが遥か昔のように思える
[ポイフリュ]
あのときは荒れたねー
その後ちょいちょい革命発生を経てきた今だからこそ言えるけど
あれが最初に踏まれるとは運営側も思ってなかったんだろうねー
[ミルクキングダム]
メイポリの件もあったから尚のこと皆ぴりついてたしな
ブルータスお前もかって俺も思った
[否定しないなお]

分かるわーw
メイポリに訓練されてるからめっちゃ身構えたもん
実際には言うほど騒ぐようなことでもなかったよね
革命イベは不利益の代わりの補填もバランスとれてるから慣れれば楽しめる
【(ぼむ)】
それはおまえが生産職業だからだろ
直にレディバグショックの影響を受けた狩人・採集師・獣使いは未だにあの件根にもってるからな
【レナ】
ちょ、今竹中がリルとデートしてるとこ見たんだけど
いつからデートイベで相手キャラに好きな服着せられるようになったの!?
どうやるの!?
【レナ】
なんで黙る!?
【ササ】
誰も答えられねーからだよカスが
【もも太郎】
少し前のログくらい読んでから発言しろ定期
【エルネギー】

一旦落ち着いた苛立ちを蒸し返すなボケ

[송사리]

フルボッコやめたげて……(、・ε・´)

[ピアノ渋滞]

その話題になると全員ササ化するの笑う

[否定しないなお]

ぶっちゃけ今これくらいの荒れ模様で済んでるの他人のデートイベなんか見たくもないリル廃どもがゲームにもトークにもインしてないからだよね

真の阿鼻叫喚地獄絵図が始まるのは明日からなんじゃないかな

[YTYT]

いや各地でスクショ出回ってるしぽちぽち叫びは上がってるぞ

[KUDOU-S1]

そんな要素あるなんて聞いてない……クソ運営くたばれ……

リル様……ふつく……し……

[(ぽむ)]

ほれゾンビ出てきた

[maron]

今月の勝者が竹中っていうのもむかつくし、新要素発見者が竹中っていうのもむかつくんだよね

【ミルクキングダム】
　結論：全部竹が悪い
【ヨシヲｗｗｗ】
　（画像）
　竹中とバレッタとブティックという謎の組み合わせ発見ｗｗｗ
【エルネギー】
　その話も終わってるっつってんだろ
【송사리】
　でも実際どうなったかは気になる（、・ε・｀）
　バレッタさん、竹中さんにネタばらししてもらえた？
【バレッタ】
　駄目
　あとで情報屋に売るって
【パンフェスタ】
　おい～クソクランイキらすなよ～
【ゆうへい】
　おっ悪いな
　乞食どもは明日俺に跪くんだな
【ふーりん】

1万スタートでよろしく、、

【ゆうへい】
馬鹿言え10万は余裕だろ

【バレッタ】
てかそれはともかくとしてくだらんことで竹と言い争ってる内にブティック消えてた……
不覚……

【maron】
危険人物レーダーが反応したんじゃない

【YTYT】
てかそれはともかくとして竹とリルのコスチューム悔しいけど羨ましいんだが
正直俺もブティックにオーダーメイドで作ってほしい

【송사리】
それな(、・ε・`)

【もも太郎】
それ

【レナ】
それだよ

ログイン24日目　きまくら。の闇

仕事や家での雑務などを終えて一息吐いたところで、さあ今日もきまくら。にログイン。と、いきたいところだけど、その前にまずは調べもの。

調査対象は勿論、リルステンちゃんについてだ。私は今まで自身の店でも他の場所でも彼女に遭遇したことはないのだけれど、一体どうやったら会って交友を深められるものだろう？

それに、デートイベントについても詳しく知りたい。

ということで、検索に引っかかったサイトを色々とつまみ食いしてみると――――。


【リルステンに来店してもらうための条件】
・料理人、仕立屋、細工師のいずれかであること
・菓子、女性用衣服、女性用装身具のいずれかを店頭にだしていること
・職業ミッションの初級をすべてクリアしていない状態、もしくは職業レベルが60以上であること
・シエルシャンタのコミュニケートミッション進行度を2以上進めないこと
・シエルシャンタの好感度を上げないこと

――――……ん？

『リルステンは料理人、仕立屋、細工師でないと一切接点が持てないということですか？』

『レベル50～は貴族街への出入りが可能になるので、そこでリルに会ってイベントを経験したり好感度を上げたりすることができます』

ほ、ほう。

《※来店狙いにせよ貴族街で会うにせよシエルシャンタとは関わらないようにしましょう。リルステンの好感度とシエルシャンタの好感度は反比例しているものと思われます。そもそも、シエルシャンタのミッション【シエルのファッションチェック！】の進行度を2以上にしている時点でリルステンと会うことすら不可能になります。もしシエルが来店してきたら、無視するか、会話が始まってしまったとしてもファッションについての具体的な感想を言わないこと。選択式の答えであればとりあえず『分からない』系の返答を選んでおきましょう》

……………。

ついでに、駄目押しで『【リル廃】50万円（×2）でリルステンのデートイベに挑んだ結果【ヤベェｗｗｗ】』という恐ろしい動画を目撃してしまった。

内容は、投稿主が月1回1人限定のリルステンのデートイベントを勝ち取ろうという主旨のものである。

デートの権利が与えられるのは該当キャラクターの好感度上昇率がその月最も高かったプレイヤーで、人気キャラとなると最終的に課金アイテム――――つまり札束の殴り合いになるらしい。

投稿主はリル廃と呼ばれる重度のリルステンヲタクに戦（いくさ）で勝つべく、クラウドファンディングで支援者から50万円を集める。

人気ナンバーツーのミコトを10万で勝ち取ったことのあるup主としては、軍資金として十分な量を集めたと自負する。しかし資金調達含めこの一連の流れをエンターテイメントにしているというのはつまり、敵に容易に手札を読まれる恐れがある、ということでもある。

そこでup主は支援者などには一切知らせないまま、集めた50万にさらにポケットマネーから50万を追加。計１００万円をきまくら。に注ぎ込む。

結果、敗北。リルステンは他のプレイヤーとデートし、up主は大金をきまくら。に寄付しただけという、身の毛のよだつお話であった。

まとめると、私がリルステンちゃんに会えるのは、最低でもレベルを50以上にしてから。且つ、シエルとの縁を切ってから。

あと、リル様とデートするには、リアルマネーで１００万円以上払う必要がある。

きまくら。の闇を知ってしまった瞬間だった。


*****

「【きまくらゆーとぴあ。トークルーム（公式）・総合】」

［とりたまご］
最悪だ～
喧騒の密林でボスに見つかったけどぎりぎり逃げきれるかなってところでスコールきやがった
ぬかるみ大量生成につき漏れなく死んだ
［universe202］
かなりの確率で降るんだからスコールありきで準備しとけよとしか
［南半球渡り鳥捜査局］
天気ってどこも確率ランダムですか？
［狂々］
だな
雨多めとか晴れ多めとか地域差はあるが
［竹中］
シラハエはよく降るし逆にレスティーナは滅多に降らない
［バレッタ］
デート明けくらい発言自重したら
［鶯＿*］
シラハエは園芸師の天国！
水撒きしなくていいの楽だわぁ

[KUDOU-S1]
（動画）
病める森にてテファーナと
なあこれ既出？
[狂々]
初めて見た
[Wee]
初見ですね
[Itachi]
テファのガチストーカーやってる俺が知らないから初出だと思われ
病める森とか馬鹿にしてんのか運営
今更行かねーよそんなとこ
[univerese202]
テファーナは森の番人だからあそこにいてもおかしくはない
ガチストーカーなら森も巡回しとけや
[バレッタ]
おかしいと思ってたんだよね
マグダラのミッション開放されたはずなのにマグダラと会っても変化ないから
もしかしてここがスタートラインか

[とりたまご]
　これ、ギルトアとマグダラのカップルルートってこと?
[ピアノ渋滞]
　これはギルネキが騒ぐな
[鷲 *]
　マグニキは?
[3745]
　いないだろ
[ヤマガタ]
　まずは仮面を取れ
　話はそれからだ
[めめこ]
　視えないからこその美学もあるとかないとか
[KUDOU-S1]
　まあ公式の紹介ページで対になってるから可能性は示唆されてたし、やっぱりってかんじ
　ではある
[Itachi]
　ところでイベント終わった後ちらっと映ってるプレイヤーがリンとヨシヲに見える件
[KUDOU-S1]

せやけど

[ミルクキングダム]

そういやおまえヨシヲんとこのパテだっけ

なんか定期的にヨシヲとリンリンとゾエベルとあと誰だっけってなるんだよな

[KUDOU-S1]

俺の枠ee が乗っ取ってる定期w

まあ採集師って別行動多いし目立たないからな

[リンリン]

目つ最近あんた否定しないからね

ee うちのパテ発言出ても

寧ろ乗っかってる

[パンフェスタ]

これかw

>リンリン：ここの住民なぜか勘違いしてる人多いけどee はうちのパテじゃないよ

>KUDOU-S1 ：えっそうなのか？

[ピアノ渋滞]

ねえシエルニキて息してる？

[リンリン]

ログインなら普通にしてるけど

[ピアノ渋滞]
　そうなんだ
　前はログイン時間被ってるのかダナマスでよく見かけたんだけど、最近いないからさ
[KUDOU-S1]
　ここんとこ俺等レスティーナで活動してるからそのせいだと思われ
[リンリン]
　あと最近あの人レスティンに2軒目の家建てたんだよね
　元々貴族街に1軒持ってるんだけど、僻地のほうにもう1軒建ててハウジングいじってる
　ことが多いかな
「シエル様と静かな場所で愛を育みたいから……」とかきもいこと言ってる
[ヤマガタ]
　最早気持ち悪いを通り越して哀れなんだが
[ちよ]
　ちょっと高尚な愛の形に見えなくもなくなってきてる
[ミルクキングダム]
　いやキモいよ普通にw

ログイン25日目　ふたり

手慰みに生産作業をしながら、私は悩んでいた。

私には1日限りの道楽にぽんと100万円出せる財力はないわけで、リルステンとのデートは、残念ながらもう諦めるしかない。

そこはもう無理って割り切れるからいいのだけれど、残る問題は、今後リルステンとの交流を視野に入れつつゲームを進めていくのか否か、ということ。それはつまり、シエルシャンタを切り捨てるかどうか、という問題でもある。

キャラクターとしての好みでいうと、正直リル様のほうが上なんだよね。

でもシエルちゃんには長らく付き合ってきた愛着がある。何しろ1番最初に知り合ったキャラクターだし、ほとんど毎日のように会っているし、この間やっとプレゼントも貰えてようやく好感度に手応えを感じてきたところだし。

あ～～、でもシエルちゃんとの交友を続けていると、リル様とは永遠に引き離されたまま……。悩ましい……。

と、悶々としながら手を動かしていると、カランコロン、とベルが鳴った。うう、来てしまったか、このときが。

こんな状態で積極的に来客イベントをこなせるわけもなく、昨日もショップフロアにはいかずこっちで黙々と作業してたんだよね。そしたら同じようにベルが鳴って、出てったらシエルちゃんがいて。ここではこんなふうにシエルちゃんとリル様を秤にかけて迷ったりしてるけど、いざ彼女を前にしちゃうとね、やっぱり可愛いんだよ……。

無視するなんて絶対できないし、昨日無闇に攻略サイトなんか覗いちゃったお陰で、『分からない』系の返答が好感度を下げることも知ってしまった。……できない、できないよ～。

だってシエルちゃん、反応はどれを選んでも全部同じなんだよ？　あっそう、じゃまた来るわねって、クールに去ってくの。

でも実はその裏で、しょぼーんってなってるってことでしょ？　もしくは、分からないって何よ私のこと興味ないってわけ⁉　ぷんすこ！　とかなってるんだよ？

あの人を喰ったような強気な表情の下、実は私の返答で一喜一憂してるわけ。

やばない？　可愛くない？　可愛くなくなくない？

そんな私がベルを無視することなどできるはずもなく、私は重い足取りながら、吸い寄せられるようにショップフロアへ向かった。すると、案の定シエルちゃんが。

こんな精神状態で対面したためか、彼女の灰色の目は私を捉えて明るく輝いたように見えた。

ビビア私のこと、好きだよね？　リルステンを選んで私を捨てるだなんてそんな真似、まさかしないよね？　ね？

まるでそんな心の声を聞いているかのようだ。

とはいえ実際のシエルちゃんの台詞には今日も変化は見られず、お決まりのファッションチェックの時間がやってくる。

もっとも、毎回同じ質問同じ反応といえど着ている衣装は毎回違うもので、このやり取りも私としては嫌いじゃないんだよね。今日はどんな服着てくるのかなって、結構楽しみにしている。

さて、本日のシエルちゃんは真っ赤な総レースのワンピース1枚という、華やかながらもシンプルな出で立ちだった。

エーラインで丈は短め、袖はフレンチスリーブ――肩が少し隠れる程度の袖――。シックにも着れるしカジュアルにも着れるひと品、ここが味噌。

そんな万能アイテムに彼女が合わせているものは、華奢な金のネックレスに紫紺色のピンヒールパンプス、そしてくるぶしが隠れるくらいの丈の白いショートソックス。

古典的で正統派なモチーフを、絶妙にレトロな方向に崩してきたってかんじかな。

うん、今日も間違いなく可愛い。間違いなく可愛いのは間違いないんだけど、シエルちゃんが毎度比較しろと仰るのは、前回現れた自分自身なわけで。

だから私が基準にしているものは、相も変わらず彼女の髪型だ。

長い金髪を編み込んでアップで纏めたこのヘアアレンジには、今日の衣装が正解だろうか？　それとも前回の衣装のほうが似合っていただろうか。

答えは――。

「昨日のほうが好きかな」

――その選択肢を選んだ瞬間、シエルちゃんの眉間にはっきりと皺が寄った。そして私が彼女の反応に戸惑う間もなく、もう一度、来店のベルが響く。

「ふふっ、いい子ねビビア。まるでご主人様をしっかり見分けて、ご主人様の声にだけ従う忠犬のようだわ」

その声は間違いなくシエルちゃんのものだった。

なのに、シエルちゃんの口が動いたわけではなかった。正確に言うと、私の目の前にいるシエルちゃんの口は動かなかった。

「こうも見破られちゃあ、つまらないわ。このお遊びもいい加減終わりにしましょう、・・・・シャンタ」

それは、扉から新たに現れたシエルちゃんの言葉だった。

シエルちゃんが、もう１人。

シエルちゃんが…………ふた、り。


******

【きまくらゆーとぴあ。トークルーム（公式）・総合】

［弐］
（画像）
マグダラとの会話に新たな選択肢加わったな
各地でギルトアの遭遇報告も上がってるし、それをもとに行き先提案すれば２人が再会するってかんじか？
［バレッタ］
か、もしくは自分自身が先にどちらかに会っとかないといけない可能性も微レ存

[レティマ]
　それは本当に微レ存レベルだと思うな
　閉ざされた森といいマグダラの消息といい革命イベントが深く関わってるから
　この流れもプレイヤー全体で動かすものだと思われ
[ポイフリュ]
　確かに
　実際実況者でマグダラ遭遇後ギルトア遭遇ってなって、ついさっき自分がマグダラに会った場所を教えた人いたけど
　特に何も起こらなかったみたいよ
[ピアノ渋滞]
　プレイヤーの回答数を裏で集計してて、正解が一定数とか一定の確率超えたら再会イベント成功、みたいなかんじかもね
[ナルティーク]
　テファーナの頼み通りに行動するとしたら寧ろ引き離すほうが正解ってことになるんだがな
　果たして忠実にその助言を守るやつがどれだけいるかっていう
[Itachi]
　物語的には進展があったほうが面白い
　プレイヤーどもは積極的にスタンピードを引き起こしに行くだろうｗ

［ミラン］
いやそうとも言えん
なぜならギルトアの目的が達成されたとすれば、再び奴が枢密院に帰ってくる可能性も高
いから
［夢］
あ〜〜これって実は学院出ＶＳ未就学児、もしくはギルトア派ＶＳクリフェウス派の頭脳
戦の一種ってこと？
［バレッタ］
なるほど
だとしても未就学児＆クリフェウス派は不利だな
ライト勢なんかはそんなことに気付かないだろうし、どっちでもいいから面白そうなほう
に１票ってやつ多そう
［ポイフリュ］
ギルトアにはマグダラと再会してほしい
でもそれが引き金になってマグダラの記憶が戻ったら病める森の封印が解けてスタンピー
ド待ったなしってことだよね
純粋にハピエンが好きな勢はどうするのが最善なんだろ……＞＜
［ナルティーク］
これ閉ざされた森よりも先にマグダラの消息が発動した場合どうなってたのかが気になる

「そっちのが穏便に話が進みそう」

＊＊＊＊＊＊

「このお遊びもいい加減終わりにしましょう、シャンタ」

シエルちゃんにそう言われて、むすっとした顔のシエルちゃんは溜め息を吐いた。何を言ってるか分からないと思うけど、うん、私も何言ってるか分からないんだもの。

「あーあ、ビビアったら意地悪だわ。毎回毎回、シエルばっかり贔屓して」

「贔屓じゃないわ、実力よ。だってそうでしょ、ビビア？　実際私のコーディネートのほうが、１枚上手だったんだものね？」

後発シエルちゃんに有無を言わさぬ視線を投げかけられた私は、咄嗟に頷いてしまう。

すると先発シエルちゃんはふんっとそっぽを向いて、突如纏められていた髪を解いた。乱暴に手櫛（てぐし）で髪を梳（す）く彼女の姿を見て、私は息を呑む。

――――似合ってる。

シックながらも隙のある彼女のレトロなファッションは、几帳面に結い上げられたきちんとヘアよりも、今のゆるふわロングヘアにこそ似合っていた。

「それじゃ、改めて自己紹介するわね」

ぽかんと見惚れる私の前に、２人は並び立ってあの挑発的な笑みを浮かべる。

「私がシエル」

髪をきちんと結い上げた、後発シエルちゃんが言う。

「そして私はシャンタ」

髪を下ろした、先発シエルちゃんが言う。

『私達、双子なの』

――――ふ……ふたごおおおおおおお!?

「ゲームしてたの」

「同一人物のふりしながら、どっちのファッションセンスがイカしてるか勝負しようって」

「体形、顔立ち、人柄、付き合いの長さ、全部が全部公平な、忖度(そんたく)なしの真っ向勝負よ」

「でもビビア、途中から気付いてたでしょ。私達が2人いることに。じゃないと説明がつかないわ。毎回毎回、シエルのほうが優れてるだなんて。それに、私達のどちらかが連続で現れれば、優劣付けないんですもの」

「うふふ。私達を見破ったのは、あなたが初めて。私、あなたのことが気に入ったわ」

「シエルったらすっかり調子に乗っちゃって。ふん、私のセンスが見抜けないだなんて、その目は節穴に違いないんだから」

混乱しきりの私を他所に、2人はすいすいと話を進める。そして先発シエルちゃん――――つまりシャンタちゃんは、ぷんすかと怒って店を出て行ってしまった。

あ、あ、ごめんよシャンタちゃん。なんか勘違いしてるみたいだけど、双子だなんて全然これっぽっちも気付いてなかったんだ。

っていうかあなたが髪を下ろしてたなら、もしか私は延々と決められない系の選択肢をぽちり続けてたかもしれない。

私が呆然とシャンタが出て行った扉を見つめていると、ふいに真下から甘い声が響いてきた。

「ねえところでビビア、店主とお客とはいえ、ずっと交友を深めてきたんだもの。私達って友達だと思わない？」

見ると、シエルちゃんがカウンターから身を乗り出して、上目遣いでこちらを窺っている。きらきらした灰色の瞳に、緩んだ唇。

私はカラクリ人形のごとく首肯すると共に、花を飛ばすスタンプを連打しまくった。

はい、私はシエル様のお友達です。寧ろ下僕です。犬と呼んでいただいてもかまいません。

「友達って、お仕事のとき以外にも会うものだと思うの。一緒にお出掛けしたり、ランチしたり、お茶したり」

その通りでございます。シエル様の仰る通り。

「じゃあ、今週末か、週明けの月曜日。空いてる日、教えて？」

はい、もちろ、ん、…………え……。

えええええええええええ!?


******

【きまくらゆーとぴあ。トークルーム（公式）・デートイベントについて語る部屋】

【モシャ】
>>YTYT

自身を写していないところは評価する
だがそのにっこにこのメフモの目の前におまえがいることを考えると、やはりくたばって
もらう他ないと思う
[Itachi]
>>YTYT
コーヒー飲んだあとの反応激カワ
テファに捧げた一途な心が一瞬揺れたは
[深瀬沙耶]
>>YTYT
しっかりエリンに見せびらかしに行くあたり腹の黒さを感じる
[イーフィ]
がしかしエリンのこの余裕よ
[송사리]
エリン「面倒見てもらって悪いな！」
→さらっとマウント取ってますがな(´・ε・`)
[パンフェスタ]
(画像)
ほいよ今週のメンバー一覧
[レティマ]

有能
ダークモスちゃんのお腹に顔を押し付けてもふもふする権利をあげる
[パンフェスタ]
拷問じゃねーか
[狂々]
目玉はクリフェウスくらい?
なんかぱっとしない週だよな
[もも太郎]
ディルカがいる
いい加減にしろ
[耳。]
アンゼローラ様がいるじゃねーかいい加減にしろ
[ゾエベル]
シエル様がいるじゃねーかいい加減にしろ
[深瀬沙耶]
ディルカもアンゼも一部根強い人気があるのは分かるけどリルニキ戦とかミコネキ戦ほど
興味をそそられないのは事実
[ゾエベル]
ついに俺のターンがきた

[ねじコ+]
>>もも太郎
>>耳。
リル廃さんみたく隠れなくていいの?

[송사리]
シエルニキ無視しないだけて(、;ε;`)

[YTYT]
あいつのターンは永遠にこないから

[耳。]
>>ねじコ+
リル廃がデート週の前半トークに参加しないのはデート権を勝ち取って自慢するやつを避けるため
昔それで実際に顰蹙(ひんしゅく)を買ったやつがいてだな
且つ自身がうっかり口を滑らせて同じ轍を踏まないためにも談話室には顔を出さないのがマナー
……みたいな変な文化がある
要するにあいつらが特殊なんやで

[もも太郎]
竹工

［パンフェスタ］
竹は勝っても敗けても喋るんで許してやれ
［レティマ］
他プレイヤーとデート中のリルにも余裕で話しかけるしね

ログイン26日目　取引

シエルちゃんと、デート。……シエルちゃんと、デートができるううううう！

高揚する気持ちにより、リル様への未練などあっという間に吹き飛んだ。

決めた。私、これからもシエルちゃんと共に生きてゆきます。

金土日月の中から選んだ日取りは土曜日。人が多そうな休日は避けたかったんだけど、金曜日は準備が間に合わなさそうで怖いし月曜は仕事の都合であんまりゲームできないしで、仕方なく。

でも逆に朝とかならあんまり目立たずに行動できていいかも。一緒にお出掛けして、普段とは違う景色の中でスクショいっぱい撮りたいな。

そうと決まれば早速、シエルちゃんに贈る衣装を仕立てなければ。

いやでもその前に、どうやったら彼女にプレゼントができるのかな。加えて、どうやったらそれをデート当日に着てもらえるんだろ？

調べてみたんだけれど、よく分からない。

服飾系アイテムをプレゼントする機会は好感度を上げたのちランダムで発生するものっぽいし、それを着てもらえるかどうかもランダム要素が強いみたい。

それに調査の過程で色々な人のデートショットや動画を目にしたはいいものの、自分の好きな衣装を着せたというようなくだりはでてこない。

ええい、こうなったら最終奥義だ。竹氏に連絡してしまえ。

何せデート日まで時間がないから、ここで手間取るわけにはいかないのだ。

[竹中]
はいはい
珍しいですね、ブティックさんのほうから連絡寄越すなんて
[ビビア]
急にすみません
ちょっと教えていただきたいことがあるんですけど、今いいですか?
[竹中]
何でしょう
[ビビア]
竹中さんみたいに、デートイベントで相手キャラに自分の好きな服を着てもらう方法を教えてほしいんです
調べてみたんですけど、よく分からなくて

【竹中】
あー、なるほど
あれ俺が見つけた新要素なんで、まだ出回ってないんですよ

え？　そうだったの？
道理で調べど調べど情報が見つからないわけだ。

【竹中】
既に情報屋に流してあるんで、本来ならそっちに行ってもらうのが筋なんですけど
まあ、ブティックさんには世話になってるんで、いいでしょう
特別に教えてあげます
【ビビア】
やったー嬉しい竹中さん大好き
【竹中】
……絶対真顔で言ってますよね
けど、条件が1つ……いえ、2つあります
【ビビア】
む
何でしょう

【竹中】
　1つ目……に、入る前に、ビビアさん最近、ショップ情報確認してます？
ショップ？　そんなのいつも確認……あー……そういえば最近見てなかったなぁ。
何せリル様ショックでそれどころじゃなくって。

【竹中】
　ちゃんと見てください
　そして然るべき対処をしてください
　これが1つ目の条件
【ビビア】
　然るべき対処とは一体
【竹中】
　それはそちらの都合なのでお任せします
　とにかくまずは確認を
　で、2つ目の条件
　バレッタってやつが以前ビビアさんのショップで購入してると思うのですが、そいつをブラックリストから外してやってくださいバレッタ……？　確かに聞き覚えのある名前な気がするけど、どんな人だっけ。

てかＢＬに入れられてる前提ってことは碌なプレイヤーじゃない気が……。

［竹中］
確かに碌な人間ではないですが
［ビビア］
ちょっと
［竹中］
でもとにかく1回でもいいので外してください
これが条件です
その後変なメッセージでも送られようもんなら、どうぞ遠慮なく再びＢＬぶっ込んで構いませんので

因みにここで言ってる〝ブラックリスト〟とはショップ利用に限定された機能のことである。迷惑と判断したプレイヤーを自分視点から完全に消し去る及び一切の接触を絶てる機能とは別物で、登録されたプレイヤーは自ショップにおける取引のみ禁止された状態となる。

きまくら。はここら辺の自衛システムが結構細分化されていて、他にトークルーム限定のＢＬなんかもある。

今まで私が使ったことのあるＢＬ機能といえばショップ用のもののみなので、となるとバレッタさ

んは恐らく革命騒ぎのときにやんちゃしてＢＬ入りとなったものの、私の生産物には依然関心がある、みたいなかんじなのかしら？
うーん……よく分からんけど、碌でもないメッセージを送られるかもしれない券×１枚くらいは、受け取ってあげてもいい、かなあ。

［竹中］
絶対ですよ
ほんとにお願いします
はー、これで俺も面倒なやり取りから解放される

竹中氏にどんな利益が生じるのか、イマイチ不明な取引ではあったが、とにかくこうして私はデート服をプレゼントする方法を聞きだすことができたのだった。

******

【きまくらゆーとぴあ。トークルーム（公式）・総合】

［ミラン］
>>弐
>［ゴーヤー］

>同じくひと月前から始めた人間だけど俺は取れたぞ体内図書館
この時点で成立してないんだよ
こいつはただ質問者よりゲームの進みが早くてギルトア消える前に体内図書館取得が間に合ったってだけ
文盲かな？
[ゴーヤー]
だから何？
質問者とか関係なく俺は事実を述べ ただけだけどそれの何が間違ってんの？
[もも太郎]
こわ
[ee]
えっもしかしてゴーヤーってひと2人います？
体内図書館お勧めって名指しでレス付けたゴーヤーさんと今のところ入手不可のスキル勧めるとか馬鹿かって煽りに全力で噛み付いてるゴーヤーさんは別人なんですかねえ
[鶯 *]
どうでもいいよ
[ヨシヲｗｗｗ]
手の平クルー過ぎてわらたｗｗｗ
前もいたよな自分の発言ミスが恥ずかし過ぎて記憶改竄してるやつｗｗｗ

ベータ版勘違いマンかな？？？w

[ポワレ]

？？？「ベータ版にもリルステンは登場したし職業の種類も変わらなかったぞ」

（、・ε・）＜それ無料体験版の話じゃない？

？？？「誰もベータ版の話なんかしてない」

（、゜Д゜）

[イーフィ]

いい加減落ち着けよおまえら

きっと革命が起きた世界線と起きなかった世界線があるんだよ

[ちょん]

煽ってるやんw

[くまたん]

全部革命が悪いんだ！

[まことちゃん]

つまりブティックさんが悪いということですね

[レナ]

死んだやつの悪口言うなよ

[송사리]

ブティックさん死んでしまったの？　（、・ε・`）

[3745]
　なんでブティックさんすぐ死んでまうん？　（｀・ω・´）
[セツナ]
　死んでない死んでないｗ
　息してるって竹中言うとったやんか
[めめこ]
　竹中氏の言うことなんか当てにならないよ
[セツナ]
　それもそうか
[バレッタ]
　朗報
　ブティックにちゃんとショップ確認するよう竹中が忠告してくれたらしい
[まことちゃん]
　確認すらしてなかったんかいｗ
[めめこ]
　まあシカトするような人ではないしなあ
[ちょん]
　いや余裕でシカトしそうなイメージしかないんだがｗ
　商品が売りきれたらゴミを補充する図太さだぞｗ

[ゴーヤー]
>>ee
噛み付いてるように見えた？
ならごめんね？
おまえらの読解力不足に合わせて懇切丁寧に説明してやってるつもりだったんだけど、それを汲み取る知能も未発達だったんだな？
[もも太郎]
こわ
[ヨシヲwww]
なんでそこをピックアップしてレスポンス付けた？w
いやそこしかピックアップしようがなかったのかw
[鶯*]
どうでもいいです

******

「げぇ」

竹中氏に言われるがままショップルームを確認した私は、つい乙女にあるまじき呻きを発してしまった。

商品がどこにも、ない。そして恐る恐るシステムパネルを開けば、例のごとく、大量の新着メッセージが。

とってもデジャヴ。

え、でも、なんで？　なんで？

まるで原因が思いつかない。革命イベントのような新たな騒ぎを起こした覚えはないし、ゴミを売りにだして以降、変なメッセージも段々減ってきて、最近はすっかり落ち着いてきていたというのに。

因みに今回のメッセージ数は16。売れたアイテムの数の、大体1／2ってところ。

比率にしても数そのものにしても前回の事件よりかは少なめだけど、それにしてもこれ、目を通すのやだなあ。こんな条件を出してきたあたり、竹中氏は事情を知っているっぽいし、私が知らないところで叩かれたりしてるんだろうか。

なんて鬱々しながらメッセージを開いてみると――――。

『竹中さんとリルのコスが凄い素敵でした！　私もオーダーメイドで頼みたいんですけど、よろしければ連絡ください ＜(＿ ＿)＞』

『竹のペアルック可愛かった。男女で微妙に違いがあるのがグッド。自分もオーダーメイド希望』

『オーダーメイド枠かリクエストボックス設置してほしいです』

――――なんとびっくり。大体がこんな要望であった。

どうやら竹氏に作った衣装の評判がよかったみたい。てかこれは多分、リル様のＣＭ力ゆえの反響だろうな。

何てったって彼女はこのゲームナンバーワンの人気者、しかもデートイベで好きな衣装を着せられるのはあれが初めてとのことだし、かなり注目を集めていたっぽい。冷静に考えると凄いことだったんだなあ。

まあ前回同様、メッセージ送信フォームとして私の製作アイテムが買われているのに若干フクザツな思いはあるものの、基本的には嬉しい反響だった。

この前の大量メッセ事件の際もオーダーメイドの希望は混ざっていたし、ここら辺は追々、本格的に考えていこうかな。

もっとも今の私はそれどころではないため、返信は割愛させていただく。すっからかんのショップに商品補充をする暇も勿論ない。

代わりにワールドマーケットで表示されるお店のプロフィール欄に、『諸事情のため一時休業中。オーダーメイド等については現在検討中。』と書き込んでおいた。

で、最後にブラックリストの中からバレッタさんのチェックを外してっと。

これで竹中氏の条件はすべてクリア。心おきなくデート服を製作できるというわけだ。

アトリエに戻った私は、早速製図用紙に構想を描きだしていく。

テーマは……女王様と侍女！　これで決まり。

双子コーデと迷ったんだけど、そもそもシエルちゃんって元から双子だからちょっと目新しさがないよなーって思って。あ、勿論シエルちゃんが女王様で私が侍女だよ。

それからワールドマーケットを開いて、ばんばんと資材を買い込んでいく。

ほんとはね、主婦の知恵袋を持つ玄人は、ワールドマーケットよりも実店舗のほうをこまめにチェックするんだって。

なぜかというとワールドマーケット上の取引は手数料がかかるから。

それと、ワールドマーケットはNPCも利用するという設定があるため、出品したアイテムはお金と引き換えにコンピュータの闇に呑まれる可能性も往々にしてある。

貴重な、あるいは手をかけたアイテムはプレイヤーのもとに届いてほしい、そう思う店主は、ワールドマーケットには出品せず、実店舗限定で取引をすることも多いそう。

それで、ベテランきまくら。ユーザーはよいお店を直にチェックしてからワールドマーケットの利用を考えるんだとか。

勿論そのためには実店舗で自分に合った品を扱っているショップを把握しておく必要があるし、そこに自ら足を運ぶ必要もある。

諸々の時間を取ることのできない私は、ちょっと後ろ髪を引かれつつも、ばしばしとカートに材料を突っ込むのみだ。

何せ竹氏とヒーリングミントで稼いだ400万キマが未だまるっと残ってるからね。ここで使わずしていつ使うっていう。

もう、性能とか値段とかはガン無視。ひたすらに描いている構想に合致するもの、シエルちゃんに似合いそうなもの、可愛いものを購入していく。

なんかこれ凄い楽しいわあ。ゲームとはいえ、お金に糸目を付けないで買い物できるのってテンション上がるね。

ダマスク織りが見事な赤紫の生地に、光沢のある真っ白な絹のような生地、ストライプのピンクのリボン、それから自分では作れないタイツや杖といったオプションアイテム。

1番高かったのは、【リリイクラウン】という百合の花を模した冠。お値段なんと、110万キマでした。

後悔は……ちょっぴりしてるけど、でもこれがイメージにぴったりだったもので、買わないという選択肢はなかった。

なんかあれこれ物色してる内に、今回の製作では必要のないものまで色々購入しちゃった。これも1つのワールドマーケットの罠だなあ。

お陰で所持金は半分ほどになってしまったけど、何はともあれ準備は整った。明日はいよいよ仕立て作業だ。


******

【きまくらゆーとぴあ。トークルーム（公式）・織り師について語る部屋】

［モシャ］
ミラクリキタアアアアーーーーー!!
とか言ってみたい人生だった
［エルトン］
編み物頑張れ
［モシャ］
編み物できないいっつってんだろ
［バタートリック］

中継ぎ産業のアイテムも性能がある程度数値化されればいいのに
ミラクリも付かないし達成感がイマイチ……
[hyuy@フレ募集中]
おまえらなんで織り師になった?
[しゃんはい]
ここの住人の大半は織り師じゃないよ
織りスキル持った別職業の人間だよ
[カオス]
>>バタートリック
性能数値化云々はともかくとして、ミラクリは付いたとしてもそれを成し得るプレイヤーが果たして何人いるかっていう
織物のリアルスキル持つ人間なんて少ないし且つきまくら。やってる中でってなると俺はキムチしか知らん
[バタートリック]
言うてミラクリ出すのにどうしてもリアルスキルが必要ってわけでもないじゃん
知識<<<<手間だよ
[名無しさん]
寧ろキムチはなんでゲームでまで織り師を選んだ
[ニカモ <RIT]

誰キムチ

【hyuy@フレ募集中】
メダカのことやで

【송사리】
（´；ω；`）

【しゃんはい】
ハングルを何でもかんでもキムチって読むのやめーや

【名無しさん】
トッポギ！

【モシャ】
チーズタッカルビぃ！

【バタートリック】
ビビンバ美味しいよね

【송사리】
＞＞名無しさん
家におっきい織機置く余裕ないから……（´；ω；`）
それに何だかんだショートカットは多用してるし現実とゲームじゃやっぱ違うよ

【송사리】
あ

[송사리]
ちょっといいことあった(*´ω`*)
[heta]
なんなん?
[송사리]
内緒
[カオス]
きもちわりいなあ
[송사리]
(´;ω;`)

ログイン27日目　女王コス

早速デート服の作製に取りかかろうと思う。

まずは主役であるシエルちゃんの衣装から。

メインで魅せたいのは、赤紫のダマスク織りテキスタイル。模様の中に銀色の糸が織り込んであったり、縁には白いラインが描かれてたりと、とっても凝っている。

アイテム名は【ブリッツクロス(´・ω・`)】ってなってた。雷属性付与の布みたい。

オリデザものって名前にも個性がでるのが面白いよね。

この素材は【マント】に仕立てることにする。

裾は引きずるかんじに長くしてしまおう。汚れとか機能性とか気にしなくていいのは、ゲームファッションの醍醐味なのだ。

マント留めにはピンクストライプのリボンをあしらう。

余り布はリボンやレースをわさわさ付けつつ、ヘッドドレスにしてみた。

ほんとは【リリイクラウン】に直接パーツを取り付けたかったのだが、素材として認められないアイテムには変更が加えられない。よって先にヘッドドレスを付けてその上に冠をかぶる、なんちゃってワンセット形式にすることに。

ゲーム世界なので見た目がそれっぽくあれば万事オーケーなのです。

次に中に着るドレスを、【ロイヤルシルク】という真っ白な絹のような生地で作る。

使うレシピは【プリンセスドレス】。ウエストはきゅっと、スカートはふわっとな、王道お姫様シルエットだ。

前身ごろには【サマードレス】の製図から抜き出したシャーリング――――ギャザーを寄せて作る模様――――を数段あしらってみた。

これ、リアルソーイングだとなかなかめんどくさい技法なんだけど、きまくら。ソーイングだと製図さえ乗り越えれば大変楽でよろしい。

スカートは膝丈、袖は七分に。どちらも裾をバルーン型に絞って、大きめの白レースを飾る。

これでシンプルな構造ながら繊細な布質と陰影を生かした、動きのあるドレスになったと自負。

足元は【一角牛の革】を赤紫色の【ピンヒールパンプス】にした。

そこに銀色の塗料でアラベスクっぽく曲線模様を描きつけていく。絵はそんなに上手くないので複雑なものは描けないけれど、まあこれくらいならそれっぽく見えるでしょ。

この模様はオリデザのタイツに合わせるためのもの。ブリックロスと同じ〝キムチって呼ぶ奴絶許(⊙言⊙#)〟で購入させていただいた。

……うん、凄いショップ名よね。私も最初見たときは意味分からんくて引いたけど、売り物の魅力には逆らえなかったのよ……。

で、その素敵なタイツがこちら、【スケイルレグ(`;ω;´)】。水中特化の装着アイテムみたい。

全体の色は白なんだけど、つま先からふくらはぎにかけて蔦が絡んだような模様が銀糸で施されている。パンプスの模様はこれに合わせたかったってワケ。

因みにペイントに使った塗料には【ロイヤルモスの鱗粉】を混ぜてある。ワールドマーケットには銀色の塗料が見当たらなかったので、自作してみた。

さあこれにてシエルちゃん用の衣装は完成。

同じ布で作ったマントとヘッドドレスをセットにして……、って、あれ？　ドレスとパンプスもセットにできるようになってる。

もしかして生地と塗料の『ロイヤル』繋がり？　そっか、ロイヤルシルクってロイヤルモスの繭(まゆ)からできた生地なのかも。

折角なのでこちらもセットにして、作業を終了。

出来上がったアイテムがこちら。

【クイーンマント（シエル用）】
品質：★★
雷の力を秘めた服。
主な使用法：装着
効果：水属性ダメージ軽減（中）
消耗：100／100
セットボーナス：30％の確率で雷属性のダメージを吸収＋消耗値に変換（中）

【クイーンヘッドドレス（シエル用）】
品質：★★
雷の力を秘めた装飾品。
主な使用法：装着
効果：――
消耗：100／100
セットボーナス：30％の確率で雷属性のダメージを吸収＋消耗値に変換（中）

【ロイヤルドレス（シエル用）】
品質：★

ロイヤルシルクで作られた服。
主な使用法：装着
効果：――
消費：100／100
習得可能スキル：威圧
（威圧：任意発動スキル　消費30～　対象を［緊張］状態にする）
セットボーナス：［眠り］耐性（中）

【ロイヤルシューズ（シエル用）】
品質：★★★
一角牛の革で作られた靴。
主な使用法：装着
効果：――
消耗：150／150
セットボーナス：［眠り］耐性（中）

うん、急いで作ったにしては上出来でしょ。

ってていうか性能は一切意識せずプレゼント用で仕立てたものだから、効果とかスキルとか付いちゃったのが逆に勿体ない気がする。

まあシエルちゃんへの愛の大きさと考えれば、それも悪くないかあ。

******

【きまくらゆーとぴあ。トークルーム（公式）・遠征クエストについて語る部屋】

［とりたまご］

生産職としては公式産で覇権装備出されるのモヤるからこれでいいわ

古参には絶対必要ってわけでもないけどゴミではないし

新規～中堅にとっては普通に有用だろ

［マ　ユ］

リリイクラウンいらんなあ

安心して古城周回するわ

［まことちゃん］

耐久10％ｕｐ、発想20％ｕｐ、愛情20％ｕｐ、他アビリティ＋2

普通にめっちゃ強いじゃん(｀・ε・´)

［弐］

釣りか？

遠征ステと生産ステ混ぜてる時点ですげー中途半端な上残りアビは光合成と星読み

アビ沢山つけてりゃ何でもいいってわけじゃねーんだぞ

[ちょん]
誰に向けた装備よって話
これは舐めてますわ
[狂々]
集荷でない以上産廃なんだよなぁ
[polina]
集荷なんてまずお目にかかれないし端から期待してないわ
[itachi]
寧ろ集荷のほうが最終的には産廃になる件
[アリス]
集荷?
[アリス]
あ、習得可能スキルか(・w・)
[モシャ]
集荷装備はプレイヤーの中で生き続けるんやで
[ミルクキングダム]
昨日の俺「リリイクラウンイラネ。110万で売りにだしとこ」
今日の俺「買ったアホがおるwww((´ε`))」
[マ　ユ]

新規ちゃん「もう最新の装備が売られてる＞＜　自分じゃ取りに行けないし買わなきゃ＞＜」
【アリス】
新規ちゃん虐めないで＞＜
【ちょん】
１１０万ぽろっと出せる新規って何
【バレッタ】
お姫様なんじゃない？
【弐】
１１０万ありゃプレイヤー産のトップ装備買えるなｗ
ただ供給にムラっ気があるから待てなかったせっかちさんかもしれん
【ウヤムヤ】
お洒落装備用には欲しい
取りに行く気がない生産職としては50万だったら買うかな

ログイン28日目　プレゼント

【きまくらゆーとぴあ。トークルーム（公式）・コミュニケートミッションについて語る部屋】

［陰キャ中です］
リルとシエルの好感度ってなんで両立できないんだろ
あの2人仲悪いのかな

［レナ］
明確に言われてないけどその可能性は高いよね
同じ学院通ってるのにリルはほとんどシエルについて語らない
他の学生キャラのことは話振ると結構褒めたりするのに

［とりたまご］
＞「彼女の生家エドヴィーシュ家はここ十数年で財を成しのし上がってきた一族でしてね」
＞「家柄を重視する貴族出身の学生からは煙たがられているようです」
＞「肩身の狭い思いをしていることには同情しますが……」
リル自身貴族だろ？
普通に成金絶許なんじゃね

[竹中]
リル様は子爵夫と平民妻との間に生まれた苦労人だぞ
思いやり深いリル様がそんなつまらん差別するかくたばれエアプ
[がたがた]
>「肩身の狭い思いをしていることには同情しますが……」
にしてもこの台詞は意味深
同情はするけどよくは思わない何かがありそう
[狂々]
好感度が反比例するキャラって他に誰がいる?
[ピアノ渋滞]
そもそもリルとシエルが反比例してるかどうかも定かじゃないから
ただシエルのイベント進めてるとリルが消滅するだけであって
[狂々]
じゃあ好感度両立できないキャラ
[陰キャ中です]
ミコト×他の男キャラ
[ゆうへい]
ギルトア×クリフェウス
[レナ]

ギルクリは好感度の問題ではないでしょ
[ポイフリュ]
嫉妬深いヤンデレミコきゅんギャップ萌え過ぎる(*´ω`*)
[3745]
えっ、ミコトと他の野郎両立できないの？
[いお]
ミコトのミッション【看病してあげる】で病みルートに突入すると
他のメンズが一切近寄ってこなくなるという恐ろしい仕様なんだゾ
[3745]
消してるのか……
[ポイフリュ]
その闇こそが数多のミコ信徒を生み出してきたのです（>q<）
[とりたまご]
唐突に始まる乙女ゲーこえー
[がたがた]
何が怖いって性別男プレイヤーにも余裕で同じシナリオぶっこんでくるのが怖過ぎる
運営仕事しろ
[リンリン]
月間ランク狙うんでない限りそのルートは回避してオケよ

＊＊＊＊＊

今日は自分用のデートコスを作っていくことにする。

もっとも主役はシエルちゃんで、私はあくまで引き立て役の侍女設定だからね。シエルちゃんの衣装よりは大分力を抜いて作っていくつもり。

まずはえんじ色の【スパイダーエステル】を使ってドレス作り。【ディアンドルワンピース】と【ジャケット】のレシピを合体させて、製図を描いていく。

ディアンドルは、襟ぐりが胸下くらい深くてウエストがぴったり締まったジャンパースカートみたいなかんじ。ドイツら辺の民族衣装らしい。

公式レシピは袖なしだったんだけど、これを四分くらいのバルーンスリーブに変更。で、大きく開いた襟ぐりに合わせてジャケットから抜き取ったカラー、フロントラインを付け加える。

スカートはギャザーをたっぷり寄せる。控えめきちんとスタイルということで、丈はふくらはぎ辺りかな。

シエル女王の従者設定とはいえ、みすぼらしく見えるのも引き立て役としては失格。裾にフリルと黒レースをあしらったり下にはくパニエを用意したりして、地味なりに貴族的威風は損なわないようにしておく。

それからドレスと同じ素材で【ロリィタヘッドドレス】を作成。

中に着る白いブラウスは襟と胸元に同色のフリルとレースをたっぷり飾り、黒いリボンタイを結ぶ。

靴は黒のパンプスにして、バレエシューズみたくストラップをクロスさせてみた。

これに、ストライプ状にレースを織り込んだ白いタイツを合わせれば、お澄まし侍女コーデの完成。

試しに着てみるけど、うん、いいかんじ。

もっとも私のキャラデザが小柄でボブヘアなロリ系バンビなため、単品だとただのお嬢様感が強い。

まあシエル女王とセットにすればそれらしく見えるでしょ。

それじゃ、準備が整ったことだし、出来上がった衣装をシエルちゃんに届けに行くことにしよう。

向かう先は中心街にあるレニーブロム百貨店。ここは全館NPCが営むファンタジー版デパートみたいな場所で、3階の衣料品売り場にてデート服を選んであげられるイベントが発生するらしい。

「あんまり目新しい商品が売りにだされることもないし、売り物は全部ワールドマーケットでも買えるしで、古参ユーザーが訪れる場所じゃないんですよね。だから今まで誰も百貨店でのイベントに気付けなかったのかもしれません。もしくは普通に最近実装されたイベントなのかも。このゲーム何の通知もなくしれっと新要素追加してくることあるんですよね。開発AIの仕事を運営が把握できてないんじゃないかって、もっぱらの噂ですわ」

とは、竹中氏談である。さらりと怖い話がでてきた気もするが、まあ深く考えるのはやめておく。

因みに竹中氏は、リル以外のキャラクターでも共通のイベントが発生することを確認済みだそうだ。

というのも実のところ彼がこの要素に初めて気付いたのは、リルステンではない不人気キャラとのデート権を獲得したときらしい。

ゲームの進行上の都合でそのキャラの好感度を上げていたら、予期せずデート可能になり、且つ新要素発見に至ったんだと。

しかしそのキャラに特に愛着のなかった彼はデート自体はスルーしつつ、本命デートの予行練習として色々検証はしてみたそうだ。

さあこの古めかしい螺旋階段を上った先にシエルちゃんが――――よし、いた！

近くに寄って話しかけるコマンドを実行すると、個別イベントモードに移行する。シエルちゃんは私に気付いて片眉を上げた。

「あらビビア、奇遇ね。あっ、もしかしてあなたも週末のお出かけ用の服を買いに？」

いいえ、シエルちゃんがここにいると聞いてストーカーしに来ました。とは勿論言わず、ぱあっと光り輝く笑顔スタンプで対応。

「うふ、全く困ったさんね。そんなに楽しみだったたっていうわけ？　それでここで鉢合わせちゃったんじゃあ、週末のありがたみが薄れるじゃない。でも、仕方ないわね。私達それだけ気が合うってことなんですもの！」

言ってシエルは小悪魔的な艶やかな笑みを浮かべる。

ろ、録画！　録画せねば！

「は～～～～。けど、なあんか今日の私ってばスランプ。色々お店回ってみたはいいものの、びびっとくる洋服が見つからないのよね。気に入るものがないわけじゃないんだけど……。……あ、そうだわ！」

そこで彼女の頭の上に、ぴこんっと閃き電球マークが灯った。

「いいこと思いついた。ねえ、あなたが私のお出かけ服、選びなさいよ。仮にも仕立屋でしょ？　私に似合うコーディネートの提案くらい、造作ないわよね？」

お～～、なるほど。こういう経緯でデート服を好きに選べるようになるわけね。

私は勿論承諾する。

で、流れ的にはこの百貨店の中で服を探してくるものなんだろうけど、竹中氏曰く百貨店の売り物以外をプレゼントしてもオーケーとのこと。

それですぐに再び話しかけると、インベントリが開かれる。これでプレゼントを選択できるようになったので、私は自作のアイテムやそれに合わせるオプションアイテムをぽちっていった。

自作でないオプション品は【リリイクラウン】以外にも幾つかあって、まず公式産の【紅蓮陽炎の杖】。これは赤紫の宝玉が載った杖で、宝玉を包む格子状の金細工とその上で睨みを利かせる金の猫が中二心をくすぐるアイテムだ。

色合いと女王様モチーフにぴったりだと思って購入した。

それとアクセサリーを3点、〝竹取市場〟で購入。ええはい、竹中氏のショップですね。

買ったのは、【ハートストーンのイヤリング（薔薇）】と【真鍮のカフス（蔦・エメラルド）】、それから【ハルディンブレスレット（蔦）】。

イヤリングはピンクの石を薔薇の形に削ったもの。片耳用のカフスとブレスレットは、真鍮とエメラルドの葉っぱで作られた蔦が、耳若しくは手首に巻き付くデザインだ。

すべて選んで決定キーを押すと、シエルちゃんは試着室に向かう。

そこでまた大きな操作パネルが現れた。右半分にはキャミソールに短パン姿のシエル全体像が映っていて、選んだアイテムを着せ替えられるようになっている。

なるほど、プレゼントしたものをプレイヤーの想像通りに着てもらうための措置らしい。

重ね着が可能なこのゲームでは、渡したアイテムを身に着ける順番が違う、なんてことも有り得るもんね。

これでコーディネートの仕上げも完了。女王様コスは文句なしにシエルちゃんに似合っている。

あ〜〜、生のシエルちゃんがこれ着て動いて喋ってくれるの、すっごい楽しみ。

試着室から出てきたシエルちゃんは、にこにこと上機嫌の笑みを浮かべた。

「いいじゃない、気に入ったわ！　特にこの【クイーンマント（シエル用）】、まるで私のために仕立てられた衣装みたい。全部買い取るわ。……って言いたいところだけど、この洋服達、百貨店のものじゃないでしょう。分かってるんだから。で、いくらしたの？」

↓1万キマくらい

100万キマくらい？

プレゼントするよ！

現れた台詞の内、勿論私は一番最後を選ぶ。

「そんなの悪いわ、って言っても、どうせビビアは聞かないんでしょうね。仕方ないからもらってあげましょう。光栄に思いなさいよ」

不服そうに口を尖らせつつも、シエルちゃんはどこか嬉しそうだ。手間暇かけて作ったかいがありましたわ〜。

さらに彼女は「お返しと言っては何だけど、これをあげる」と言って、【星の結晶】をくれた。

やったあ、2つ目の星の結晶だ。確かこのアイテムが2つあれば、ジョブスキルやサブスキルのみならず、ハイスキルのほうも自由に取得できるんだよね。
どんなスキル取ろっかな～、むふふ。
さあ、これでデートの準備は整った。明日が待ち遠しいなあ。

*****

【きまくらゆーとぴあ。トークルーム（公式）・総合】

［マ　ユ］
確かに最近。警察談話室で見ないｗ
言われて初めて気付いたわ
［名無しさん］
いなければいないで寂しく……なんねーな全然
［ポイフリュ］
情報屋で知ったネタ話題にしていいのっていつからかな？
［パンフェスタ］
あんなゴミクラン気にしないでどんどん話題にしてけばいいよ
［めめこ］
利用してる時点で最低限のマナーは守るべきでしょ
［Peet］

パンはなんでそんな情報屋アンチなのｗｗｗ

［ササ］

＞＞めめこ

＞利用してる時点で最低限のマナーは守るべきでしょ

情報屋というよりこういうこと言い出す奴がウザい

［パンフェスタ］

ササを擁護するわけじゃないがゲーム内に独自のルールを持ち込む奴は嫌い

あとあいつらゲーム内通貨で稼ぐだけならまだしも攻略サイトと紐付けてリアルマネーで

も稼いでるからな

神聖なる遊び場をビジネスに使うな

［ee］

えっ、きまくら。というゲーム自体ビジネスなんですけどそれは

［檸檬無花果］

キッズ乙キッズ乙ｗ

［YTYT］

言いたいことは分からんでもないけど情報屋は規約含めマナーやモラルに抵触する活動し

てるわけじゃないからなぁ

寧ろゲーム内で稼ぐ→攻略サイトに載せる、の順番を守ってるあたり、かなりプレイヤー

寄りのやり方してると思う

それが良心的かどうかは意見分かれると思うが
[名無しさん]
確かに本気で金稼ぎに行くとしたらまずサイト充実させるか
[マ　ユ]
>>パンフェスタ
あんたの実況動画にも広告付いてますけど
[パンフェスタ]
稼いでる額がちげーんだよ
[もも太郎]
清々しいまでのひがみで呆然
[ちょん]
ひがみ乙って煽ろうとしたらまじもんのひがみでひがみ乙としか言いようがない
[Peet]
>>パンフェスタ
開き直るなw
[ゆうへい]
>>ポイフリュ
新情報は仕入れてから大体3～4日で攻略サイトに載せてるから、それを目安にしてもらえるとこっちとしてはありがたい

「
>>パンフェスタ
くたばれ
」

ログイン29日目　デート

いよいよ今日がシエルちゃんとのデート本番だ。

普段事前に攻略情報見たりすることのない私だけれど、さすがにこの件は予習しちゃったね。だってチャンスは今日っきりで、次いつやってくるかも分からない一大イベントだもの。

デートイベントでできることは、大きく分けて2つ。

相手キャラクターと行動を共にできるということと、スタジオ機能を使って相手キャラクターに好きなポーズや動きをさせられるということ。つまり、他プレイヤーに対するお披露目と、特別な写真や動画を撮って思い出作りができるってところかな。

一緒に外を出歩けるという点に関しては、勿論行く先々でその場所に合った台詞や反応があるようだけれど、デート特有のストーリーのようなものはないらしい。

となると、私が重視するのは思い出作りのほうになってくる。

今日の目標は映えスポットでシエルちゃんの可愛い写真や動画を沢山撮ること！　で、後でそれを眺めてにやにやするんだ〜。

さて、只今の現実時間は６：30。

休みの日は少なくとも7：30頃までは寝てるから、私としてはかなり頑張って早起きしたほう。ご飯身支度もろもろ、きちんと済ませてるし。

土曜といえどこの時間帯なら、あんまり人もいないと思うんだ。

ログインするとすぐに、こんこんっ、とノッカーが叩かれる音が響いた。お店のほうではなく、裏口、つまり住居のほうの玄関からだ。

そう、今回彼女はお客としてではなく、友達として私の家を訪れるわけだ。

既に衣装はデート用のものに着替えてある。準備万端の私は、いそいそと扉を開けた。

「おはよ、ビビア。見て見て、あなたの選んでくれた洋服、ちゃんと着てきたわよ。どう？　似合ってる？」

はい神々しい〜。

ポーズをとったり、くるっと回って背中を見せたりする女王シエル様に、私は目を細めた。もうね、後光が差してますよ。

可憐、且つ、威風堂々。

装飾過多で煌びやかなこのコスチュームを、着られるんではなく見事に着こなしていらっしゃる
――これはもうシエルちゃんのキャラクターならではの力だね。同じコーディネートでも、私のキャラが着るんじゃあこうはいかなかったと思う。

動きに合わせて細やかに揺れるドレス、翻るマント、輝く宝飾品や刺繍の光沢。カンのペキ。

「どこに行く？　お茶してもいいし、お買い物も悪くないわね。今日は私、ビビアに任せるつもりで来たから。それじゃ、準備はいい？」

↓勿論！

ちょっと待って

ここで『勿論！』を選べば、デートイベント開始である。私はシエルちゃんを連れて、どこでも好きな場所に行ける――野外フィールドには制限があったはずだけど――。

タイムリミットは3時間だって。

早速、スクショ1枚撮っちゃおっかな。

レスティーナは街全体がお洒落だから、普通にホームの周りで撮影しても全然映えると思うんだよね。この辺ひと気がないし、丁度いいでしょ。

――と、視線を彷徨わせたところで、目が合った。山羊の角を持つ青年――最近時々見かけるようになっていた、ご近所さんプレイヤーだ。

いきなり見つかってしまったのでちょっと慌てかける。でもこの人、他プレイヤーに関心あるかんじじゃないし、騒ぐようなタイプではないはず。

私は平静を装って会釈。そして立ち去ろうとしたのだが――え、なになに、なんかずんずん近付いてくるんですけど。

てか目が据わってるのは気のせい？

どことなく危険を感じたもので反射的に距離を取ると、その人は立ち止まった。

口が動いてる。私に何か語りかけてるみたい。けど、こちらはセミアクティブモードなので彼の声は一切届かない。

ど、どうしよう。セミアクティブ解除したほうがいいかな。でもこの人ちょっと、穏やかならぬ気配があって怖い。

迷っている間に、彼の感情は益々昂ぶってしまったようだ。顔は険しさを増し、激しい手ぶり身振りで必死に何かを訴えかけている。

私の恐怖心も高まる一方だ。

うん、これ、多分やばい人。セミアクティブ解除しちゃダメなやつ。なんせこういう人を回避するためにこのモードにしてるわけだし。

私は無視を決め込むことにした。ぺこりとお辞儀をして歩き出す。

するとなんとその人はこちらに向かって襲い掛かってきた。まるで徘徊するゾンビのごとく、手を前に突き出して猛進してきたのである。

もっともフレでもない他プレイヤーが私のアバターに触れることはできないわけで、彼の手はすかっと空ぶっただけだった。

私が咄嗟のことに対応できないでいる間にも、彼は何かを訴えながら何度も何度もエア襲撃を繰り返す。だけどついには私の斜め後ろに控えるシエル様にまで襲いかかろうとしたもので、これには私も我に返った。

彼女の手を取り、慌てて飛びのく。

我が女王様を守るべく山羊男（ヤギオ）の前に立ちはだかると、彼はどこか虚を突かれたような顔をした。そして、がばっと地面に膝を付けた。

……し、小学生以来、人生で、初めてされたかもしれない。ザ・土下座である。

けどだからといって憐れみの気持ちなんかは全然湧かなくて、寧ろ危険警報は大きくなるばかり。

とんだやばい人間がご近所にのさばっていたものである。すぐにでも引っ越したい。

でも今はとにかく、目先のピンチを乗り越えることに集中せねば。私とシエルちゃんの貴重な3時間を邪魔されるわけには、絶対にいかないのだ。

こういう人はとにかく1回でも絡んだらなし崩し的に面倒臭いことになるから、無視。とにかく無視。

私はもう彼のことは一切視界に入れないことにして、歩く速度をはやめた。すると、後ろからは当然のごとく足音が。はい、追いかけてきてる〜。

ああもう、これ、目立たないように行動したいとか言ってる場合じゃないかも！　寧ろひと気の多いほうへ逃げたほうが、あの人も迂闊に絡んでこれないんじゃない？

うわあん、折角のデートが台無しだよ〜〜！

私は仕方なしに、中心街のほうへ向かって駆けだした。

＊＊＊＊＊＊

「

【きまくらゆーとぴあ。トークルーム（非公式）（鍵付）・クラン【秘密結社1989】の部屋】

[KUDOU-S1]
お、ゾエさん来たなウェーイ

」

【ヨシヲｗｗｗ】
ウェーイ
【リンリン】
おつかれウェーイ
【ゾエベル】
そのテンションさてはオール明けですねｗｗｗ
【リンリン】
明けってなんぞって思ったらもう6：00過ぎてたか
【KUDOU-S1】
今パン祭り達が虚無の洞穴で実況やってるからぼこぼこにしに行こうぜｗｗｗ
【ゾエベル】
いっすよｗ
そっち向かうんでちょっと待ってください
【リンリン】
因みについさっきまでバレッタんとことぶっ続け3時間くらい抗争してたｗ
【ゾエベル】
血の気多いなｗ
【ヨシヲｗｗｗ】
ゾエがいなかったから俺ら3回敗けちまったじゃねーか

【ゾエベル】
フィールドどこですか
【KUDOU-S1】
銀河坑道
【ゾエベル】
縄張り争いか
バレさんチームあれ地味にレベル上げてますよね
【リンリン】
なかなか諦めてくれないから困ったわ
お陰でこんな時間になっちゃってやっと解散できるかーって思ったらヨシヲがパンの生放送見つけてきやがった
【ヨシヲｗｗｗ】
俺は見つけてきただけであって殴り込みに行こうぜって言いだしたのはクドさんなんだぜ
ｗｗｗ
【リンリン】
工藤は草食動物の皮被った大猛獣
今思ったけど実況放送中に邪魔しに行くとなるとさすがに相手にしてもらえないんじゃ
【KUDOU-S1】
だいじょぶだいじょぶ

寧ろ俺等いたほうが視聴者数増えるから

【ヨシヲｗｗｗ】

撮れ高作りに行ってやろーぜっていう親切心よｗ

【リンリン】

パンも悲しい生き物よな

【リンリン】

てかゾエ遅くない？

今どこ？

【KUDOU-S1】

ゾエさーん？

【ヨシヲｗｗｗ】

落ちた？

……いやいるな

【リンリン】

あ、待ってなんか電話来た

一旦抜けるから先やってて

【ヨシヲｗｗｗ】

はーあ？

さすがに2人じゃパン相手でも怪しいぞ

返り討ちにされたら笑えねー
[KUDOU-S1]
ゾエさーん
[KUDOU-S1]
駄目だな
トラブルかな
[ヨシヲｗｗｗ]
ｗｗｗｗｗｗｗｗ
[ヨシヲｗｗｗ]
えｗやばｗｗｗ
なんかSNSで回ってきたんすけど見てこれｗｗｗ
（動画）
[KUDOU-S1]
ゾエとブティック……？
と、シエルシャンタ……!?

******

シエルちゃんと共に、私はレスティーナの街を走り抜けていく。幾つもの階段を駆け下り駆け上がり、幾つもの広場を横切り、時にはスキップドアによる短縮移動なんかも駆使しつつ。

でもどうにもこうにも、追跡者は諦めてくれない。おまけに性質(たち)の悪いことに、私達よりも足が速い気がするんだよね！

これなんで？　そういう設定とかスキルがあるの？　それともチート使ってる？　チーターだったらまじで許さぬ。

そんなわけで彼は私達をすぐ追い抜いては進路を塞ぎ、土下座するということをずっと繰り返している。人目があろうとなかろうとお構いなしだ。

っていうか私達に目を向ける他プレイヤー達からも、このやり取りをどこか面白がっているような空気が感じられる。

傍観する人々は驚きはすれど、眉を顰(ひそ)めるようなかんじがほとんどないんだよね。なーんかのんびりしてるっていうか。こっちを指さして、笑ってる人さえいる。

加えて、両手の親指と人さし指で作った四角をこちらに向けてくる人の多いこと。これ、私も使ってるんだけど、スクショとか動画撮影のショトカコマンドの代表なのだ。

証拠を撮って運営に通報してくれるっていうんならいいけれど、彼等の楽しそうな表情を見るに絶対違うだろうな。

皆がこんな反応なのは、我々の挙動が傍目にはコントじみているからっていうのもあるんだろう。でも、どうもそれだけじゃないような気がする。

あれか。これが竹氏の言っていた『オンゲにありがちな特殊な文化』ってやつなのか。

寧ろ民意は山羊男寄りだったりするっていうのか？　間違ってるのは私のほうだとでも？　そんな馬鹿な。

でもとにかくこれじゃもう、埒が明かない。痺れを切らした私は、賭けに出ることにした。デートイベントがどうなるか分からないからやりたくなかったんだけど、仕方がない。ええい、ログアウトだ！

――――のち、すぐに再びログイン。

きまくら。は基本的に、どこでログアウトしても次のログイン時に復帰する場所は自分の住居となる。だからこれで一先ずはストーカーを追い払えたことになるわけだ。

ただ心配だったのは、途中退場したがためにデートがおじゃんになるのでは、ということ。この点は予習不足だったため、ログアウトは最終手段だったのだけれど……。

恐る恐る目を開けて、私はほっと胸を撫で下ろした。

よ、よかった。シエルちゃん、ちゃんとさっきの女王様の格好のまま、私の部屋にいる。

「ふーん、ここがビビアのアトリエ？　なんだか殺風景ねぇ。女の子なんだし、もうちょっと色気があってもいいんじゃない？」

シエルちゃんは興味深そうに室内を眺めながら、暢気に感想を呟いている。危機感がないのはあれだけど、先ほどの変態がトラウマになってないのは何よりだ。

とはいえまだ警戒は必要である。

何せ奴のホームはうちの斜め向かいなのだ。私達が突然消えたこととログアウトを結び付けるのは難しくないだろうし、彼も同じショートカット法を使って追跡してきている可能性は大きい。

そおーっと裏口の扉を開けてみると――――い、いるよ～～～……。ドアから2メートルくらい離れた位置で平伏してる山羊男がいるよ～～～……。

これもう、ブラックリストにぶっ込んじゃおうかなあ。3時間ぽっきりしかないデートイベントをあの人に既に15分くらい潰されてるわけだから、私もう、十分損害受けてるよね？

そう思ってシステムパネルを開いてみるも、少し引っかかるところがあって、足踏みしてしまう。

セミアクティブモードなんてものが実装されてる以上深く考える必要はない気もするけど、それでも相手の言い分を全く聞かないままに切り捨てるのもどうなのかなって。

だって私達を傍観する野次馬達は平常運転だったし、きまくら。にはきまくら。特有の文化やら常識やらがあるみたいだし？　そこら辺に疎い私のほうが、逆に何かの地雷を踏んでたりしたら不味いよな～。

1回竹氏に相談してみようかな。

って思ったんだけど、現在彼はログアウト中。土曜の早朝だもんね……。

多くのユーザーはゲーム内のトークシステムを現実のスマホやらタブレットやらに紐付けているとはいえ、竹中氏とはログアウト中に呼び出せるほどの関係ではないしなあ。

あと私がきまくら。のことで助けを求められそうな人といえば――妹、かあ……。あんまり頼りたくない相手だけれど、今回ばかりは時間が押してるから仕方がないかも。

私は重い気持ちを引き摺りつつもう一度きまくら。をログアウトし、妹に電話をかけた。数回のコール音を経て、『もしもし？』と無機質な声が耳元で響く。

「リカ～、ちょっと相談したいことがあるんだけど、今大丈夫？」

『ちょっとなら。でも忙しいから手短にして』

「う、はい。あのさあ、リカ、きまくら。ってゲームやってたよね？」

『……やってるけど』

「私もやってるんだけどね、」

『え？　そうなの？』

リカの声音が1オクターブ高くなった。やっぱり好きなゲームの話となると、無愛想な妹といえどテンションが上がるのかもしれない。

とはいえ残念ながら、ここでゲーム談議に花を咲かせる余裕はないのだけれど。

「それでね、私今デートイベ中なんだけど」

『へえ⁉』

「でもとあるプレイヤーに邪魔されて、思うように動けなくなっちゃったの。具体的に言うと、なんか襲いかかるような動きしてきたり――――あっ、って言っても私はセミアクティブ状態で相手はフレでも何でもない知らない人だから、実際の接触はないんだけどね――――、それから、追いかけられて、進路塞いで土下座されるの。何度も何度も、ずーっとその繰り返し」

『うーわー……。やっば』

「やばい？　やばいよね！　やっぱやばいよね！」

『うん、やばい。ブロックしちゃいな。で、運営に通報だね』

その一言を聞いて、私はほっと胸を撫で下ろした。

「よ、よかった～。この件に関しては、私の常識も間違ってなかったんだね」

『はあ？　……え、因みにだけどさあ、そのやばい奴ってどんな奴なわけ？』

「えっとね、山羊っぽい角と耳の男の子キャラ」

『やぎ……』

「ひょろっと細長いかんじでえ、目も細いっていうか眠そうなかんじ？　髪は赤で、薄茶のジャケットにパンツ姿で、狩人？　なのかな、腰に拳銃さしてる。なんか、姿勢あんまよくないイメージだからか、ヤンキー……ううん、チンピラっぽい雰囲気。ああ、あれだ。某怪盗三世みたいな」

『…………………』

おろ？　なんか黙っちゃった。やべ、私いらんこと言ったかな。

と、焦りだしたところで、ようやく応答が。

『……誰？』

「え？」

『ナツがデートしてるキャラって誰？』

「シエルって娘だよ。分かるかな。牛の角が生えててね、」

『通報はやめておこうか』

「へ、ごめん何て、」

『通報はやめにしようやめてくださいお願いします』


******

【きまくらゆーとぴあ。トークルーム（公式）・総合】

[3745]

（動画）
追い抜き、からの、華麗なターン＆スライディング土下座はもはや芸術

［レナ］
>>3745
ずっと見てられるｗ
これ同じ動画を延々とリピートしてるのかと思いきや加工一切ないんだねｗ

［ピアノ渋滞］
シエルニキプライド全放棄してて吹いた

［ナルティーク］
>お願いします！
>何でもします！
>どうやって好感度上げたのか教えてください！
>せめてスクショ1枚！
>いやシエル様単体の写真と、あなた様とペアの写真で2枚！
>あと俺を入れたのもプラスして3枚！
>ついでに動画もお願いします！
土下座するたび強欲になってくのくっそ笑う

［コハク］
ゾエベルさんここでの発言見るにシエルへの執着はアレだけど、もっとクールな人かと思

ってた……
[むーや]
談話室あるある：実際会ってみるとコレジャナイ感
[マ　ユ]
ゾエさん意外にフランクっつーかキャラクリも相まってチャラさあるよね
[アラスカ]
シエルニキの足の速さ異常じゃないか？
野外フィールドなら装備とスキルで強化されるの分かるけど町中でこれってどゆこと？
[ピアノ渋滞]
スキル鍛錬使ってるんじゃないかな
いわば装備やスキルの使用感試すスキルで制限色々あるけどセーフティゾーンでも使える
[ee]
えっ、鍛錬って発動時間くっそ短くありませんでした？
[ナルティーク]
10秒くらいだったかな
そのかわりクールタイムが存在しないから連続して使ってるんじゃね
よーく見てみろ
ゾエはあのアクロバティック土下座走法の中で時折スタミナドリンク流し込んでるぞ
[3745]

wwwwww
よく気付いたね
[rn-dnik]
どこどこ?
全然分からんのだが
[マ　ユ]
wwwwww
[マ　ユ]
>> rn-dnik
Uターンする瞬間
0:58が分かりやすいかな
[アラスカ]
言われなければ絶対気付かなかった
スキル使ってるにしてもこの動きをこの速度でぬるぬる繰り返してんの、控えめに言って
人間じゃないんじゃ
[レティマ]
やってることが脳筋なのよねw
[レナ]
シエルニキはPスキル高いよね

その発揮どころがきまくら。じゃなかったらもっと話題になってたと思う

[KUDOU-S1]

ゾエさんはゲーム上手いぞー

障害物競走のショトカの精度とか機械じみてチート疑われるレベル

[ナルティーク]

あれは笑ったw

[むーや]

てか君らシエルニキの気持ち悪さがショッキング過ぎて重大なこと忘れてない？

ブティックさん？　だっけ？　シエル連れてんぞ

[しおり]

女王シエル様美しすぎるんだけど……

召使役なのかな？　ブティック嬢とセットで尊い……

[マ　ユ]

うーん今まで完全にバグったネタキャラとして扱われてたから興味なかったけど、なかなかどうして可愛いじゃないの……

リル様と両立不可とはいえ、好感度上げられるとなるとこれは話が違ってきますわ

[レナ]

いやもうその話題も何周かしてんだよね

[3745]

シエルニキきもい！
↓てかシエルデートできんの!?
↓服可愛い！
↓だがしかしシエルニキがきもい！
[パンフェスタ]
朝っぱらから楽しそうにしてんじゃねーかおまえら
こっちはシエル騒ぎに客取られて生放送が全然盛り上がらんわ
[rn-dnik]
いつものことじゃん
[ヨシヲwww]
パンの放送邪魔しに行こうと思ったけどシエル騒動が面白いからやめたw
[パンフェスタ]
来んなよ！
来いよ！
[レティマ]
どっちw

******

「すいませんでしたあああ！」

「だからその土下座モーションきしょいからやめて」

目の前で平伏したヤギオさんのお尻に、和装の狐女子が蹴りを入れる。

未だ状況に気持ちが追い付いていない私はこのノリにも付いて行けず、とりあえずもう1歩後ろへ距離を取った。あうぇー。

場所は私のアトリエで、シエルちゃんは珍妙な来客にはほとんど気に留めず、悠々と椅子に座っている。

さて、なぜこの土下座ストーカーに自宅への侵入を許してしまったかというと、時は凡そ10分前に遡る。ヤギオさんを通報してよいか相談したことに対し、我が妹はこう仰ったのだ。


『通報はやめにしようやめてくださいお願いします』

「え、なんで⁉　さっきリカだって通報しろって……」

『そいつ私んとこのパーティメンバーなんです』

「は……」

はああああああああ……⁉


で、妹が駆け付け、仕方なくセミアクティブモードを解除、今に至るというわけだった。

つまりヤギオ氏を足蹴にした狐っ娘はあの無愛想な妹ということになる。なんかこうゲームのノリとはいえ、それが身内ってだけで、はらはらした落ち着かない気持ちになるね。

因みにヤギオさんはユーザーネーム〝ゾエベル〟さん、妹リカはここでは〝リンリン〟を名乗っているそうだ。

「けどまさかビビアさんがリカのお姉さんだったとはな〜」

えちょっ、実名教えちゃってるの⁉　いやでもまあ、ネット上とはいえ仲がよくなればそのくらいは……？　う、うーん……、カルチャーショック。

するとリカ改めリンリンは私のフクザツな心中に気付いたらしい。「あ、この人もリアル知り合いなんだわ」と付け加えた。

「大学の同期」

「そうなんだ。えっと……彼氏？」

「違う」

うわ、すげー嫌そうな顔……。でもなんかほっとしたわ。

気の置けない仲って雰囲気があるからもしかしてと勘繰ってしまったけど、そうだよね。私がこそこそせっせときまくら。ぼっちプレーを楽しんでいる間、実の妹はぱーりーぴーぽーかましていた上彼ピと一緒にVRデートだなんてそんな格差は存在してはならないよね世の中の摂理としても。

しかし安堵したのも束の間、ゾエベル氏がさらっと爆弾を投下なされた。

「うはは、違いますよ。この人の彼氏は別のパーティメンバーですから。知ってます？　クドウっていう、」

「余計なこと言うな」

はい絶交〜。今この瞬間からあなたは私の家族ではありませーん。ぱーりーぴーぽーでリア充な女子に私と同じ遺伝子が流れてるはずがありませーん。

「まあとにかくそういうわけで、彼は基地外レベルのシエルヲタクなだけであってナ、えー、ブティックに危害を加えようなんて心積もりは一切なかったの。悪いけど許してあげて」

「スミマセン！　興奮のあまり我を失ってしまっただけなんです！」

「ゾエはちょっと前にチーター疑惑かかってぷち炎上してんだよね。このタイミングで騒ぎにしたくないってゆーか。こんな変態でもパーティでは結構重要な立ち位置にいるもんだからさ。お願い、通報はご勘弁を！」

「ご勘弁を！」

言って2人は揃って頭を下げた。

私は慌てて、そういうことなら全く気にしないので大丈夫と伝える。今後の平和さえ保障されるなら私も事を荒立てたいとは思わないし、ゲームキャラクターの姿とはいえ、実の妹にこんなふうに嘆願されるというのは結構応える。

仕方がないので絶交の件も保留にしてあげよう。姉の海のごとく深き慈悲に咽び泣くがよい。

「ありがとうブティ！　今度五花堂のティラミス持ってくわ！」

「あなたが聖女でしたか！　ありがとうございますありがとうございます！　あ、こちらささやかながらお詫びの気持ちです。どうぞお受け取りください！」

わーいティラミス嬉しいな〜。それにゾエさんからはプレゼント申請が。

なになに……、【大地の結晶】×10!?　え、課金アイテムじゃん！　しかもこれって確か1つ100円したから……1万円!?

「すみません急いでたものでこれくらいしか手持ちが……！」

「いやいやいやいや、さ、さすがにこれはちょっと生々しいなあ。別に今となっては全然悪く思ってないし、気持ちだけで大丈夫だよ」

そう断るも、ゾエ氏は頑なに譲らないもので、まあそこまで言うならと受け取ってしまうことにした。というのも実を言うと、危険がないと分かった以上さっさとデートイベントの続きをやりたいというのがあるんだよね。

だってこのやり取りをしている間にも、シエルちゃんとの蜜月は着々と蝕まれているんだもの。ぶっちゃけはよ帰ってほしかったり。

言えないけどさ。

「リンさん、姉上殿が分かったからはよ帰れって顔していらっしゃる」

う、ゾエベル氏にはばればれであったらしい……。それに対して、我が妹は頷きつつも悩ましげに唸った。

「うん、分かる。分かるよ。デートは制限時間があるからね。その限られた時間を今もまさにうちらが奪ってしまってるわけだ。けどね、言いにくいんだけどさ、こうなった以上まともにデートイベ楽しむことすら、むずくなってくると思うんだよね」

どゆこと？　と首を傾げる私とは対照的に、ゾエさんは「あー……」とそっと目を逸らして納得顔。

いやいや、だって失礼ながら一番のガンであるあなたがいなくなれば、私は何の問題もなくデートを満喫できて、そも最初からそのつもりだったんですけど。

「んー、だってブティの性格とかセミアクティブだったこととかを鑑みるに、あんたゲームでも目立ちたくないタイプでしょ？　こんな早朝にデートやろうとしてるのも、人目につかないところでこそこそ遊びたかったからでしょ?」

「うん、まあ。…………あ」

そこで私は、恐ろしい可能性に気付いてしまった。ゾエベル氏がマルチタブレットをせっせと操作してこちらに見せようとしてくる。

い、いやだ! 見たくない!

「現実を受け止めるのですお姉さん!」

「君にお姉さんと呼ばれる筋合いはない! ヤメテー! 私はこれから女王シエルちゃんと高級レストランでランチしたり時計塔に登って空を眺めたり植物園でピクニックしたりするんだからー!」

「何そのデートコース超ロマンチック! 俺も混ぜて!」

「話をややこしくするな。ほら、幻想から帰ってこい」

嫌がる私の眼前に、リンちゃんはマルチタブレットの画面を突き付けてくる。映っているのはトークルームだ。

予想通りそこでは、女王シエル様の手を引く私VSゾエベル氏の追いかけっこの様子が、画像動画を混ぜ込みつつ、面白おかしく騒がれていた。

「SNSのほうも盛り上がってますねー」と空中に指を躍らせながらゾエベル氏。

「この騒動を聞きつけてログインしてきた勢も結構いるみたいですね。今レスティーナは土曜の早朝としてはあり得ないくらいの賑わいを見せているらしいですよ」

「きまくら。民は祭好きだからなー。見てこのミナシゴが投稿した動画。再生回数既に1000超えてら」

「うわ、なるほど。どうやら俺等の逃走追跡劇、ダムさんの生配信に映り込んだっぽいですね。んで何だアイツらってなって拡散してったと」

「うわああああああああ」

2人の話の内容は色々と理解できないところも多いけれど、言わんとしていることは私にも察しがついた。

連想されるのは先週の竹&リルのデートイベントの様子である。広場には2人を見るために多くの野次馬が集まっていて、とてもひとり静かに推しキャラを愛でられるような空気ではなかった。竹氏は『凱旋』と言っていたくらいだし寧ろ注目されることを楽しんでいたみたいだけれど、私にもそれが当てはまるかというと、答えは全力でノーである。

だのに、ゾエ氏と妙な茶番を繰り広げてしまったがために、私がシエルちゃんと外で2人きりの時間を過ごすことは殆ど不可能になってしまった、と。

うう……折角この日のために、レスティーナの映えスポットを予習してきたというのに。

光差す塔の窓辺から街を見渡す女王シエルちゃん、沢山の料理とお菓子に囲まれながら退屈そうにパーティーを開く我が侭シエルちゃん、薔薇のアーチの下すまし顔で佇むアンニュイシエルちゃん……。

ああ、全部が全部、遥かなる夢に……。

と、そんなふうに絶望していたら、ゾエベルさんが顔を引き締め一歩前に進み出た。

「そういうことならお詫びも兼ねて、俺が一肌脱ぎます。予定通りのデートコースとはいかないですけど、それに近いものを用意できますよ」

気のせいだろうか。彼の眠そうな瞳の奥で、爛々と光が揺らめいているように見える。

「どうするの？」と尋ねたリンちゃんに対し、ゾエ氏は力強く宣言した。

「陰キャにスタジオを借ります」

＊＊＊＊＊＊

【きまくらゆーとぴあ。トークルーム（非公式）（鍵付）・クラン［あるかりめんたる］の部屋】

［ポワレ］
リリイクラウンの下にヘッドドレス被せて華やかさ倍増にしてるのかー！
これ他にも色んなアレンジができそうだね
いいな～リリイクラウン欲しくなっちゃった
［Wee］
うーんいかんせん動画もスクショも出回ってるのは真剣追いかけっこ中のだけだから
衣装の細部が見れなくてもどかしいです
中に着てるドレスどうなってるんだろ
［ウーナ］
まともなポージングフォトが１つもないのが惜しいよねｗ
ただ突っ立ってるだけのやつでもいいんだけど
［ジュレ］

>>ポワレ
リリイクラウン買うなら早めがいいよ
ブティックさん効果で値段がじわじわ上がり始めてるし在庫が減りつつある
【ポワレ】
>>ジュレ
わっ、ほんとだありがと
70万で入手ー
【カタリナ】
間に合わなかったorz
ワールドマーケット在庫終了
【千鶴】
まじか
ドール用に買おうか迷ってたんだけどなあ
【ジュレ】
早くも出品者ぽちぽち現れてるけどすぐに売り切れるし既に90万いきましたな(´ε`)
【カタリナ】
うへ~、これはさっさと落札しとかないとまずいことになりますぞ……
【ポワレ】
この急なインフレ、絶対ダムさんの影響大きいよなあぽろっと110万で売ったとか言っちゃうから……

[Garden]

結局110万で買ったのってブティックさんだったの？

[ウーナ]

販売履歴はとっくに流れてるだろうし謎は謎のままらしい

でもブティックさんだったらなんか納得

あの人めっちゃレベル低いままオリデザちまちま作ってるぴゅあっぴゅあエンジョイ勢らしいし

[nana]

えっ、そうなの？

自分は竹取に寄生してる姫プレイヤーって聞いたよ

[ぽぴぽ]

こぐにの回し者って革命アンチが言ってたw

[千鶴]

ゆうへいのサブ垢じゃなかったのか……

[ジュレ]

>>千鶴

だとしたら面白過ぎw

[ポワレ]

＞＞千鶴
どうしてそうなったｗｗｗ
[カタリナ]
没個性モブプレーに飽きたのかなｗ
にしても情報屋とブティック同時経営って超有能だねｗ
あ？
[カタリナ]
なんか唐突にクランホーム締め出されたんだけど……
バグ……？
[めめこ]
クランホーム入れないんですけど何かありました？
《現在管理者により立ち入りが規制されています。》ってでる
……私何かやらかしてないよね >_<;
[めめこ]
あ、私だけじゃないんだ、よかったー
[ポワレ]
んー？　私は何も聞いてないぞ
一応陰キャに問い合わせとくか
[Wee]

あ、メッセージ来ましたよ

[陰キャ中です]

ごめんー！

慌ててたと寝起きだったのとで通知する前に奇声かけちゃttq

[ポワレ]

こいつまだ寝惚けとるな(｀ε´)

[陰キャ中です]

カタリナさんいたんだね!?

生産作業中だった？

ほんとごめん1

[nana]

(もしかして：酔ってる)

[カタリナ]

>>陰キャ中です

大丈夫ですよー

植物に水撒いてただけなんで

[陰キャ中です]

ありがとね！

一応こっちにも貼っとく←

[陰キャ中です]
《緊急：諸事情により現在クランホームを一時閉鎖しております》
開放は午前10時を予定しています。
ご不便をおかけしますが何卒ご了承ください。
＊この間どうしてもホームを使いたいという方はクラマスまでご連絡願います。
[陰キャ中です]
寄ってねーよ！
[陰キャ中です]
>>ポワレ
[陰キャ中です]
>>nana だったごめん
[ポワレ]
落ち着け酔っ払い
にしてもえらい急だね
何かあったの？
[陰キャ中です]
んー、まだ詳しくは言えないんだけどシエルニキに貸し切りレンタルしてほしいって頼まれてさ
代わりに今度シエルニキを貸し切りレンタルしてくれるって言うからつい……

皆で高難易度フィールド周回イベントできたら楽しいかなって

[ぱぴぽ]

それはありがたい

遠征に手え付けてない生産勢としては、純粋に観光目的で古城とか行きたいし

[陰キャ中です]

あ〜〜〜でもまた下手打ったかなあ私

土曜の朝で人いないだろうしいいかって思って強行しちゃったけど、なんかここですらいつもより賑わってるね!?

勝手なことしてごめん……

[ポワレ]

ほんと気い付けてよ

今んところ大丈夫そうだけど最近またクラン人口増えてきてるしホームは共有財産ってことになってるんだから

もうクラン内紛争は懲り懲りだよ

[Wee]

陰キャさんどんまいです

[カタリナ]

ニキレンタル楽しみなんでむしろGJですよ

[nana]

にしてもなぜにこのタイミングでシエルニキはそんな要請を……？
あ、因みに陰キャさん、知ってるかもしれないけどこういう←事情により今きまくら。は賑わってるのよ
（動画）
［陰キャ中です］
え……、あ、あ〜〜〜〜!?
なるほどそういう繋がりになるわけね！
だからブティックさんうちを借りたがってるんだ！
［めめこ］
えっ
［ポワレ］
えっ
［ウーナ］
えっ
［陰キャ中です］
えっ？
…………………あっ

＊＊＊＊＊＊

ゾエベルさんに連れて来られたのは、〝塔の国ダナマ〟の王都ダナマスにある、とある建物だった。

ほんとは私のゲーム進行状況では他の国にはまだ行けないのだけれど、相手から【招待状】というアイテムを送ってもらうことにより、該当するホーム限定で訪れることができるのだ。

それはいいんだけど、振り向けば魅力的な近代廃墟チックな町並みが広がっているにも拘わらず、そちらへ歩いて行くことができないというのは結構悲しい。気分は鼻先に人参をぶら下げられた馬である。

ダナマスはレスティーナの古風ファンタジーな雰囲気とはまた違う魅力がある。服ばっか作ってないで、やっぱちゃんとバランスよく、ストーリーとかクエストとかも消化してかないとなあ。

もっとも、今私が前にしているこのお屋敷もとっても素敵である。

大きな門をくぐるとすぐに四角く切り取られた青い溜め池があったり、通路や壁にオリエンタルなモザイク装飾が施されていたり、至るところから長い蔓性植物が滝のように枝垂れていたり。

西洋のアパートにも似た規則性と大きさを持つこの建築物は、なんとクランホームであるらしい。

私達を出迎えてくれた虎種の女の子は、自身を【あるかりめんたる】のクランマスター、陰キャ中です」と名乗った。

「あるかり……？　陰キャ……？」

「あるかるは採集師と工芸師合同の女子限定クランなんです～。名前はまあ適当に、陰キャと呼んでいただければ」

「うはは、あれでしょ、ほんとは活動休止するとき名前を分かりやすく『隠居中です』にしたかったんですよね。したら打ち間違えて陰キャになってたんでしょ」

「うう……約3か月ぶりに復帰したときのことは忘れません……。どきどきしながらログインしてみたら、皆が皆こぞって私のことを『陰キャが帰ってきた』と……。まあそれをネタに険悪になってた人と一応和解できたのもあり、今となってはいい思い出ですけど」

あらら、お気の毒な話である……。

そんなやり取りはさておきなぜゾエさんが私をここに連れて来たかというと、なんとこの美しいクランホームを、シエルちゃんとのデートに使えるよう取り計らってくれたらしい。

「2階から上はメンバーしか入れない仕様になってますが、1階と庭は全部自由にしていいので、遠慮なく使ってくださいー」

言いながら、陰キャさんはホーム内をざっと案内してくれる。外に面した壁と屋根が硝子張りになっている明るい広間や、某風の谷のお姫様の部屋みたいな沢山の植物と水路のある部屋、ピアノを収めた巨大な鳥籠が吊り下がるエントランス――。

……す、すごしゅぎる。これは、当初私が行き先として予定していたレスティーナの各所と同じくらい、いやそれ以上にロマンチックなデートスポットなのでは？

ここを自由に……、か、貸し切り……？

「はい、どうぞ。置いてある小物とかは自由に使ってください。何なら家具の配置変えちゃっても構いませんので。動かしてほしくないものは動かせないようになってますから、逆に言うと動かせるものはどう動かしてもオーケーです。10時まではメンバーも入ってこれないよう規制かけてありますし、誰に邪魔される心配もありませんよ。あ、勿論我々もこれにて出て行きますので。心置きなくシエルちゃんといちゃいちゃしてくださいな」

何かあったらリンさん経由で連絡ください。陰キャさんはそう言って、ゾエさん、リンちゃんと共にあっさり立ち去って行った。

残されたのは、私とシエルちゃんの2人きり。

静謐(せいひつ)で光溢れる大広間を、女王シエルちゃんは物憂げな表情でゆっくり歩いている。時折立ち止まって窓の外を眺めたり、私と目が合って小首を傾げたり。

……か、感動~~~~!

もう、ばっちし。この世界観も雰囲気も、完全にシエル女王にマッチしている。

おまけに画角にモブが映らないよう工夫する必要もない。シエルちゃんを追う私の視界すべてが完成された絵、且つ映画なのだ。

この高揚感といったら、京都旅行でちょっとお高い宿を取ったとき以来のものかもしれない。

けれども、そんな私の興奮は長くは続かなかった。

なんかおかしいぞと気付いたのは、趣きある景色に合わせて自然体のシエルちゃんを数枚撮影した後。そろそろ、各所にある小物とかも利用して、且つ他のポージングで撮ろうかなって思いだした頃合いのことである。

そう、デート中はシステムパネルにスタジオ機能が追加されるようになり、キャラクターの動きやポーズをある程度指定することもできるんだよね。

これによりさらに自由度の高い撮影を行えるところも、デート勝者の特権なのだ。

で、どんなシチュエーションにしようかなあ、と考えながら、何気なく天井を見上げると
――なんか一部、不自然な隙間が空いてるのよね。

そこは青と白の花柄タイルが敷き詰められた装飾的な天井だったのだけれども、その内のタイルの1つが、明らかにずれてるっていうか。

技術的にも世界観的にもこれだけ完璧なお屋敷だからさ、そんなちょっとのことでもやたら気になっちゃって、じーっと見つめてたわけ。

……そしたら、閉まってってたんだよね。すー……って。

ぱちくりと、瞬きを繰り返すワタクシ。頭上にはお洒落なタイルが一分の隙もなく敷き詰められている。

まるで天井がこう言っているかのようだ。

『え？　僕、もとからこうだったよ』

う、うーん、そうか。そう言われれば、そうだったような気もするかな。

だってほら、あり得ないしね。このファンタジックなクランホームが実は忍者屋敷のようになっていて、天井裏に誰か隠れてるだなんてそんな馬鹿げたこと、ねえ？

じゃあその忍者さんの目的は何なのよって話だし。

…………でも、何となく怖いから、せめて部屋だけでも変えて撮影しよう。

ということで私は書斎のようなその部屋を後にし、エントランスへ向かうことに。

あ、でも、小物としてあの古めかしい本が何冊か欲しいかも。そんなことを思いついたので、Uターンですぐ書斎に戻ったらば――――。

がたたっ、ばさばささっ……。

明らかに不自然な物音がして、書架から数冊、分厚い本が床に落ちた。けれど部屋には誰もおらず、その後はそれが当たり前のように静まり返っている。

え、なになに……⁉　怪奇現象⁉　怖い！　怖過ぎるよう！

しかも、体を硬くして立ち竦む私の目に、恐ろしいものが飛び込んでくる。

――――人の足が1本、転がっているのだ。白いタイツと赤い革靴を履いた、少女の足が。

ぎええええええええ‼

けれども幸い、全く可愛げのない悲鳴が喉を通過する直前に、私は気付くことができた。

その足の傍にある本棚の位置が、少しずれていることに。光の加減で最初は見えなかったのだが、本棚と壁の間の僅かな隙間の向こうに、闇が――――つまり空間が広がっているらしいことに。そして放り出された足の本体は、どうやらその向こう側に存在しているらしいことに。

どくどくと波打つ鼓動の音を聞きながら、私はおっかなびっくり、足のほうへ近付いていった。そして書架に手をかけて力を加えると、それは引き戸のように簡単に動いた。壁の裏側には――――。

「……あ、ど、どうも～」

小さな白い翼を生やした女の子が、引きつり笑いを浮かべてへたり込んでいた。

「えへ。ちょっと、忘れ物取りに来たところだったんです。それじゃ私はこれで」

驚きのあまり声もでない私を残して、そのプレイヤーはそそくさと部屋を出て行く。

えっと……………――――誰⁉

その後も神経を研ぎ澄ませていると、不可解なことは次々続く。どこかで物音がしたり、振り返ると廊下の奥を影が横切ったり。

複数ノ、人ノ、気配ガ、スル。

極めつけは窓の外から聞こえてきた話し声である。

『えちょっとここ私の特等席なんでどいてもらえます⁉』

『悪いな陰キャ、この窓は2人用なんだ』

『大体何してるんですかこんなところで！　このクランホームは今ブティックさんに貸し切ってるんですよ！』

『その言葉そっくりそのままお返しします。ってかゾエはいいの？　こんな悠長に覗きやってて。シエル推しなんでしょ？　悔しくないの？』

『ふん、甘いなリンさん。俺くらいになれば、シエル様とビビアさんのセット萌えという新たな境地を切り拓くことなど造作もないのだ』

『きも』

『きも』

……なんか私、監視されてる。

…………………見られてるうううう……！

そのことを悟ってしまうと、もう、シエルちゃんとの2人きりの世界に浸ってはいられなくなった。

えっとね、だってこの遊びって要するに、〝大人のおままごと〟なんだよね。VRであるとか色んなシステムにより複雑且つ自由度が高くなっているとはいえ、根本にあるその事実は何も変わらない。

そしてこの世に生を受けて二十云年の私が、にやつきながらひとりでせこせこ、そんなお遊戯に興じているのだ。

羞恥心が、やばい。

ほんとはシエルちゃんと一緒に自分もポーズとってきゃっきゃうふふな写真とかも撮りたかったんだけど、そんなことやってられる場合じゃなくなってしまった。

それどころかなんかもう、シエルちゃんにポーズ取らせることさえ恥ずかしくなってきたよ。だって自分の嗜好とか萌えツボとか色々バレそうじゃん？

実の妹がいるっていうのが尚更しんどい。

人の目が気になりだしてしまうと、もう無難な撮影しかできなくなってしまった。

しかしそのとき、唐突に外の覗き魔３人組がざわつきだす。

『えっ、どこ行くんですかゾエさん！』

『待て待て気付かれ、』

「ああもう、見てられねー！　ビビアさん！」

振り返ると、ゾエベル氏が堂々と部屋に乗り込んできていた。窓の向こうでは残された覗き魔達が慌てているが、彼は後ろめたいことなど何もないかのようにずんずんと進み出てくる。

「折角のデートなんですよ！　折角こんな素晴らしい衣装を用意して、舞台も整えたんです！　しかもタイムリミット付きで、ただでさえ俺のせいで時間が押してるというのに、何ですかこのやる気のない撮影会は！」

私は呆然とした。こんなに突っ込みどころ満載な正論をぶつけられる機会も、そうそうないのでは。

しかしてゾエ氏の行動は早かった。どこから処理したらいいものやら、と私が答えあぐねている間に、四方八方、次々と指示を飛ばしていく。

「陰キャさん、あのソファあっちの窓辺に移してください！」

「へ、は、はい！」

「リンさんは照明落とす！　で、あそこの燭台に火を点ける！」

「ほーい」

「そこの人！　あ、めめこさんか。丁度いいから侍女っぽい服に着替えて待機！」

「ひぇー……了解っす」

「天井の人は〜、」

そうして彼の号令に応じて、四方八方、プレイヤー達が出てくる出てくる……。

全員女の子アバターだからあるかるの人達だと思うけれど、さっき見つけた人を入れると5人ほどか。リンちゃんと陰キャさんを含む総勢7名のスタッフが、ゾエ氏の指導によりあっちへ行ったりこっちへ行ったり。

そのさまを呆気に取られて眺めていると、横から喝がかかった。

「さあビビアさん、ぼーっとしてないで！　ソファにシエル様を座らせるのです！」

「え、は、はい」

「違う、そんな凡庸な座り方ではこのお方の気風と妖艶さが十分に発揮されないでしょう！　足を組んで、こう、ちょっと気だるげに体を崩すモーションがあったはず！」

「はい〜！」

「で、あなたはシエル様の傍ら！　床にへたり込むようなかんじで、もっと足元に寄り添って！　グッド！　素晴らしい！　次は〜、」

のちに陰キャさんは、此度起きた出来事についてこう語ったという。

『とても鮮やかな乗っ取りでした』

******

【きまくらゆーとぴあ。トークルーム（公式）・デートイベントについて語る部屋】

[とりたまご]
シエルシャンタの攻略情報まだか
[鶯＊]
せっかちさん
[ピアノ渋滞]
今まで散々バグキャラだの害悪だの言ってきたくせ早速テノヒラクルーですかそうですか
[弐]
あの可愛さなら仕方なし
[universe202]
あれ大分ブティック補正かかってんぞ
[パンフェスタ]
いや実際シエルは可愛いよ
ちょっと小悪魔っぽいとことかリルとは対極のツボを突いてくる
キャラクター性だけで言ったら俺は最初からシエル派だった

[おけら]
∨俺は最初からシエル派だった
草
[まことちゃん]
シエルニキに100回土下座してから出直してきて
[(ぼむ)]
問題は客キャラとしての質
数多の新規を迷子にさせてきたんだから可愛いのは間違いないが、リルを捨ててまで選ぶ必要があるかというと……?
[とりたまご]
パトロンとしてのリルの役割は一部の職業でしか発揮されないから、リル管轄外の職業なら全然アリ
[ピアノ渋滞]
それにしてもシエル降臨のせいで完全に他のデートプレイヤーが霞んでるの草
ただでさえぱっとしないデート週なのに
[鶯*]
デートなんて本来推しキャラをひたすら愛でるためのイベントですし問題なし
[おけら]
言うてドヤりたいプレイヤーが大半だろうからお気の毒

[くまたん]
　メンバーがぱっとしないのは勿論あるけど、クリフェウスに至ってはあれ忖度ましましの
　なんちゃって勝者だから
　いても負の感情しか覚えない
[3745]
　また飲む会なのか……
[ドロップ産制覇する]
[まことちゃん]
　ほんとクランて碌なのないよな
　飲む会て？
[くまたん]
　>>まことちゃん
　静かなる湖畔の隠者とお茶を飲む会
　クリ推しプレイヤーが集まって順番にデート権勝ち取れるよう協力するインチキクラン
　運営は許しているが他プレイヤーのヘイトは確実に買っている
[まことちゃん]
　わあ
[universe202]
　>>くまたん

補足
ただし稀にどんでん返しや裏切りがあるためエンターテイナーとしては優秀
[(´ぼむ`)]
DQNを肯定するような発言は慎め
共感はするがw
[否定しないなお]
あのクラン少なくとも2回崩壊しかけてるからねーw
1回目は遊馬がしれっと1位かっさらったときで
2回目はクラン内の予定していた人でないユーザーがしれっと1位かっさらったときw
[とりたまご]
どんな規定や契約があるのか知らんけどオンゲ内の信頼関係なんてゴミだからな
そういうリスクがあることを承知の上でやってるってんだから運営も放置してるんだろう
[鶯*]
けど絶対結晶に課金してるだろうし裏切り事件は裁判沙汰になってもおかしくないよね
[くまたん]
あのクランのやり方自体グレーな以上難しいんでは
逆に2回も痛い目見て2回も潰れかけてんのにあそこのクラマスよく続けるな
愛が歪んでる
[ドロップ産制覇する]

きまくら。３大クソクラン（エンタメ部門）
・静かなる湖畔の隠者とお茶を飲む会
・あるかりめんたる
・秘密結社 1989
[君影草]
結社と並べると他２つなんて可愛いもんよ
[ゆうへい]
結社は別格だから殿堂入りでいいよ
若手に枠あげようぜ
パン祭りとか
[パンフェスタ]
結社と一括りにされるのはさすがに他２つが可哀想なんだぜ
代わりに情報屋入れとけ
[弐]
はいはい仲良く喧嘩しろな
[universe202]
部門ごとに分けられるくらいクソクランに事欠かないクソゲーになおしがみついてるおま
えらって何なの
[おけら]

はいはいこぐに信者乙乙
[とりたまご]
きまくら。は神ゲーだ
ただしユーザーをゴミにする神ゲーだ
[否定しないなお]
デートイベなんか実装するからメンタル災害級レベルの頭オカシイプレイヤーしか残らなかったんだよね(´ε｀)
[3745]
>>ドロップ産制覇する
旧あるかるの件はエンタメ要素も何もなくない?
肥大化し過ぎた組織を運営するには力不足だったってだけの、普通のギスギス悲劇でしょ
[バレッタ]
だから女子限定はあれほどやめろと
[君影草]
ギスギスドロドロの悲劇大好物なんでエンタメでいいです(^q^)
[(ぼむ)]
陰キャとキムチが殴り合った話だっけ?
[リヒャルテ]
裏ボスが陰キャとキムチが決闘するよう仕向けて共倒れさせて、残党を中ボスが殲滅(せんめつ)して

った話
[ゆうへい]
キムチ「クラン内で自慢の作品を発表し合える機会とかあれば楽しいかも」
裏ボス「生産組は陰キャさんのクラン運営に不満があるみたいですよ!」
陰キャ「全部の要望に対処できるわけじゃないから、合わないなら無理しないでほしい」
裏ボス「嫌ならやめろ乞食って言ってました!」
↓キムチはクランを去り、兼ねてより生産組と遠征組に亀裂のあったあるかるはこれを切っ掛けに内紛勃発、解体に至る
[ゆうへい]
これが正解
知らんけど
[ピアノ渋滞]
裏ボスが天然()DQNなのは間違いないけど中ボスが真っ当に犯罪者なんだよなあ
クラマスの運営に不満を感じたからホームの共有財産を幹部権限使って持ち出し売買って思考やばない?
[ドロップ産制覇する]
そこでエンターテイナーの登場ですよ>>
[バレッタ]
「犯人を割り出すためにホームを忍者屋敷にしました>>」

陰キャまじで陰キャ
[否定しないなお]
「有給も取りました＞≧」
[パンフェスタ]
「シエルニキとニートとストーカーを雇って交代制で見張ります＞≧」
[鶯＊]
「絶対に許しません＞≧」
[ミルクキングダム]
やめろｗｗｗｗｗ
[くまたん]
いやほんとやめて
深夜帯が心配で見に行ったら夜勤当番だったらしいꝏが天井から飛来してきたこと思い出すわ
犯人の疑いかけられて捕まって死ぬほど怖かった
[君影草]
ｗｗｗｗ
[リヒャルテ]
＞＞くまたん
ん？　おまえあるかるなの？

［くまたん］
　旧あるかるね
　今は違う
［DOCTORにゃん］
　わたわたさん泣いてたっけな
　「コンセプトが行方不明になった」って
［ピアノ渋滞］
あのクランホームは巨匠YTYTの建築作品の中でも屈指の出来栄えだからね
完成された芸術に軋む床や覗き窓を自らの手で追加せねばならなかった心情を思うと、涙を禁じ得ない
［バレッタ］
　改築も巨匠にやらせたんだw
　そう思うと凄いな陰キャの人脈
［ゆうへい］
　それな
陰キャの真髄はドジっ子（ ）成分でコーティングされたサイコパスメンタル、と思いきや、人間関係に伴うリスクを恐れないコミュ力にあるんだよな
［否定しないなお］
まあそれが原因でクラン内紛争が起きてるわけだし諸刃の剣なんですけど

[universe202]
言い換えればただの無鉄砲やん
[(ぼむ)]
幹部権限使える奴は限られてるんだから犯人捜しなんて他にいくらでもやりようあっただろ
徹底すべきところ間違えてるわ
[おけら]
要は阿呆なんじゃない？
[Itachi]
シッ
そんな易々と真実の剣を振りかざしてはダメ
[君影草]
で、結局悪い奴等は退治できたの？
[くまたん]
少なくとも中ボスは消えたっぽい
ただ裏ボスのほうが初期化して戻ってきてるって話をどっかで聞いた
[ピアノ渋滞]
談話室での言動見てて「ぽいな」って思う奴いるんだよね
出戻りの噂あるんじゃあ案外本当にそうかも

【すもも】
　ID晒そ♪
【송사리】
　(´A｀)
【陰キャ中です】
　終わった話を第三者があることないこと蒸し返さないでくれるかなー！
【鶯*】
　あら
【ミルクキングダム】
　お
【송사리】
　(・□・;)
【まことちゃん】
　殴り合いの続きスル？　(・ε・)
【송사리】
　(`・ε・´)
【DOCTORにゃん】
　キムチが　おきあがり　なかまに　なりたそうに　こちらをみている！
　なかまに　してあげますか？

はい
↓いいえ
なんでデフォがいいえなんだよ
[ゆうへい]

[송사리]

(´・ε・｀)<アノネ
[陰キャ中です]

あのねキムちゃん、再結成後のあるかるは結構いいかんじだよ
あんまり大所帯にならないよう敢えて人数抑えめにしたり、紹介形式でメンバー入れたり、
私もあれから色々反省して工夫してるの
[陰キャ中です]

この前メンバー限定フリマ開いてみたんだけど、楽しかったよ
採集組は素材の詰め合わせ福袋作ってきたり、生産組は直にオーダーの注文受けたり、
自信作をオークション形式で売ったり
[陰キャ中です]

キムちゃんの理想としてたものに、少し近付けられたんじゃないのかなって、思う
最初は細々とってことでメンバーは採集師と工芸師に限ってたんだけど、そろそろ職業の
幅を広げてもいいかもしれない
[陰キャ中です]

織り師も募集したいんだ
[송사리]
(´・ε・`)
[송사리]
(´;ε;`)
[송사리]
あのね陰キャさん、さっき陰キャさんのSNS見てきたよ
[송사리]
皆生き生きとしてて今のあるかるが凄く雰囲気いいの、よく分かるよ
前の私の理想の形だったよ
[송사리]
でもクランから距離を置いて分かったの
私こういう気ままでマイペースなプレイスタンスのほうが合ってたんだなって
[송사리]
だってね、陰キャさん達がきゃっきゃしてる写真とか動画見て、私ほんとに嬉しかった
あのね、シエルちゃんの着てる衣装の一部ね、素材提供私なの
ブティックさんが凄く素敵に仕立ててくれて、
それを着たシエルちゃんと一緒に皆が凄く雰囲気あるおとぎ話みたいな写真撮ってて、
クランホームも相変わらずロマンチックで

[송사리]
　羨ましいとは思わなかったんだ
　ただ幸せだったの
　私の作品の一部がそこにいて、皆と一緒に1つの世界を仕上げる役割を果たしていたから
[송사리]
　ごめんね
　とってもとってもありがとう！
[陰キャ中です]
　そっか
[アラスカ]
　ちょっと待て
[ミルクキングダム]
　イイハナシダナーで締め括ろうと思ったら……
[すもも]
　皆とw一緒にwww1つの世界を仕上げる役割を果たしていたからwwwww
　って煽るつもりだったけど……
[ゆうへい]
　待て待て情報を整理しよう
　えーっと何だ？　シエルと？　ブティックが？　陰キャのクランで？

[おけら]

／(^o^)＼

みんな！　陰キャのSNSは見ないほうがいいぞ！

まじでクソつまらんから、絶対絶対見ないほうがいいぞ！

[くまたん]

うわあああああああああ！

目ガッ目ガッァァァァァァァ！！！！

[DOCTORにゃん]

え？　なんで？　なんでシエルがあるかるのホームで寛いでんの？　なんでブティックさんがそこで一緒にお茶飲んでんの？　なんでシエルニキが大勝利してんの？　なんで俺はそこにいないの？　なんで？　ねえなんで？

[否定しないなお]

かかかかかわかわかわかわかわ

[陰キャ中です]

じゃ、そういうことでゆうへいくーん

後で連絡ちょうだいね♪

[ゆうへい]

後でも糞もねえ

即行でコール入れるわ

[ラッシ・リトマネン]
　俺、女体化してあるかある入ろうかな……
[ドロップ産制覇する]
　誰だよあるかるがクソクランだなんて言った奴
　神クランじゃねーか
[Itachi]
　無理無理今更もみ消しは無理
[リヒャルテ]
　決めました！
　僕今日からシエル推し始めます！
[DOCTORにゃん]
　俺も！
[君影草]
　じゃあ私はブティック担で……
[송사리]
　追記
　陰キャさんへ
[송사리]
　だからキムチって呼ぶなって言ってんだろさてはてめえ勧誘する気さらさらねーなくたば

り散らかせ(⊙皿⊙#)

ログイン30日目　魔のミッション

【きまくらゆーとぴあ。トークルーム（公式）・コミュニケートミッションについて語る部屋】

[コハク]
シエルたんこんなに可愛いのになんで情報も画像も動画も少ないんですか
おまえらみんな怠慢だー！

[3745]
現状客イベで発生する最初のミッションでしか好感度上げられないっぽいしどうにもならんよ

[エルネギー]
客イベのこのだるさほんとどうにかならんかね
リアル時間で1日につき最高でも1回しか進められないとか今日日頭おかしいわ
ゲーム内では10時間が1日なんだからせめて10時間に1回発生するようにしろよ

[おろろ曹長]
まさかシエルがXXXでファッションチェックでXXXXをXX続けなければならなかっ

たなんて……

無茶言うなよ運営……

[(ぼむ)]

結局のところソースがないのが怖さあるんだよな

デートイベができるのは分かった

だがXXXXの画像が上がってるわけじゃないし、XXXX当てゲームも何問正解でイベントが進行するのかすら明確ではない

情報屋もそこら辺は自己責任でっつってるし、リルルートが消えるリスクを考えると話題性に反して挑戦する奴は少なそう

そしてそれがまたシエル攻略を遅くしそう

[くまたん]

こんだけ色んなプレイヤー巻き込んどいて「嘘でした～」ってこたないと思うけどね

キャラミッションの項目が『・シエル』ってなってるとこも気にはなってた

めっちゃ驚いたけど、矛盾はなさそう

[とりたまご]

これもしかしてシャンタを当て続ければシャンタルートあるってこと?

[レナ]

いやだから

[名無しさん]

>>とりたまご
君、学校の皆から空気読めないって言われてない？
[universe202]
確信犯だろ
[とりたまご]
はあ？
シエル情報公共の場で解禁すんなって話なら情報屋のＳＮＳ見てからどうぞ
[まことちゃん]
寧ろ積極的に拡散してるんだよね
もしかして情報提供者たってのご希望か
[否定しないなお]
攻略サイトにはまだ載ってなかったけどＳＮＳのほうで呟いてたのか
[ゆうへい]
ぼむも言ってるけど形になるソースがないからな
それにこっそり持ち込まれた情報ならともかくとして、現時点でこんだけ話題になってるから
広めるなってのも無理あるだろ
[ゆうへい]
まあ何つーか気を遣ってくれるのはありがたいけど別にそんなうちを意識しなくていーよ

趣味でやってるロールプレイみたいなもんだから
　俺はもう疲れた
[Akagi:]
　どしたん？
　パン祭りに虐められたん？
[ゆうへい]
　なんか最近俺等の仲間を装ったプレイヤーが偽情報撒き散らしてるらしいんだよね
　で、苦情が俺んとこ来て参ってる
[(ぼむ)]
　パンじゃねーの？
[ゆうへい]
　あいつがそんな機転利かせてくると思うか？
[(ぼむ)]
　ねーなあ
[レナ]
　もしかしてブティックがゆうへい氏の複垢って噂もそこそこ発信？
[コハク]
　それ知ってる
　ビャクヤのギルド前でチラシがばら撒かれてたんだけど、そこに書いてあった

[否定しないなお]
なんだストーカーの戯言か
[まことちゃん]
ただの週刊 ee じゃないですかヤダー
[竹中]
>>ゆうへい
陰キャさんとキムチさんとリンさん三股してたんだって?
おまえすげーな
[ゆうへい]
誰がそんな恐ろしいことするかよ
[Akagi:]
ストーカーが偽ゆうへい演じてる説?
[くまたん]
いや～さすがにそこまでゆうへいさんにこだわる理由ないでしょ
まああいつ頭ヤバいから全否定はできないけどさ
[否定しないなお]
これを機にモブロールやめたら?

*****

ゾエベルさんに貰った写真を1枚1枚捲るごと、顔面がだらしなく崩れていくのが自分でも分かった。うへへ、私今、超絶に幸せです。

昨日はほんと、てんやわんやの1日だった。ゾエ氏が追いかけてきたときはどうなることかと思ったし、あるかるのホームで監視されてることを知ったときには羞恥心にシエル愛が負ける寸前だったし、ゾエ氏にスタジオの主導権を乗っ取られたときにはもう訳分からんくて頭の中は真っ白だった。

でも、終わってみるとあら不思議。送られてきた写真や動画はどれもこれもシエルちゃん、そしてシエルちゃんの衣装が存分に輝く、素敵なものばかりだったのだ。

何よりも、あの勢いで私の羞恥心を吹き飛ばしてくれたことがありがたかった。今思い返すと人前でやるには随分いたたたた……なポーズもしてたんだけど、彼が強制力という役目を担ってくれたため、自発じゃないんですやらされてるんですな体裁を保つことができたのだ。

それも私ひとりだけでなくあの場にいた皆がゾエ氏の独裁政治に従っていたものだから、もう何も心配する必要はなかったんだよね。

シエルちゃんと肩を寄せて1つの本を読んでいるフォト、向かい合っておでこをこっつんこしてるフォト、お茶会を開くシエルちゃんと給仕をする私のフォト――――うへへへ、どれもこれも映画のワンシーンのような完成度で、にやけが止まらない。

余談だが、デート中といえど当然NPCとの触れ合いやポージング機能には限界があって、過度のお触りやいちゃつきはできない仕様になっている。

なので実際にはおでここっつんも不可能なのだが、そこはゾエ氏の画像編集力で見事なロマンティックフォトが仕上がっていた。

加えて、あるかるの人達がそれっぽい衣装に着替えてモブ侍女を演じてくれたため、より一層華やかで賑やかな場面を作ることもできた。

特に気に入ってるのが、我が伮女王シエル様のご機嫌を取ろうという体で、皆が次々と豪奢なドレスや宝石、綺麗なお菓子などを持ってくる動画。

台詞はなしでBGMだけのサイレントムービーなのだけれど、つまらなそうにソファに寝そべるシエルちゃんや、とことこと貢ぎ物を携えてやってくる侍女のお嬢様方、ちゃっかり執事役に収まっている「次。……次」とでも言うように首を振って合図するゾエ氏などが、目に楽しく可愛い作品となっている。

こういうのは私の力だけでは絶対できないことなので、とてもよい経験をさせてもらえたと思っている。結果的に言えば当初自分で予定していたデートよりも満足のいく3時間になったと言えよう。

これがエピソード付きのイベントとかだったらば第三者参入なぞ邪魔でしかないのだが、実際には推しキャラを連れ歩いて愛でたり自慢したりするためのものだからね。

私的には雰囲気ある思い出よりも、写真とか動画とか、形として手元に残るモノのほうが優先順位が高かったりする。折角凝った衣装も用意したことだし。

とはいえ皆でわちゃわちゃするのはたまにはいいとしても、結構疲れる。もう1回やりたいかって言われれば微妙なところなんだけど。

何はともあれそんなふうに需要と供給が一致したのもあって、ゾエ氏とは意気投合、最終的にはフレンド登録に至ったのであった。

で、その彼から早速メッセージが届いた。

内容は予想がついている。コミュニケートミッション【シエルのファッションチェック！】に関するものだろう。

というのもこのミッション、きまくら。が発売されてから今に至るまで誰も攻略することのできなかった魔のミッションだと言うのだ。

それが原因で、またリルステンと両立できないこともあり、シエルちゃんは長い間バグキャラ、ネタキャラ、時には害悪キャラとしての扱いに甘んじてきたんだとか。なんと惨たらしい……！

そんなアンチシエルな風潮の中、ゾエ氏はめげずにシエル党を掲げ攻略に努めてきたのだが、どうにもこうにも上手くいかなかったそうな。

んで、そうやって約1年、悶々とした日々を送っていたらば、昨日、シエルちゃんと逢引する私を目撃してしまった、と。驚きと悔しさと好奇心で自分を制御できなくなった彼は、あのような奇行に走ったとのことだった。

そう考えるとまあ、肯定はできずとも、気持ちは分からないでもない。結局ゾエ氏がいたので美味しい思いができたところも多分にあるわけで、彼にシエルちゃん攻略法を教えるのもやぶさかではなかった。

となるとまず明らかにすべきは、彼がこのミッションの意味をどこまで理解しているのか、ということになるわけだけど――――。

「シエルちゃんとシャンタちゃんが別人であることは、知ってますか？」

「…………はい？」

――――案の定ゾエ氏は双子の事実を知らなかった。ファッションチェックミッションに1年取り組んできた彼がこうなのだから、恐らく大多数のプレイヤーが気付いてないっぽいな。

私結構、重大な発見をしていたみたい。

で、かくかくしかじか事の真相を説明すると、彼は一頻り混乱して一頻り驚愕して一頻り発狂したのち、私にこう迫ったわけである。

「お願いします！　どっちがシエル様でどっちがシャンタ様なのか教えてください！　まじで何でもしますので！　高難易度フィールドの周回手伝いからレアアイテムの譲渡、資金提供、裏組織への斡旋、気に喰わないパーティやクランの殲滅、ま、じ、で！　何でもします！」

なんか聞き捨てならない言葉が耳に入ったような気がしないでもないけど、いや、まあ、そのくらいなら別にいいよ。シエルちゃんへの一途な愛をこうも見せつけられちゃあ、断るなんて鬼の所業だと思うし。

「本当ですか!?　ありがとうございますありがとうございます！」

「あ、でも私の意見が正解かどうかの保証はないよ。結局私が自分で回答したやつだって、どれが合ってたどれが間違ってたのか、最後まで分からず仕舞いだったし」

「ヒントをもらえるだけで十分です。1年何の光もなくこの難問に苦しめられてきた身としては、成功者の協力を得られるというだけでもう油田を発見した気分なんで」

それからゾエ氏は「あ、そうだ」と呟き、どこか達観したような笑みを浮かべた。

「勿論、俺はシャンタ様のほうを狙うつもりですのでご安心を」

「え？」

……ああ、そっか、シャンタファッションを当て続ければシャンタちゃんと仲良くなれる可能性もあるのか！

や、でも気にしないでいいよ。そのルートは確実じゃないだろうし、私同担拒否とかないし。ゲームなんだからさ、別にシエルちゃんが他の人とデートしてても平気だよ。

多分。…………多分。

そう言ったのだが、彼は頑なに譲らなかった。

「いえ、いいんです。1年もやってきてシエル様の心を読み解けなかった俺に、ビビアさんから彼女を奪う権利はありません。俺は今後、シエル様とビビアさんの幸せを陰ながら応援することに徹したいと思います。俺はここにシエビビ党の発足を宣言します！」

わー。きもちわる。

「それに、そうなるとシャンタ様がお独りになってしまうでしょ。彼女の寂しさを埋めてさしあげるために、今こそ俺の存在が必要だと思うんですよね」

「全然そんなことはないと思うヨ」

「じゃ、そういうわけで撮り溜めたシエルシャンタ写真を送りますんで、どれがどっちっぽいのかご指南お願いしますね！」

と、そんなやり取りがあったのだった。だからきっとこのメッセージ通知は、シエル&シャンタのファッションフォトと思われる。

まあね、ゾエさんは妹のリアル大学同期ということでお世話になってるみたいだし、ここは一肌脱いであげましょう。シエルちゃん攻略の先駆者たるこの私が、ちょちょいのちょいとね。

そう思いながらトーク画面を開けば――――。

【ゾエベル】
何卒よろしくお願いいたします＜（＿）＞
（画像）
（画像）
（画像）
（画像）
（画像）
（画像）
（画像）
（画像）
（画像）
（画像）
（画像）
（画像）
（画像）
（画像）
‥
‥
‥

――後で数えてみたところ、画像は全部で80枚あった。私の本日のプレイ時間は、これの選別で終了した。

ゾエさんに言いたい。あなたこそ真のシエルシャンタ廃です。

運営さんに言いたい。もしかしなくてもシエル&シャンタちゃんのこと、攻略させる気ないでしょ。

******

【きまくらゆーとぴあ。トークルーム（公式）・総合】

［アース］

体内図書館取れないのうざすぎ

パトロンとしての価値どうこう以前にハイスキルの入手経路を潰してる時点で、マグダラの消息はクソ革命でしかない

［否定しないなお］

体内図書館て要はアイテム図鑑だもんね

多くのゲームでは初期に手に入るっつーかデフォ所持だったりするものが

イベント発生で入手不可になるとかなかなかのサイコ案件

［イーフィ］

まあ図書館自体はゲームの進行にそんな影響ないし、どうせストーリー進行でいつか手に

入るだろうからそれでよし
問題はそこに付随する体内備忘録
あれがないのは生産職にとっちゃ致命傷だぞ
【おろろ曹長】
生産活動のログ見れるのほんと便利よなー
ここから色々考察して新しいアイテム生み出すの楽しい
【YTYT】
結晶勿体なくて備忘録は取ってないわ
覚えておきたいことはメモ帳に手書きで十分
【ミラン】
生産職だけど図書館すら取ってない派
コレクターには必須スキルだろうけど遠征にも出張るマルチプレイヤーはそこまでカバーできん
【檸檬無花果】
おまえらのお勧めハイスキル主観でいいからおせーて
ギルトアのも入れていいよ
【石川つな】
結晶精製
【(ぼむ)】

ファンデ

[Itachi]

地獄耳

[竹中]

キャラ推し勢なら地獄耳とインサイト

[KUDOU-S1]

遠征ガチ勢には下剋上をどうぞ

[陰キャ中です]

コレクター：図書館

生産スキー：備忘録

金策生産勢：精密動作、節約

変態：反応操作

[パンフェスタ]

結晶精製は消耗激しいから初心者向きではないよなぁ

レベル上がってくると余ったスタミナの有効活用に便利だけど

[YTYT]

＞＞陰キャ中です

変態に反応操作をオススメすなｗ

色々誤解を生むだろｗ

【イーフィ】
　図書館取るような人間なら無難に森羅知見も
【否定しないなお】
　超吸収シリーズ楽しいよ
【椿ひな】
　超吸収はまじで楽しい
　てかもはや新職業ですらある
【ねじコ＋】
　人形工芸師に息髪をぜひ
　ドール職人少なすぎんよ
【(ぽむ)】
　超吸収はアイテム消費が激しいからな～
　小食取得をもっと早めてくれればワンチャン生産職にも勧められるんだけど
【石川つな】
　外れ枠のほうが少ないと思うし、正直ケミカレ以外なら何でもいいさえある
【KUDOU-S1】
　いやいやツーフェイスもなかなか使わんよ？

ログイン31日目　ソーダ

ログインすると、差出人ゾエベルさんで荷物が届いていた。開けてみると【ソーダ×20】が、シエルちゃん攻略サポートのお礼メッセージと共に入っている。

何だかんだあの人律儀よね。シエルちゃんズへの愛が深過ぎてぶっ飛んだところはあれど、根本はいい人なんだろう。

さて、このソーダとやらは～……。


【ソーダ】

しゅわしゅわする甘い飲み物。アイテム生産の成功率を100％にする。


ふむ。アイテム生産の成功率とは？

不思議に思ったもので調べてみた。

例えば以前私が竹氏に作った衣装で、レベルが足りなかったために本来つくはずのステ上昇効果が得られなかった現象がある。あれがいわゆる生産活動における〝失敗〟ということになるらしい。

他にもあまりにも取り扱い推奨レベルのかけ離れたアイテムを使用すると、形にすらならずに【ゴミ】が生成されたりするんだとか。

そういう失敗現象を一切なくす神道具が、このソーダなんだって。つまりレベルが足りないけど是非この素材を使って効果を付与したい！　っていう、ここぞというときに重宝するものなんだね。

　このアイテムはプレイヤーでは作ることができないらしく、結構価値のあるもののようだ。なんか気が引けるなあ。

　まあゲームを進めていくとちょいちょい貰えるものではあるっぽいので、あまり考えないようにしとこ。

　ゾエ氏は職業狩人だし、使う機会もなかったんだよね。うん、きっとそう。

　折角なので今日は早速、このソーダを飲んでお洋服作っていこっかな。

　というのも今、ショップの在庫がすっからかんなのよね。店舗内もがらんとしていて、これで営業中だなんてお客に喧嘩を売っているようなものだ。

　それでもＮＰＣのお得意様達はちょこちょこ顔をだしてくれるんだけど、そこはやはり商品が何もないと肩を落として帰って行く子もいる。

　いい加減補充しないと好感度とかも下がっちゃうかも。

　デートを約束した日以降、シエルちゃんもほぼ毎日のように店を訪れている。

　彼女は「まだまだ私に見合ったレベルじゃないわね」などと言って、未だ私の店で買い物をしてくれたことはない。だから品切れで困るということもないと思うのだけれど、それでも「店主失格よ」と叱られてしまった。

　でもぷりぷり怒った顔も可愛いの。うへへ。

　因みに双子の事実が発覚してからというもの、シエルちゃんは必ずシャンタちゃんと２人でやって来るようになった。

デートイベントみたいな特別な機会でないときは、基本的にニコイチで行動してるみたいね。はあ尊い。

なんかそういうの考えると、作った端からアイテム全部ワールドマーケットに並べるってやり方、考え直したほうがいいかもなあ。

トルソーに着せておく衣装だとか店舗を充実させる用の在庫はある程度確保しておきつつ、それ以外の品物をワールドマーケットに登録するのがいいかも。

となると尚更、今は一にも二にも生産作業をしなきゃね。

さて、試しにソーダを飲んでみた。

ＶＲでの食事の開発はあまり進んでないらしく、きまくら。における飲食もほんのり香りを感じる程度だ。だから口の中で炭酸が弾けるような感覚や水分が喉を通る感覚はない。

まあバフ掛けを目的に飲むのだから、これに関してはさっと飲み干せるくらいで丁度いいけどね。炭酸ごくごく飲めない勢だし、逆にこの量のリアルソーダを飲めってなったら時間かかってめんどくさそう。

瓶は空になると消滅し、代わりに視界の端に星が煌めくアイコンが現れた。多分これが成功率アップのバフ掛かってますよって印なんだろう。

よーし、この前シエルちゃんの衣装仕立てるとき爆買いした素材で、色々作るぞー。

＊＊＊＊＊＊

【きまくらゆーとぴあ。トークルーム（公式）・総合】

［名無しさん］
＞＞弐
それはそうだな

［椿ひな］
思ったんだけどさ、霧ケツ星ケツでるイベントのときに捨て垢作ってアイテム譲渡→初期化を繰り返せば最強になれれん？
これ金稼げるべ

［universe202］
霧ケツ星ケツは譲渡できないし
やるとしたら精々ソーダ？

［ピアノ渋滞］
ソーダは価値高いけどあくまでサポートアイテムだからなあ
集めるの簡単ってわけでもないし金儲けとしては効率悪いよ
まあやりたいならやってＢＡＮされてどうぞ

［椿ひな］
うるせー
こういう穴あるけど大丈夫なのかなって話をしてんの

大丈夫ならよかったよ

【めめこ】

＞＞檸檬無花果

ズットモメダルっていうアイテムを貰った時点でベストフレンド確定だよ

【檸檬無花果】

＞＞めめこ

さんくす

【檸檬無花果】

でもメダルを貰った後も好感度下がるとベスフレ枠から外れるわけだよな

あと他のキャラがベスフレ昇格してくと枠からあぶれることもあるんだろ？

誰を省くかとかってプレイヤー側で操作できんの？

ベスフレ枠って最高幾つになるん？

質問ばっかでスマソ

【海豚】

完全にコントロールできるわけじゃないけどメダルである程度予測して対処することはできるよ

好感度下がり気味でベスフレから降格しそうなキャラ、降格済みキャラのメダルは埃被るんよね

アイテム説明にも「埃を被っている」みたいな文章がつく

枠は5

[狂々]
>>海豚
>埃被る
メダル2つしか持ってない俺氏、初耳

[めめこ]
>>海豚
えー、そういうことだったんだ！
確かに飾ってるメダルで埃付いてるやつある
ランダムでつく演出なのかと思ってたけどギミックがあったのね

[YTYT]
アイテム説明にも補足つくのは知らんかった

[鶯 *]
>> YTYT
拭き取ると1日持つしアイテムボックスに入れてると見た目じゃ分からないからだと思う

ログイン34日目　方程式

ソーダの効果は歴然だった。特に〝キムチって呼ぶ奴絶許(⊙言⊙#)〟で購入した生地を使って作ると、それがよく分かった。

というのも素材ごとに定められている取り扱い推奨レベルとやら、これって種類でグレードが異なるのもあるんだけど、それ以外にも品質が関係しているらしい。

品質が高いと推奨レベルも高く要求されるようだ。そして当然、素材の品質が高く、それを適正に扱えるレベルも備えていれば、完成品の出来もよくなる。

で、このキムチショップの店主さんは多分、レベルの高い腕のある織り師さんなんだろうね。扱っている生地は品質★4、或いは最高グレードの★5が多く、NPCショップの安い生地や私が染色で合成した生地なんかとは全然違う。

例えばシエルちゃんの衣装にも使った★5の【ブリッツクロス(︶・ω・︶)】。現在職業レベル22の私が普通に【裁縫】スキルで【マント】を仕立てると、品質は★2、効果は水属性ダメージ軽減（中）、消耗値は120となる。

しかしこれをソーダ使用の上で仕立てると――――。

【ブリッツマント】

品質：★★★★★
雷の力を秘めた服。
主な使用法：装着
効果：水属性ダメージ無効
消耗：４００／４００

ね？　全然違うでしょ。

っていうかこれってつまり、私が適正なレベルを持っていればソーダとか使わずとも普通にこのランクの服をばんばん作れるってことよね。

当たり前なんだけど、いや〜、レベル上げって大事ね。

とまあ、強い服を作れることが楽しくなっちゃって、貴重品だというのにも拘わらず、ついソーダをごくごく飲んであれこれ試行錯誤していた今日この頃。

私、ちょっと面白いことに気付いてしまったかもしれない。

先のブリッツマントのデータと比較しつつ、こちらを見てほしい。

【ブリッツビスチェ】
品質：★★★★
雷の力を秘めた服。
主な使用法：装着

効果：水属性ダメージ無効　敏捷（びんしょう）＋２００
消耗：４００／４００
セットボーナス：雷属性のダメージを吸収＋消耗値に変換（大）

注目してほしいのは、効果のところ。先に作ったマントとは違い、このアイテムは『敏捷＋２００』が付与されている。

そう、こちらは製図を改造するところから始めて時間をかけて仕立てたものなので、ミラクル・クリエイションが発生したのだ。

で、他にも2点ソーダを飲んで作ったオリデザ物があるのだけれど、どちらにも効果にミラクリが付いた。つまり、〝ソーダ＋手間＝効果ミラクリ付与確実〟の方程式が成立するっぽいんだよね。

で、さらにさらに興味深いのがこちら。

【ブリッツワンピース】
品質：★★★★★
雷の力を秘めた服。
主な使用法：装着
効果：水属性ダメージ無効　敏捷＋２００
消耗：４００／４００
習得可能スキル：フラッシュ

セットボーナス：雷属性のダメージを吸収＋消耗値に変換（大）
（フラッシュ：任意発動スキル　消費50～　閃光を発し、対象を［盲目］状態にする（範囲・大））

いちいち衣装の形が違うのは、デザインの段階で時間を稼いでミラクリを誘発するためなので、気にしないでいただきたい。

セットボーナスが付いているのも、セット物製作中はその間ずっとソーダの効果が続くためミラクリ発生を狙いやすい、という理由からだ。こちらも気にしないでいただきたい。

問題は、7行目――そう、習得可能スキルが付いていることである。しかも『敏捷＋20』は変わらないため、こちらは先のビスチェよりもさらにランクの高いアイテムと言える。

何度か他のものを作って実験してみたところ、やはり同じミラクリ付きでも効果のみ付与されるものと、効果とスキル両方が付与されるものとが複数生成されている。

余談だが現時点ソーダを使っての製作では、スキルのみ付与のミラクリは発生していない。ソーダを飲まない普段の製作では全然あり得るんだけどね。

それはさておき、何がこうした異なる結果を生んでるのかなって、色々考えてみたわけ。

そもミラクリ発生の鍵が手間や丁寧さだっていうから、中ミラクルよりもっと時間かければ大ミラクルになるのかな。と思ったんだけど、各アイテムの製造過程を思い起こしてみると、この線はないっぽい。

で、色々頭を悩ませた結果、私は真理に辿り着いた。これ、素材の違いだ。

もっとも、先のブリッツクロス3連作を見れば分かる通り、素材の種類自体は多分関係ない。品質も、関係ない。

関係あるのは多分、素材の製造過程なのだ。

私の予想はこうだ。このキムチショップの店主さんの製作物には一部、ミラクリが付いているものがある。

他のショップの生地と比べても相当に凝っていることが分かるので、手間がかかっていることは間違いない。素材のステータスの仕様上外からは分からないけど、恐らく裏ステータスとしてミラクリが存在しているものと見た。

裏ミラクリが付いていると言える他の理由としては、同じデザインの布地を複数枚――この方のショップでは大抵5メーターを1枚として販売しているのだけれど――購入して使用した場合、ある1枚で大ミラクリが発生しても他の同じ生地では中ミラクリしか発生しない、ということが挙げられる。

これ、私もそうなんだけど、最初の1枚はデザインから始めて製作していかなければならないため、その分ミラクリが発生しやすいってことと関係してると思うんだよね。

けどそうやって一度仕上げてしまえばレシピ登録ができる。2回目以降はジョブスキルでぽちぽちやってれば、1分もかからずに同じものができてしまうの。

幾ら作業が好きとはいえ、さすがに全く同じデザインのものを同じ過程で何度も何度もなぞるのはつまらない。そこにショトカスキルがあるんだから、常人はまあ普通にそれ使ってぱぱっと終わらせるよね。

そうすると必然的に、どう足掻いても2作目以降はミラクリが付かない。

以上の事柄は、複数の同じ素材を使って服を仕立てた場合、その内の1つにしか大ミラクリは発生しない、という事実と合致している。

そしてこのことは、加工素材にも裏でミラクリが発生している、という私の仮説を補強するものとなる。

結論。〝ソーダ＋手間＋裏ミラクリ素材＝大ミラクリ確実〟の方程式が成立する。

これでしょ。

＊＊＊＊＊＊

【きまくらゆーとぴあ。トークルーム（公式）・総合】

［ドロップ産制覇する］
eeてきまくら。以外に居場所あんのか？　ゲーム的にもリアル的にもあんだけ人間破綻してると逆に心配になってくる
［レナ］
でも奥さんいるって
［ちょん］
嘘だろ
［エルネギー］
嘘だろ

もしそれが本当だとしたら俺は世の中の理不尽さにハラキリせざるを得ない
【名無しさん】
社会不適合者の掃き溜め
それがきまくら。
【もも太郎】
どっちかっていうと普段無理して社会適合者装ってる奴等がきまくら。で爆発してるイメージある
【ナルティーク】
なるほど
おまえが言うと説得力ある
【송사리】
（｀・ε・´）
【パンフェスタ】
どうした不適合者
言いたいことあるならさっさと言え
【송사리】
みんな、今までありがとう
キムチって呼んでたやつの名前は絶対忘れないし絶対許さないけど、何だかんだきまくら。で過ごした日々は楽しかったよ

私が遺した素材は遠慮なく使って、肥やしにしてね
ばいばい(´；ω；｀)

[yuka]
えっ、遺言ですか？

[Itachi]
おう、また明日な

[とりたまご]
辞めるんなら黙って辞めろ

[universe202]
まあ待て
話くらいは聞こう話くらいは
キムチがいないと仕立屋界隈はそこそこ痛いからな

[송사리]
なんかね、ブティックさんがめちゃめちゃうちの素材買ってくの
それも一気に纏め買いとかじゃなく、毎日毎日、無言でちょっとずつ買ってくの
私何かしたかなあ
怖い(´；ω；｀)

[葉月 |:|]
なるほど

理解した
[パンフェスタ]
言いたいことは分かった
[Itachi]
そら引退待ったなしだな
オーケーまた明日な
[モシャ]
いや分からん分からん
別にそんなのどってことないじゃん
俺もその日生産するのに必要な分しか買わなかったりするから、同じところから毎日ちょっとずつ買うのなんて普通だし、
無言購入なんて寧ろデフォだろ
[hyuy@フレ募集中]
そもそもこの前メダカ、ブティックさんに自分の素材で服作ってもらえたーって喜んどったやないかい
[ドロップ産制覇する]
>>モシャ
おまえは結社のメンバーから同じことやられて同じこと言えるのか?
[モシャ]

そら結社だったらとりあえずリンリン辺りに謝りに行くぜ？
えっ？　結社メンなの？　ブティック結社入っちゃったの？
[ちょん]
確定ではない
だが今回の週刊eeがそう報じている
[エルネギー]
今週の特集ブティックだったのか
餌食になるのはえーなお気の毒に
[ナルティーク]
主な見出し：
①【マグダラの消息】発動者説
②竹取の姫プレイヤー説
③竹中の彼女説
④結社メンバー説
⑤ゆうへいの複垢説
⑥こぐにの回し者説
⑦ぴちぴちぴゅあぴゅあの新規エンジョイ勢説
[葉月 ー.ー.]
イマイチ耳新しい説がねーなぁ

後手に回ってるんじゃee も落ちぶれたもんだ

[バレッタ]

とりあえず全部ほんとでもおかしくないとは思ってる

このゲームの住民な時点でネジ1本飛んでるのは確定だし

[名無しさん]

⑦はない

[hyuy@フレ募集中]

⑦はねーわな

新規エンジョイ勢があの鬼畜シエルイベを初踏破した挙句、

あるかるのホームでヤバい面子と一緒にのうのうと写真撮ってられるはずがない

[モシャ]

ee のゴシップなんて9割方妄想ですしおすし

[ちょん]

でも逆に言うと1割は毎度真実紛れてるからな

キムチのような豆腐メンタル () 潔癖 () 構ってちゃんがブティックを警戒するのも分からないでもない

[パンフェスタ]

うざ絡みは結社のお家芸だもんなぁ

毎日無言購入で存在感示してストレス攻撃?

ヨシヲの考え付きそうなことだわい

［ドロップ産制覇する］

そこんとこ実際どうなのニート君

［ヨシヲｗｗｗ］

知らねーよｗｗｗ

［송사리］

何でもかんでも俺かeeのせいにする風潮、いくないｗ

ブティックさん、結社のメンバーっていうのは？

私恨み買ってる？

何か聞いてる？　（´；ω；｀）

［ヨシヲｗｗｗ］

知らんてｗ

そういうことになってるならそうなんじゃねーのｗ

［てっつぁん］

ニート君と呼ぶだけで降臨するヨシヲ氏

それが普通になってるこの異常性に気付かぬ皆の異常性よ……

［ナルティーク］

細かいこと気にしてるとハゲるぞ

［송사리］

あ
[송사리]
なんか、ブティックさんからメッセージが……
[Itachi]
脅迫状か?
[バレッタ]
何て?
[ヨシヲwww]
wktk
[송사리]
＞いつも素敵な素材を作ってくださり、ありがとうございます。
＞よく利用させていただいてます。
[송사리]
(´;ω;`)
[パンフェスタ]
これは……
[モシャ]
感謝状だ……!
[hyuy@フレ募集中]

クレームだ……!!　ｗｗｗｗｗ
[モシャ]
　え何で!?　Σ(・∀・´;)
[itachi]
>いつも素敵な素材を作ってくださり、ありがとうございます。
(いつも視てるヨ)
>よく利用させていただいてます。
(よーく視てるヨ)
[송사리]
　怖い(´;ω;`)
[てっつぁん]
　おまえらきまくら。に訓練され過ぎ

ログイン35日目　そわそわ

うーん……。

システムパネルでワールドマーケットの購入履歴を睨みつつ、私は少し悩んでいた。気になっているのはキムチショップの店主ことキムチさんのことだ。

この人、自分の製作アイテムの一部に裏ミラクリが付いているってこと、知らないっぽいんだよね。なぜってウラクリが発生してるものもそうでないものも値段が一緒で、説明文やアイテム名も区別されてないから。

一応ネットで確認したんだけど、ざっと検索結果に目を通したかんじでは、ウラクリの情報は出てこなかった。もしかしてその存在自体、あまり知られてないんじゃないかなあって。

まあだからといって、広めなきゃ！　って使命感に駆られてるわけではない。けどとこのキムチさんに関しては作品が凄く私好みなだけに、教えてあげたいなとも思うんだよね。

ウラクリを知らずともこんな手間のかかる作業をこつこつ続けられるんだから、私と同じく作る過程そのものが好きな人間であることは間違いないだろう。

でもそのかけた手間暇が相応に評価されるシステムがあるってことを知れるのは、それはそれで嬉しいことなのよ。

私自身、完成したアイテムにミラクリが付いてたらいつもの2倍嬉しいもん。モチベにも影響してると思う。

勿論高値で売れるっていうのも大きいし。

自分の好きな素材屋さんには長く続けてほしいだけに、この豆知識をもってちょっと応援してあげたいなって。だって織物中心で扱ってるプレイヤーズショップって、何気に少ないんだもん。

素材のミラクリは明確に目に見える情報として表示されないから、実際値段に差を付けるってなると難しいのかもしれない。

或いはそういう事情を考慮して、キムチさんはウラクリを知っていてなお敢えて販売時の差別化はしていないのかもしれない。

だとしても、私が買うときだけ高値で取引とかでもいいかなあなんて。大ミラクリが発生したらキムチさんに幾らか還元、とかね？

けどこういうこと考えてると色々ややこしくなってきて、そもウラクリの仕組み考察とかソース自体、かなり複雑な情報なんだよね。

こういうのって、文面にし辛い。

現状私がキムチさんと連絡を取れるのはアイテム購入時のメッセージ欄からのみ。文字数制限もあるし、あまりよい方法ではないように感じる。

できればゲーム内で実際に会うなりフレ限定のトークシステムを使うなりして、口頭で伝えたい。

それでいつぞやの竹中氏からのメッセージを参考に、とりあえず生地買いがてらこんな文章を送ってみたんだけども————。

『いつも素敵な素材を作ってくださり、ありがとうございます。よく利用させていただいてます。キムチさんの作っておられるアイテムのことで、お伝えしたいことがあります。多分キムチさんに役立つ情報だと思うのですが、長くなりそうなので、もしよろしければトークでお話しできませんか？

こちら私のＩＤになります』

————1日経っても、返事がこんのよねえ。勿論忙しくしてて余裕がなかったり、そもそもメッセージに気付いてなかったりログインすらしてなかったりすることも十分考えられる。

けどなんかそわそわするっていうか、今更ながらぷち後悔してるっていうか……。ウラクリ発見のときの興奮に流されて、つい普段の私ではあまりしないような働きかけをしてしまったわけだけど、冷静になってみると怪しさ満点だったかなあなんて。

もうちょっとウラクリのこととかはっきり明記して追加でメッセ送ろうかな、でもしつこく感じられたらヤだなとかなんとか、いじいじ、いじいじ。

ええい送ってしまったものは仕方ない。私は最善を尽くした。

さあ今日も今日とて生産じゃ！

******

【きまくらゆーとぴあ。トークルーム（公式）・総合】

[鶯 *]

あー我慢できなくて大地の結晶自分で使ってしまったは～～癒される～～

[Peet]

えーそれ報告しないでよ

結晶風呂入りたくなる

[くまたん]

ケツテロ

[ミルクキングダム]

ケツテロｗｗｗ

せめて風呂テロと言えｗ

［リンリン］

温泉に行くつもりって考えればいいのかもしれないけどＶＲ風呂のために１０００円って考えるとお高いよね

でも病みつきになる気持ちは分かる……

［檸檬無花果］

単なる無条件好感度上げ最終兵器ってだけじゃなく、ちゃんと好感度上がる理由が伴ってるのが面白いわな

自分自身これ使ってくださいってギフトで贈られたら相手への好感度上がるし

［吉野さん＆別府］

無課金勢のワイ、使ったことない

そんなにいいものなの？

要は入浴剤だろ？

［鶯 *］

うんまあ

でもめっちゃリラックス感味わえるんよ

香りもそうだし、お湯の中で全身ほぐれるかんじが堪んないだわ～

［ピアノ渋滞］

筆舌に尽くしがたいってやつだよね
あれは使ってみないと分からないから使ってみるといいよ
でも無課金勢は知らないほうがいい感覚かもね
[吉野さん&別府]
畜生俺も金持ちの家に生まれたかった(ᴗДᴗ)
[YTYT]
ケツプロ嫌いって人には未だ会ったことないな
きまくら。人はみんなこれが大好きって設定だし俺等もそう感じるよう何かプログラミングが付与されてんのかな
[Peet]
>> YTYT
唐突にメタ怖いこと言わんといてよ
何も考えず楽しむのが1番
[ミルクキングダム]
つまり猫にとってのマタタビみたいなもんか
[名無しさん]
大地の結晶にそんな使い方があったのか……
てか風呂に入れるってことはもしかして……
[YTYT]

残念だったな
キャミorタンク&短パンはきまくら。人の体の一部なのだ
[名無しさん]
キャミ短パンでもいいって思ったけどそういや胸は盛れないんだワ
[ポテイト]
もしや運営は風呂のために性別詐欺不可にしたというのか……？
[くまたん]
きまくら。ゆーとぴあは全年齢対象のとっても健全なゲームだお(´ε｀)

ログイン36日目　謎の立ち位置

さて、最近の私の悩みがもう1つある。ショップフロアへ行き、カウンターでシステムパネルを起動すると、はい。今日も届いてましたよ、悩みの種が。

【レナさんからのメッセージ】
大変素敵なお召し物、購入させていただき、光栄の極みに存じます。
失礼ながらメッセージにてお礼申し上げます。
結社の皆様にもよろしくお伝えくだされば幸いです。

【くまたんさんからのメッセージ】

デザインが可愛すぎていつもリピさせていただいてます！

今回の帽子もほんと素敵！

できれば以前売っていたシンプルなワンピースも再販してほしいなー、なんて……あっ、何でもないです嘘ですゴメンナサイ我が侭言いました結社メンにはちくらないでヤメテユルシテ、ごふっ……！


【hyuy@フレ募集中さんからのメッセージ】

やや蒸し暑くなってきました今日この頃、いかがお過ごしでしょうか。

ブティック様におきましては益々ご清栄のこととお慶び申し上げます。

このたびは大変結構なお品物を購入させていただき、誠にありがとうございます。

大切に使わせていただく所存でございます。

今後ともよろしくお願いいたします。

【ちょんさんからのメッセージ】
ファンタジックなメンズ服を取り揃えてくださってるので有難い
ブティックさんは天才だ
素晴らしい

清らかで美しく聖女のようだ
ああブティック、汝の名はブティック
我等を救い賜えりブティック

……………この人達の中で私、どういう立ち位置になってんの……？

いやね、例のごとくシエルちゃんとのデートイベント以来、ショップ利用者からメッセージが届くようになったんよ。

今回はね、最初から騒ぎになってることが分かってたので、先手を打たせていただいた。特にシエルちゃん攻略の件など、売り物とは無関係のメッセや絡みを回避するため、先にこちらから情報をばら撒くことにしたのだ。

この点においては陰キャさんが色々手伝ってくれた。

きまくら。には攻略情報を他のユーザーに売ったり攻略サイトも運営したりしている〝情報屋〟というクランがあるのだけれど、そこを紹介してくれたのは彼女だ。

また彼女のSNSにシエルちゃんの写真やデートイベントの様子を載せてもらったりもした。

「知りたがりを黙らせる方法？　そんなの簡単ですよ。秘密を持たなければいいんです」

とは彼女の談である。

結果この策は功を奏しており、今のところショップと無関係なメッセージやアンチコメントなどは来ていない。

――――なんだけど、代わりにこんな、やたら馬鹿丁寧だったり過度にこちらを称賛したり、或いは怯え媚びるような、変な文章が届くようになった。

そういったメッセージに時々紛れ込んでいる『結社』という単語も謎だし。

ここまでくると『ねーねー女船長の衣装セットの再販まだ？　ずっと待ってるんだけど。色はエンジでジャケットだけばらで売ってね。ねーねーねーねー』などと丁寧さの欠片もないメッセージを送りつけてきたバレッタさんが酷く常識人に思えてくる。

まあ、荒れたり、売り物と無関係なコメントをしたいがために製作物が買われていったりするよりかは、よっぽどいいんだけどね。

うーん、私ちょっと最近、気付いてきちゃったかも。

このゲーム、結構まともじゃないかんじ？


******

【きまくらゆーとぴあ。トークルーム（公式）・総合】

［バレッタ］
だからきまくら。はほのゆるＲＰＧじゃないんだって
唐突に訪れるヒャッハー災害にいかに上手く対応するかっていう心理的タワーディフェンスなんだって

［ミラン］
言ってるおまえも災害よりなのがな

[ちょん]
　まあバレッタんとこは懲りずに結社に喧嘩売りに行ってる辺り評価してるよ
[弐]
　災害から逃げるも災害に立ち向かうも防護壁築くも取り入るも巻き込まれるも君の自由！
新感覚パニックＲＰＧきまくら。ゆーとぴあ！
[くまたん]
　きまくら。公式は広告キャラをリルじゃなくヨシヲにすれば、誤解も生まれずみんなハッピーになれるんじゃないかな
[モシャ]
　誰も幸せになれねーよ俺の唯一の癒しリル様をヨシヲに潰されて堪るか
[くるな@復帰勢]
　結社とやらはそんなにヤバいの？
いたらとりあえず逃げといたほうがいい？
てかそんなにヤバいならみんなとっくにブロックしてると思うんだけど、おまえらの話聞いてるとそうでもなさそうだよな
[ピアノ渋滞]
　まあ俄かは近寄らないに越したことないよ
ブロック？　すればいいんじゃない？
[狂々]

ブロック機能かあ……あったなあそんなん
はじめの頃は使いまくってたけどその内きりないことに気付いて今じゃ埃被ってるわ
[Peet]
ブロックしたら祭が見れないじゃん
[ミルクキングダム]
結社は絡まれるとうざいけど一応きまくら。の治安維持に一役買ってるとは思う
[おろろ曹長]
それな
立ち位置的には準害悪集団であって純害悪をある程度排除してくれるからな
必要悪みたいなもんよ
[くるな@復帰勢]
ヤクザやんそれ……
[ちょん]
そだよ＞＞
[弐]
言うてなんでこんな結社が悪名高いのかは未だに分かってない俺氏
売られた喧嘩は真っ先に買うし売ったはずのない喧嘩も売ったと言い張るし余所の喧嘩にも我先にと出張る奴等ではあるが
このゲームに関してはそんなクランいっぱいあるんだよな

[モシャ]
とりあえず全時間待機のヨシヲがすべて悪いと思う
[狂々]
>>弐
粘着ゲスのヨシヲ、eeにPスキルがぶっ飛んでるゾエが物理的な力を添えてしまったため
そこにパーティ的且つ精神的バランサーのリンさんが加わって、まあ要は単純に強いんよ、あのクラン
[まことちゃん]
>>狂々
隠れボマーのクドウもおるで(・ε・)
[Itachi]
あれ？
eeて結社なんだっけ？
[バレッタ]
確かリンリンにセクハラした奴を徹底的に攻撃したんよね
ヤバいクランって認識はそこから始まったはず
[ピアノ渋滞]
>>Itachi

ee は結社と違うよ
でもなぜか一緒くたにされがちなのがまた悪名高い理由の1つなんじゃないかな
あと陰キャとか大商人様とか他のヤバいのとも交流盛んだから纏めてヤバい一味とみなされがちなんだと思う

【くるな@復帰勢】
なるほどよく分かった
近付かないようにしとこ＞＜

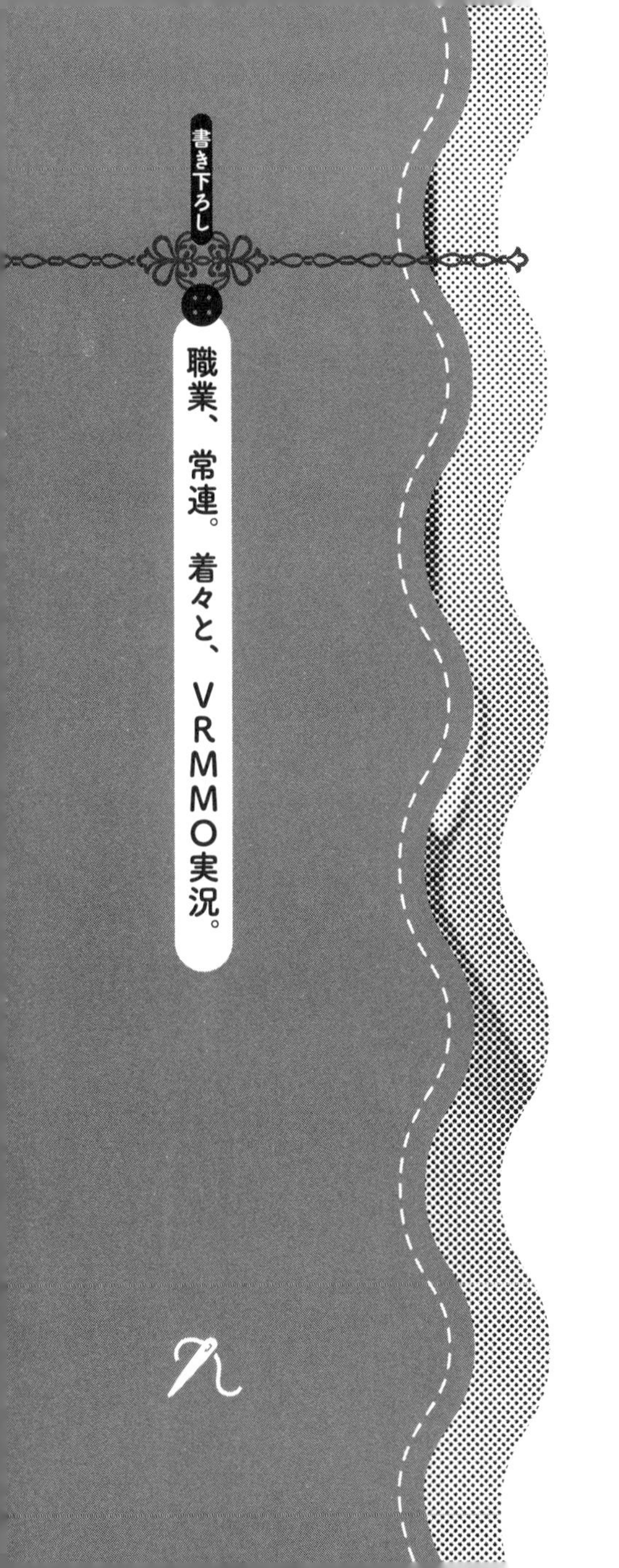

書き下ろし

職業、常連。着々と、VRMMO実況。

ログイン1日目

今日から〝きまくらゆーとぴあ。〟を始める。

通称『きまくら。』で親しまれるこのゲームはおよそ9か月前に発売されたもので、『気まま暮らしで気ままにクラフト』をコンセプトとするVRMMOゲームである。

切っ掛けは職場の後輩に、ゲームストアで使えるギフトカードを貰ったこと。

多分彼は、自分がよく話題にしているタイトルを一緒に遊んでほしかったのだろう。でも口に出してはっきり言われたわけじゃないからね。

そんな控えめなチラチラ態度じゃ女子は食いつかんのよ後輩君。

というわけでストアのページを流し見て、パッケージが好みのこのソフトを購入するに至ったのだった。

そもそも私、あんまりゲームとかするタイプじゃない。彼氏に付き合わされてとか、スマホのアプリとか、最近やるのは精々その程度だ。

今もお正月休みで暇な時間を持て余していたがゆえに思い立ったくらいで、やり込むつもりは全然なかった。

だからタイトル選びもめっちゃ適当。VRMMOてどんなんかなって、薄い興味でぽちってみただけである。

因みにＶＲ機器は元々持っている。ゲームはやらないけど、ネットで服買うときの試着用としてよく使ってるんだ。

さーてと。この退屈な正月休みの終わりくらいまでは、楽しませてくれるといいんだけど。

＊＊＊＊＊

ログイン１０９日目

意外なことに、私のきまくら。ログイン履歴はお正月が終わってから現在までほぼ毎日更新されている。

なんか、見事に嵌まってしまった。キャラクター可愛いし、グラフィック綺麗だし、衣装の幅広くてお洒落だし、やっててすごい楽しい。

ミッションもクエストもすぐ新たな進展があるからやること尽きなくて忙しくて、気付いたら私は毎晩きまくら。ワールドに通っているのだった。

始めて２週間後辺りには、プレイヤーズクランなんてものにも入ることになった。［あるかりめんたる］っていうクランで、女子だけのまったり文化部みたいな雰囲気なの。

ぴかぴかの初心者だったとき［陰キャ中です］さんて人がよく遠征クエストに付き合ってくれて、そこから彼女が運営するこのクランに誘われたんだ。

今になって女子校じゃなく共学がよかったかもー、なんて思いも過ぎるけど、居心地はとても良い。あと私がこれまで平和に楽しくきまくら。をプレーできてきたのは、間違いなく早めに陰キャさん並びにあるかるとの接点を持てたからに違いない。

レビューも評判も調べずパッケージ買いした私は知らなかったのだ。このきまくら。というゲーム、実は結構お行儀よくない人々が蔓延る世界だったということを。

……なんて言うと被訓練兵から猛反発食らっちゃうかな。まあとにかく、私が当初抱いていたような明るくて可愛いふわふわしたイメージがすべてじゃなかったのね。

よく野良でメンバー募集をして遠征に行っていたあの頃、陰キャさんがいたから初心者狩りから守られてたっぽい。他にも陰キャさんやあるかるの人達が、きまくら。ならではのアングラな事情なんかを親切に教えてくれたりした。

だから私はスタートに大分恵まれていたほうなんだと思う。

はじめ彼女等はなんでこんな初心者に優しくしてくれるんだろって、よく疑問に感じていたっけ。悪いなって思ったし、何かで返さなきゃ、とも思った。

でも何で返せばいいんだろ。

そんなことをクランメンバーメンバーの１人［くまたん］さんに聞くと、彼女はからっと笑うのだった。

「別に何も返さなくていいよ。めめこちゃんが楽しくきまくら。を遊んでくれれば、うちらはそれで満足だから」

「うわあ。せいじーん」

「いやいや。そうじゃなくて、何ていうか好きなコンテンツを布教してるのと同じ感覚っていうか、寧ろその延長線上なかんじ？　好きな漫画とかあるとさ、友達に教えたくなるじゃん。で、友達も自分の影響でそれに嵌まってくれるとめちゃ嬉しくない？　それ切っ掛けでその漫画について語り合えたりしたら、もう超満足じゃん。見返りとか何もいらないでしょ。そーゆーこと」

あの時はそれでも、無償に施される親切を申し訳なく思ったりもしたのだけれど――――すっかりきまくら。に浸って3か月にもなると、私にも彼等の気持ちが分かってきた。

ちょろっと先輩面して初心者さんにお節介焼いて、きらきら～っとした目でお礼言われることの、まーあ気持ち良いこと。

一緒に遊んで、操作に手こずりつつも一生懸命な初々しい姿を微笑ましく眺めて、楽しんでくれてるんだなって実感できたときのあの嬉しさはキマじゃ買えない。

こと新規さんが居着きにくい現環境だからこそ、そう思うところはあるのかもね。

そんな私の最近のマイブームは、ワールドマーケットで新しく開店したショップ――――即ち初心者さん達のお店を見て回ること。特に装着アイテムを出しているお店のチェックには力を入れている。

私がきまくら。に魅せられた理由の1つは、服やアクセサリーの可愛さ、種類の豊富さである。自分好みのキャラを自分好みに着飾れる、その自由度とコスパの良さに感動したものだ。

でも私自身にこういったお洒落なものを作るセンスはあまりないもので、素敵なオリジナルデザインを気前よく売ってくれる職人さんには心からの敬意と感謝を抱いている。そしてぜひ、そういうプレイヤーさんが増えてほしいとも思っている。

それで好みが似ていそうなニュービーショップにちょいちょい出入りしては、買い物したり、応援メッセージを送ったりしているのだった。

丁度3、4日前にも、なかなか将来有望そうな期待の新人さんを見つけたんだよね。

ショップ名は［ブティックぴぴあ］で、服を扱う仕立屋だ。何だか寂れた商店街に佇んでそうな店名だけど、それとは裏腹にデザインは今風で素敵なの。

勿論新人さんてことで、扱えるレシピや素材には限りがあるんだろう。並んだ商品は決して華やかなラインナップではない。

でもタッグを寄せてアクセントを付けてたり、一部生地を替えることにより表情を出したり、フリルやリボンを追加したりと、初心者ながらできる細かい工夫が見て取れる。これは本気で服が好きな人のお店だなと、私は確信した。

今日購入したブラウンのチェック柄ワンピースも、袖と前立てを飾るステッチラインがとっても可愛い。針目が完璧に均一でないのが、ハンドメイドらしくて素朴でいいなって思った。

……まさかこれ、ほんとに手作業で縫ってたりしないよね？　いや、さすがにそれはないよね。

そうして私は今日もお節介を焼く。オリデザは手間も時間もかかるし、少なくともギルド買取の1・5倍は高くして大丈夫ですよ、っと。

ふふっ、〝ブティック〟さん、きまくら。楽しんで続けてくれるといいな。

＊＊＊＊＊＊

ログイン138日目

期待の新人ブティックさんは、期待以上の新人に化けた。

うん、化けた。化け物、あれは。

ぼーっと見守ってる内に予想外の方向へデッカく成長して、何なら弾けた。各所で爆発を起こした。

いやあ、身近――――って言っていいものか微妙だけど――――にいるもんだねえ、ああいう持っ・・・てる人。

で、今私はそんな彼女が営む［ブティックぴぴあ］の実店舗を探しているところ。

そう、これまでプレイヤーに対してはずっとワールドマーケット上だけで取引していたブティックさんが、ついに本店も開放したらしいんだ。

告知も何もなかったから、ショップ名の横に付いてる『open!』のアイコン、気付いてる人結構少ないんじゃないかな。そこは私くらいのブティック玄人でないとね、ふっふっふ。

番地は分かっているので、彼女のお店はさくっと見つかった。中に入ると、硬い笑みで挨拶するブティックさんのコピーアバターと、それからもう1人先客がいる。

ちょっと気まずい。そして1番乗りでなかったことが確定してちょっと悔しい。

気を取り直し、私は店内を物色する。ざっと見たところ、並んでるアイテムはワールドマーケットで売られてる商品と変わりはないかな。

でも可愛い現物に沢山囲まれてるってだけで、テンション上がっちゃうな。しかも実店舗でのアパレルショップの1番良いのが、試着できるってところなんだよね。

幸い店内に1つだけある試着室は空いている。もう1人いるお客さんはさっきから同じハンガーラックの前で延々悩んでるかんじだし、今がチャンスだ。

私はいそいそと試着室に籠もり、ブティックブランドの色んなコーディネートを楽しむ遊びに興じた。

きまくら。試着室はリアル一般的試着と違って、服を持ち込む必要がないのがすっごく便利である。システムパネルの操作1つで、店内のアイテムをすぐ身に着けられる。あーでもないこーでもない、あっちも可愛いこっちも可愛いと、無限に着せ替え遊びができてしまうのだ。

一応時折、他のお客さんが試着室が空くのを待ってないかなって、外の様子を確認したりはしたよ。でももう1人の女の子は、相変わらずあのハンガーラックの前で難しい顔をしてばかりだ。

一体何に迷ってるんだろう？　って、逆にこっちが気になってきちゃった。私が一頻り目に付いた衣装を試し終えて満足した後も、彼女はまだそこを動かない。

不思議に思っていると、ふと彼女と目が合ってしまった。

すると女の子はバツの悪そうな表情を浮かべたのち、きっと表情を引き締める。そしてラックから1枚のコートを選び取ると、カウンターに持っていった。

逃げるように去っていった女の子を見送ってすぐ、驚いたことにもう1人のプレイヤーが入店してくる。

あっ、もしかして外で待たせてた？　ブティックさん、同時入店人数を2人に絞ってるのかもしれない。

いけないいけない、のんびり楽しみ過ぎちゃってた。他のお客さんに申し訳ないことしちゃったかな。

ああでもお会計の前に、あの女の子が睨んでたラックだけは確認させて！　と、買う予定の服を幾つか抱えたまま急いで移動する私。

離れたところから見てても、同じデザインのものが他のラックにも存在することは分かっていた。だから何か変わったところがあるとすれば、効果内容とか値段とかだと思うのよね。セール品が纏めておいてあるとか、そういうことなのかしら。

この辺の情報は試着室のパネルからは詳しく見られないため、現物を調べる必要がある。それである衣装セットに手を触れ、データを表示させると――――。

『習得可能スキル：フラッシュ』

――――その一行を見て、私は固まった。

〝ミラクル・クリエイション〟――――きまくら。における生産には、そう呼ばれる事象が存在する。それはこの服のようにスキルが付いたりとか、本来出来上がるはずのものより高い効果、若しくは有り得ない効果が付くことへの呼称らしい。

私も詳しくは知らないんだけど、既存の公式レシピをそのまま使うのではなく、プレイヤーがオリジナルの工夫を凝らした作品に稀に発生することがあるんだそうだ。どんな効果が付くかはランダムみたいで、スキルなんかは特に確率が低いんじゃないかとも言われている。

かく言う私も、プレイヤー産のスキル付きアイテムを直に目にしたのはこれが初めてだ。

おまけに怖いことにこの衣装セット、ただスキルが付いてるだけじゃなく追加で他のミラクリ効果も付いてるんだよね。こんなの聞いたことすらないんですけど。

っていうかこんなレアな品物が、こんな誰が買うかも分からない一般販売の形で売られてるだなんて……！　普通こういうのは知り合いとか、高く買い取ってくれるクランに流すものだよブティックさん……！

……いや、待って、まだ驚くのは早いかもしれない。ここに居座ってたあの女の子は確か、複数の衣装を頻りに見比べては頭を悩ませているご様子だった。

ってことはまさか――――。

隣にかけてあった衣装のデータを見て、絶句。そのまた隣の衣装を確認して、また絶句。

なんとラックにかけてあるアイテムすべてに、何らかのミラクリ効果が付与されていたのだ。しかも私が最初に見つけたもの以外にも、スキル付きは数着ある。

――――期待の新人は、期待という枠を突き破って宇宙の彼方まで飛んでいく〝きまくら。人間国宝〟でした。

かくして私はさっき見た女の子と同じ顔で、ハンガーラックの前に居座るのだった。

あとがき

〝ファッション〟というのは正解不正解が定かではないあやふやな概念である。判断基準は人間の主観そのものであり、時代、場所、育った環境、その時の気分によって如何様にも変わり得る。

故にファッションセンスに優れた人というのは、色彩感覚が鋭敏であるとか、人をより見栄えするよう着飾るのが得意であるとか以前に、まず大衆に寄り添った物事の見方が必要になってくる。

この時代この地域この場面においてどんな装いが一般的に好ましいとされているのか、察する力が重要なのだ。

本作は、主人公のビビアがそんな命題に疑問を投げかけるところから始まる。

そう、彼女は信じているのだ。時代や環境に左右されない〝お洒落〟の根本原則がこの世には存在すること、それこそがファッションの真髄なのだということを。

複雑怪奇な思考を経て深淵を覗き見た彼女は、ついにこう提唱する。

「もう葉っぱ一枚でよくない？」

――こうして始まった時代を切り拓くファッション革命がどのような結末を迎えるのか、読者諸賢には最後まで手に汗握って見守っていただきたい所存である。勿論嘘である。

コミュ障の作者に親切に対応してくださった担当編集様、作者が頑なに「顔文字を入れたい」と主張するためいつもより面倒な作業になったであろう校正の方々、表情豊かなキャラクター達を生き生きと描いてくださった日下様、この本を作る過程で関わってくださったすべての方々、この本を手に取ってくださったすべての方々に、心よりお礼申し上げます。

わだくちろ

てんの!?
コミカライズ
決定!

なんで私、狙われ
別の街に
行ってみたい
だけなのに…
世知辛い世界を
のんびり楽しみ尽くす、
ほのぼのクラフトファンタジー！
職業、仕立屋。
淡々と、VRMMO実況。
2024年
著 わだくちろ illust. 日下コウ
第2巻発売予定!!!

シリーズ累計
170万部
突破!
(紙+電子)
小説
第15巻
2023年
12月20日
発売!
TOKYO MX・MBS・BS11にて
絶賛放送中!!!
帝国物語
餅月望――著
Gilse――イラスト
式HPへ!
原作HP
TVアニメHP

コミックス
第8巻
2024年
発売予定!
漫画：杜乃ミズ
TVアニメ
ティアムーン
断頭台から始まる、
姫の転生逆転ストーリー
詳しくは公

職業、仕立屋。淡々と、VRMMO実況。

2023年12月1日　第1刷発行

著　者　わだくちろ

発行者　本田武市

発行所　TOブックス
〒150-0002
東京都渋谷区渋谷三丁目1番1号　PMO渋谷Ⅱ　11階
TEL 0120-933-772（営業フリーダイヤル）
FAX 050-3156-0508

印刷・製本　中央精版印刷株式会社

ISBN978-4-86794-011-2

Printed in Japan